河出文庫

妖刀地獄

夢野久作
新保博久 編

河出書房新社

目次

妖刀地獄

斬られたさに

「アッハッハッハッハッ……」

冷めたい、底意地の悪《わ》るそうな高笑いが、小雨の中の片側松原《かたがわまつばら》から聞こえて来た。小田原《おだわら》の手前一里足らず。文久三年三月の末に近い暮六つ時であった。

石月平馬《いわつきへいま》はフット立止った。その邪悪な嘲笑に釣り寄せられるように松の雫《しずく》に濡れながら近付いて行った。

黄色い桐油《とうゆ》の旅合羽《たびがっぱ》を着た若侍が一人松の間に平伏《ひれふ》している。薄暗がりのせいか襟筋《えりすじ》が女のように白い。

その前後に二人の鬚武者《ひげむしゃ》が立ちはだかっていた。二人とも笠は持たず、浪人らしい古紋付に大髻《おおたぶさ》の裁付袴《たつつけばかま》である。無反《むそ》りの革柄《かわづか》を押えている横肥りの方が笑ったらしい。

「ハッハッハッ。何も怖い事はない。悪いようにはせんけんで一所《いっしょ》に来さっせえちうたら……」

「関所の抜け道も教えて進ぜるけに……」

「……エッ……」

若侍は一瞬間キッとなったが軈《やが》て又ヒッソリと低頭《うなだ》れた。凝《じっ》と考えている気配である。

「ハハ。贋《にせ》手形で関所は抜けられるかも知れんが吾々の眼の下は潜れんば……のう……」

「そうじゃそうじゃ……のうヨカ稚児《ちご》どん。そんたは男じゃなかろうが……」

「……も……もっての外《ほか》……」

と若侍は今一度気色ばんだが、又も力なく頭を下げた。隙《すき》を窺っているようにも見えた。

……フウン。肥後《ひご》侍かな……。

と平馬は忍び寄りながら考えた。

……いずれにしてもこの崩れかかった時勢が生んだナグレ浪人に違いない。相当腕の立つ奴が二三人で棒組む……弱い武士と見ると左右から近付いて道連れになる。佐幕《さばく》、勤王《きんのう》、因循《いんじゅん》三派のどれにでも共鳴しながら同じ宿に泊る。馳走をするような調子で酒肴《さけさかな》を取寄せる上に油断すると女まで呼ぶ。あくる朝はドロンを極《き》めるというのがこの連中の定型《おきまり》と聞いた……歎かわしい奴輩《やつども》ではある……。

そう考えるうちに若い平馬の腕が唸《うな》って来た。

……自分はお納戸《なんど》向きのお使番馬廻《つかいばんうままわ》りの家柄……要《い》らざる事に拘《かか》り合うまい……。

とも考えたが、気の毒な若侍の姿を見ると、どうしても後《あと》へ引けなかった。黒田《くろだ》藩一刀流の指南番、浅川一柳斎《あさかわいちりゆうさい》の門下随一という自信もあった。去年の大試合に拝領した藩公の賞美刀、波《なみ》の平行安《たいらゆきやす》の斬味《きれあじ》見たさもあった。

その鼻の先で鬚武者が今一度点頭《うなず》き合った。

「サアサア。問答は無益じゃ無益じゃ。一所に来たり来たり。アハハハ……アハアハ……」

女と侮《あなど》ったものか二人が前後から立ち寄って来るのを若侍はサッと払い除《の》けた。思いもかけぬ敏捷《はや》さで二三足横に飛んだと思うと、松の蔭から出て来た平馬にバッタリ行き当った。

「……アッ……」

と叫んだ若侍が刀の柄に手をかけたが、その利腕《ききうで》を摑んだ平馬は、無言のまま背後《うしろ》に押廻《おしま》わした。二人の浪人と真正面に向い合った。

「……何者ッ……」

「邪魔しおるかッ」

「名を名宣《なの》れッ」

という殺気立った言葉が、身構えた二人の口から迸《ほとばし》った。

「ハハ。名宣《なの》る程の用向きではないが……」

平馬は落付いて笠を脱いだ。若侍も平馬を味方と気付いたらしい。背後《うしろ》で踏み止まって身構えた。

「委細は聞いた。貴公達が肥後の御仁《ごじん》という事もわかったが、しかし大藩の武士にも似合わぬ見苦しい事をなさるのう……」

「何が見苦しい」

「要らざる事に差出《さしで》て後悔すな」

「ハハ。それは貴公方に云う事じゃ。関所の役人は幕府方と心得るが、貴公方はいつ、徳川の手先になった」

二人はちょっと云い籠められた形になったが、間もなく平馬が、まだ青二才である事に気が付いたらしい。心持ち引いていた片足を二人ともジリジリと立て直して来た。

「フフフ。武士たる者が松原稼《まつばらかせ》ぎをするとは何事か。両刀を手挟《たばさ》んでいるだけに、非人乞食よりも見苦しいぞ」

　平馬がそう云う中《うち》に、相手はいつとなく左右に離れていた。こうした稼ぎに慣れ切っているらしく、平馬が持っていた菅笠《すげがさ》を、背後《うしろ》の若侍に渡す僅かな隙《すき》を見て、同時に颯《さっ》と斬込んで来た。その太刀先には身動きならぬ鋭さがあった。

「……ハッ……」

と若侍が声を呑んだ。その眼の前を、平馬が撥ね上げた茶色の合羽が屏風《びょうぶ》のように遮《さえぎ》ったが、それがバッタリと地に落ちた時、二人の浪人はモウ左右に泳いでいた。切先《きっさき》の間に身を飜《ひるがえ》した平馬が、一方を右袈裟《みぎげさ》に、一方を左の後袈裟《うしろげさ》にかけて一間ばかり飛び退《の》いていた。

　俯向《うつむ》けに横倒おしになった二つの死骸の斬口《きりくち》を確かめるかのように、平馬はソロソロと近付いた。それから懐紙《ふところがみ》を出して刀を拭い納めると、

「このような者に止《とどめ》を刺す迄も御座るまいて……」

と独言《ひとりごと》を云い云い白い笠を目当に引返《ひっかえ》して来た。

　松の雫《しずく》の中に立っていた若侍は、平馬に聞こえるほど深いため息をした。

「お怪我《けが》は御座いませなんだか」

「イヤ。怪我をする間合いも御座らぬ」

と笑いながら返り血一滴浴びていない全身をかえり見た。

「ありがとう存じまする。大望を持っておりまする身の、卑怯とは存じながら逃げる心底《しんてい》でおりましたところ、お手数をかけまして何とも……」

ちゃんと考えていたのであろう。若侍がスラスラと礼の言葉を陳《の》べたので、思い上っていた平馬は、すこしうろたえた。

「いや。天晴《あっぱ》れな御心懸け……あッ。これは却《かえ》って……」

と恐縮しいしい茶合羽と菅笠を受取った。

「お羨《うらやま》しいお手の内で御座いました。お蔭様でこの街道の難儀がなくなりまして……」

「……まことに恥じ入りまするばかり……」

言葉低く語り合ううちに松原を出た。そうして二人ともタッタ今血を見た人間とは思えぬ沈着《おちつ》いた態度で、街道の傍《わき》に立止まった。

明るい処で向い合ってみると又、一段と水際立《みずぎわだ》った若侍であった。外八文字に踏《ふみ》開《ひら》いた姿が、スッキリしているばかりではない。錦絵の役者振りの一種の妖気を冴え返らせたような眼鼻立ち、口元……夕闇にほのめく蘭麝《らんじゃ》のかおり……血を見て臆せぬ今の度胸を見届けなかったならば、平馬とても女かと疑《うたぐ》ったであろう。

その若侍は静かに街道の前後を見まわしながら、黄色い桐油合羽の前を解いた。

ツカツカと平馬の前に進み寄って、恭々しく、頭を下げた。

「……手前ことは江戸、下《しも》六番町に住居《すまい》致しまする友川三郎兵衛《ともかわさぶろびょうえ》次男、三次郎矩行《さんじろうのりゆき》と申す未熟者……江戸勤番の武士に父を討たれまして、病弱の兄に代って父の無念を晴らしに参りまする途中、思いもかけませぬ御力添えを……」

「ああいやいや……」

平馬は非道《ひど》く赤面しながら手をあげた。

「……その御会釈は分《ぶん》に過ぎまする。申後《もうしおく》れましたが拙者は筑前《ちくぜん》黒田藩の石月と申す……」

「……あの……黒田藩の……石月様……」

というちに若侍は顔を上げて、平馬の顔をチラリと見た。しかし平馬は何の気も付かずに、心安くうなずいた。

「さようさよう。平馬と申す無調法者。御方角にお見えの節は、お立寄り下されい」

「忝《かたじけ》のう存じまする。何分ともに……」

若侍は又も、いよいよ叮重《ていちょう》に頭を下げた。

「……何はともあれこのままにては不本意に存じまするゆえ、御迷惑ながら小田原の宿《しゅく》まで、お伴仰せ付けられまして……」

「ああ……イヤイヤ。その御配慮は御無用御無用。実は主命を帯びて帰国を急ぎまするもの……お志は千万忝《かたじけ》のうは御座るが……」

「……御尤《ごもっと》も……御尤も千万とは存じまするが、このままお別れ申してはいつ、御恩返しが……」

「アハハ。御恩などと仰せられては痛み入りまする……平に平に……」

「……それでは、あの……余りに御情のう……おなじ御方角に参りまする者を……」

「申訳《もうしわけ》御座らぬが、お許し下されい。……それとも又、関所の筋道に御懸念でも御座るかの……慮外なお尋ね事じゃが……」

「ハッ。返す返すの御親切……関所の手形は仇討《あだうち》の免状と共々に確《しか》と所持致しておりまする。讐仇《かたき》の生国《しょうこく》、苗字は申上げかねまするが、御免状とお手形だけならば只今にもお眼に……」

「ああイヤイヤ。御所持ならば懸念はない。御政道の折合わぬこの節に仇討とは御殊勝な御心掛け、ただただ感服いたす。息災に御本望を遂げられい。イヤ。さらば……さらば……」

平馬は振切るようにして若侍と別れた。物を云えば云う程、眼に付いて来る若侍の妖艶《あでやか》さに、気味が悪るくなった体《てい》で、スタスタと自慢の健脚を運んだ。振り返りたいのを、やっと我慢しながら考えた。

……ハテ妙な者に出合うたわい。匂い袋なんぞを持っているけに、たわいもない柔弱者かと思うと、油断のない体《たい》の構え、足の配り……ことに彼の胆玉《きもたま》と弁舌が、年頃と釣合わぬところが奇妙じゃ。……真逆《まさか》に街道の狐でもあるまいが……。

などと考えて行くうちに大粒になった雨に気が付いて、笠の紐《ひも》をシッカリと締上げた。

……いや……これは不覚じゃったぞ。「武士《もののふ》は道に心を残すまじ。草葉の露に足を濡らさじ」か……。ヤレヤレ……早よう小田原に着いて一盞《いっさん》傾けよう。

刀の手入を済ましてから宿の湯に這入《はい》ってサバサバとなった平馬は、浴衣《ゆかた》がけのまま二階に上ろうとすると、待ち構えていたらしい宿の女中が、横合いから出て来て小腰を屈《かが》めた。

「……おお……よい湯じゃったぞ……」

「おそれ入りまする。あの……まことに何で御座いますが、あちらのお部屋が片付きましたから、どうぞお越しを……」

「ハハア。身共は二階でよいのじゃが……別に苦情を申した覚えはないのじゃが……」

「……ハイ……あのう……主人の申付《もうしつけ》で御座いまして……」

「……そうか。それならば余儀ない」

平馬は鳥渡《ちょっと》、妙に考えたがそのまま、女に跟《つ》いて行った。女中は本降になった外廊下を抜けて、女竹《めだけ》に囲まれた離座敷《はなれざしき》に案内した。

十畳と八畳の結構な二間に、備後表《びんごおもて》が青々して、一間半の畳床には蝦夷菊《えぞぎく》を盛上げた青磁の壺が据えてある。その向うに文晁《ぶんちょう》の滝の大幅。黒ずんだ狩野派の銀屏風《ぎんびょうぶ》の前には二枚襲《がさ》ねの座布団。脇息《きょうそく》（ひじかけ）。鍋島《なべしま》火鉢。その前に朱塗《しゅぬり》の高膳と二の膳が並べてある。衣桁《いこう》にかかった平馬自身の手織紬《ておりつむぎ》の衣類だけが見すぼらしい。

お小姓上りだけに多少眼の見える平馬は、浴衣がけのまま、敷居際で立止まった。

「……これこれ女……」

女は絹行燈《きぬあんどん》の火を掻立てながら振返った。

「そちどもは客筋を見損なってはいやらぬか。ハハハ……身共は始終、この辺を往来致す者……斯様《かよう》な部屋に泊る客ではないがのう……」

「ハイ……あの……」

女は真赤になって行燈の傍《わき》に三指《みつゆび》を突いた。

「……まこと……主人の申付けか……」

「……あの。貴方様が只今お湯に召します中《うち》に、お若いお武家様が表に御立寄りなされまして……」

「……何……若い侍が……」

「ハイ。あのう……お眼に掛って御挨拶致したい筋合いなれど、先を急ぎまする故《ゆえ》、失礼致しまする。万事粗略のないようにと仰せられまして、私共にまで御心付けを……」

「……へへイ。只今はどうも……飛んだ失礼を……真平《まっぴら》、御免下されまして……」

五十ばかりの亭主と見える男が、走って来て平馬の足元に額を擦り付けた。

「……また只今は御多分の御茶代を……まことに行き届きませいで……早や……」

平馬は突立ったまま途方に暮れた。使命を帯びている身の油断はならぬ……が、志の趣意は、わかり切っている。最前の若者が謝礼心《れいごころ》でしたに相違ないことを無下《むげ》に退《しりぞ》けるのも仰々《ぎょうぎょう》しい……といってこれは亦《また》、何という念入りな計らい……年に似合わぬ不思議な気転……と思ううちに又しても異妖な前髪姿が、眼の前にチラ付いて来た。

「……どうぞ、ごゆるりと……ヘイ。まことに、むさくるしい処で御座いますが……」

と云ううちに亭主と女中が退《さが》って行った。

平馬は引込みが付かなくなった。そのまま床の前の緞子《どんす》の座布団にドッカと腰を下して、腕を組んでいると今度は、美しく身化粧《みじまい》した高島田の娘が、銚子《ちょうし》を捧げて這入《はい》って来た。

「……入《い》らせられませ。あの土地の品で、お口当りが如何《いかが》と存じますが……お一つ……」

平馬は腕を組んだまま眼をパチパチさせた。

「お前は……女中か……」

「ハイ……あの当家の娘で御座います」

「ふうむ。娘か……」

「……ハイ。あの……お一つ……」

平馬は首をひねりひねり二三献干《こんほ》した。上酒と見えていつの間にか陶然となった。

……ハテ。主命というても今度は、お部屋向きの甘たるい事ばかりじゃ。附け狙われるような筋合いは一つもないが……やはり最前の若侍が真実からの礼心であろう……。

なぞと考えまわす中《うち》に、元来屈託のない平馬は、いよいよ気安くなって五六本を傾けた。鯉《こい》の洗い、木の芽田楽《でんがく》なぞも珍らしかった。

沈み込む程ふっくりした夜具に潜り込む時、彼は又ちょっと考えた。

……これ程の心付けをするとあれば余程の路用（旅費）を持っているに違いない。友川という旗元は、あまり聴かぬようじゃがハテ。何石取《なんごくどり》であろう……。と思ううちに又も、松原を背景にした若侍の面影《ほかげ》が天井の火影に浮かみ現われた。……水色の襟と、紺色の着物と、桐油合羽の黄色を襲《かさ》ね合わせた白い襟筋のなまめかしかったこと……。

しかし、それも僅かの間《ま》のまぼろしであった。平馬はそのまま寝返りもせずに鼾《いびき》をかき初めた。

箱根《はこね》を越えるうちに平馬は、若侍の事をサッパリと忘れていた。

駿府《すんぷ》にはわざと泊らず、海近い焼津《やいづ》から一気に大井川を越えて、茶摘歌《ちゃつみうた》と揚雲雀《あげひばり》の山道を見付《みつけ》の宿まで来ると高い杉森の上に三日月が出たので、通筋《みちすじ》の鳥居前、三《さ》五屋《ごや》というのに草鞋《わらじ》を解いた。近くに何やら喧嘩があるという横路地の立話を、湯の中で聞きながら旅らしい気持ちに浸っていたが、その中《うち》に気が付くと一人の女中が板の間に這入って来て、今まで着ていた木綿の浴衣を、絹らしいのと取換えている。……ハテ。何をするのか……と見ているとその女中が三指を突いて平馬の顔を見た。

「あの御客様……まことに申訳御座いませぬが只今、奥のお座敷が空きましたから、お上りになりましたらお手をどうぞ……御案内致しますから……」

小田原の出来事を思い出した平馬は返事が出来なかった。何やらわからぬ疑いと、たまらない好奇心が眼の前で渦巻き初めたので、無言のまま湯気の中から飛び出した。

「ヘイ……どうもお疲れ様で……お流し致しましょう」

揉み手をしながら小奇麗《こぎれい》な若衆が這入って来た。新しい手拭浴衣を端折《はお》っている。

「……ウーム……」

平馬は考え込んだまま背中を流さしたが、どうしても考えが纏《まと》まらなかった。肩《けん》癖《ぺき》を打つ若衆の手許が、妙に下腹にこたえた。

女中に案内されて奥へ来てみると、小田原ほど立派ではないが木の香《か》がプンプンしている二尺の一間床に、小田原と同じ蝦夷菊《えぞぎく》が投入《なげいれ》にしてある。落款《らっかん》は判《わ》からぬが円相《えんそう》を描いた茶掛《ちゃがけ》が新しい。その前に並べた酒袋《しゅたい》の座布団と、吉野《よしの》春慶《しゅんけい》の平膳《ひらぜん》が旅籠《はたご》らしくなかった。頭の天辺《てっぺん》に桃割《ももわれ》を載せて、鼻の頭をチョット白くした小娘が、かしこまってお酌をした。済まし返ってハキハキと物云う小娘であった。

「……ここは茶室か……」

「ハイ。このあいだ、清見寺《せいけんじ》の和尚《おしょう》様が見えました時に、主人が建てました」

平馬は床の間の掛物を振り返った。

「あの蝦夷菊はこの家《や》の庭に咲いたのか」

「いいえ。あの……お連れの奥方様が、お持ちになりました」

「……ナニ……奥方様……」

小娘は無邪気にうなずいた。

「フーム。どんな奥方様か……」

小娘はちょっと眼を丸くした。

「旦那様は御存じないので……」

「……ウムム……」

平馬は行き詰まった。知っていると云って良いか悪いか見当が付かなくなったので……。

「……あの……黒い塗駕籠《ぬりかご》の中に紫色の被布《ひふ》を召して、水晶のお珠数《じゆず》を巻いた手であの花をお渡しになりました。挟箱《はさみばこ》（衣装箱）持った人と、怖い顔のお侍様が一人お供《とも》しておりました」

「ウーム。不思議だ。わからぬな……」

「ホホホホホホ……」

小娘は声を立てて笑った。冗談と思ったらしかった。

「旦那様は鯉のお刺身と木の芽田楽が大層お好きと、その御方《おかた》が仰言《おつしや》りました。それで兄《あに》さんが大急ぎで作りました」

平馬はモウ一度膳部を見廻したが、思わず赤面させられた。小田原で酔うた紛れに美味《おいし》い美味いと云って、無暗《むやみ》に頬張った事を思い出させられたので……しかし……その中《うち》にフト青い顔になると、急に盃を置いて、小娘の顔を見た。

「……ちょっと主人を呼んでくれい」

「ハイ……」

と云ううちに小娘は燗瓶《かんびん》を置いて立上った。ビックリしたらしくバタバタと出て行った。

「……これはこれは……まだ御機嫌も伺いませいで……亭主の佐五郎奴《さごろうめ》で御座りまする。……何か女中が無調法でも……ヘヘイ……」

「イヤ。そのような話ではない。ま……ズット寄りやれ。実は内密の話じゃがの……」

「ヘヘ……左様で御座いましたか。ヘイヘイ……それに又、申遅《もうしおく》れましたが、先程は、お連れ様から、存じがけも御座いませぬ……」

「アハハ。実はそのお連れ様の事に就いて尋ねたいのじゃが……」

「ヘエヘエ……どのような事で……」

「その、お連れ様という奥方風の女は、どのような人相の女であったろうか……」

「……ヘエッ。何と仰せられます」

「その御連様というた女の様子が聞きたいのじゃ」

「……これはこれは……旦那様は御存じないので……」

「おおさ。身共はその女を知らぬのじゃ」

「……ヘエッ。これはしたり……」

　主人が白髪頭を上げて眼を丸くした。六十余りと見える逞ましい大男であった。投げ卸《おろ》し気味の髷《まげ》の恰好から、羽織の捌《さば》き加減が、どことなく一癖ありげに見える……。

平馬は思い出した。ここいらの宿屋の亭主には渡世人《とせいにん》（ばくち打ち）上りが多いという話を……。

平馬の想像は中《あた》っていた。

それから平馬が物語る一部始終を聞いているうちに老人は、両手をキチンと膝に置いた貫碌《かんろく》のある身構えに変った。平馬の顔の真正面に、黒い大きな眼玉を据えていたが、話が一通り済むと静かに眼を閉じて腕を組んだ。

「……迂闊《うかつ》な事を致しましたのう。その奥方様に私が自身でお眼にかかっておりましたならば、何とか致しようも御座いましたろうものを……若い者の鳥渡《ちよつと》した出入《でいり》を納めに参《ま》いっておりまする間に、飛んだ無調法を倅奴《せがれめ》が……」

「イヤ。無調法と申す程の事でもない……が……御子息というと……」

「へへ。最前お背中を流させました奴で……」

「ああ。左様か左様か。それは慮外《りよがい》致した」

「どう仕《つかまつ》りまして……飛んだ周章者《うろたえもの》で御座います。御仁体《ごじんたい》をも弁《わきま》えませず、御都合も伺いませずに斯様《かよう》な事を取計《とりはか》らいまして……」

平馬は又も赤面させられた。

「アハハハ……その心配は無用じゃわい。すでに小田原でも一度あった事じゃから
のう。つまるところ拙者の不覚じゃわい……」
「勿体のう御座りまする」
「……しかし供《とも》を連れた奥方姿というと話があまり違い過ぎるでのう。世間慣れた
御亭主に聞いたら様子が解りはせんかと思うて、実は迷惑を頼んだのじゃが」
「恐れ入りまする。お言葉甲斐もない次第で御座りまするが、只今のような不思議
なお話を承りましたのは全くのところ、只今がお初《はつ》で御座りまする。何をお隠し申
しましょう。私も以前は二足の草鞋《わらじ》を穿《は》きました馬鹿者で、ヘイ……この六十年の
間には色々と珍らしい世間も見聞きして参りましたが、それ程に御念の入りました
狐狸《こり》は、まだこの街道を通りませぬようで……」
「……ホホオ……初めてと申さるるか」
「左様で……表の帳場に座っておりましても、慣れて参りますると、お通りになり
まする方々の御身分、御役柄、又は町人衆の商売は申すに及ばず、お江戸の御時勢、
お国表の御動静《ごようす》までも、荒方《あらかた》の見当が附くもので御座いまするが……」
「成る程のう。そうあろうともそうあろうとも……」
「……なれども只今のような不思議な御方《おかた》が、この街道をお通りになりました事は

天一坊から以来《このかた》、先《ま》ず在るまいと存じまするで……」

「うむうむ……殊に容易ならぬのはアノ足の早さじゃ。身共も十五里十八里の道は日帰りする足じゃからのう……きょうも焼津から出て大井川で、したたか手間取ったのじゃが……」

　佐五郎老人はちょっと眼を丸くした。

「……それは又お丈夫な事で……」

「まして女性《にょしょう》とあれば通し駕籠に乗ったとしてものう」

　佐五郎は大きく点頭《うなず》いた。

「さればで御座ります。貴方様のおみ足の上を越す者でなければ、お話のような芸当は捌《さば》けるもので御座いませぬが……とにかく私がこれから出向きまして様子を探って参いりましょう。まだ左程、離れてはおるまいと存じまするで……」

「あゝコレコレ。そのような骨を老体に折らせては……分別してくるればそれでよいのじゃが……」

「ハハ。恐れ入りまするが手前も昔取った杵柄《きねづか》……思い寄りも御座いまするでこの場はお任《ま》かせ下されませい。これから直《す》ぐに……」

「……それは……慮外千万じゃのう……」

「……あ。それから今一つ大事な事が御座りまする。念のために御伺い致しまするが、旦那様は、そのお若いお方の讐討《あだうち》の御免状を御覧になりましたか……それともその讐仇《かたき》の生国《しょうこく》名前なんどを、お聞き及びになりましたか」

「いいや。それ迄もないと思うたけに見なんだが……」

「……いかにも……御尤《ごもっと》も様で、それでは鳥渡《ちょっと》一走り御免を蒙りまして……」

「……気の毒千万……」

「どう仕《つかま》りまして……飛んだお妨げを……」

老亭主の佐五郎はソソクサと出て行った。……と思う間もなく最前の小娘が、別の燗瓶を持って這入って来た。ピタリと平馬の前に座ると相も変らず甲高《かんだか》いハッキリした声を出した。

「熱いのをお上りなさいませ」

平馬は何となく重荷を下したような気がした。

「おうおう待ちかねたぞ……ウムッ。これは熱い。……チト熱過ぎたぞ……ハハ……」

「御免なされませ……ホホ……」

「ところで今の主人はお前の父《とと》さんか」

「いいえ。叔父さんで御座います。どうぞ御ゆっくりと申して行きました」

「何……もう出て行ったのか」

「ハイ。早よう二三日……遅うなれば一《ひ》と月ぐらいかかると云うて出て行きました」

平馬は又も面喰らわせられた。

「ウーム。それは容易ならぬ……タッタ今の間《ま》に支度してか」

「ハイ。サゴヤ佐五郎は旅支度と早足なら誰にも負けぬと平生《いつも》から自慢にしております」

「ウーム……」

しかし中国路《ちゅうごくじ》に這入った平馬は又も、若侍の事をキレイに忘れていた。それというのも見付の宿《しゅく》以来、宿屋の御馳走がパッタリと中絶したせいでもあったろう。序《ついで》にサゴヤ佐五郎の事も忘れてしまって文字通り帰心矢の如く福岡《ふくおか》に着いた。着くと直ぐに藩公へお眼通りして使命を果し、カタの如く面目を施した。

ところで平馬は早くから両親をなくした孤児《みなしご》同様の身の上であった。百石取の安馬廻《うままわ》りの家を相続していたにはいたが、お納戸《なんど》向きのお使番《つかいばん》という小忙《こぜわ》しい役目に逐《お》われて、道中ばかりしていたので、桝小屋《ますごや》の小さな屋敷も金作《きんさく》という知行所出《ちぎょうしょ》の若党と、その母親の後家婆《ごけばばあ》に任していた。ところが今度の帰国を幸い、縁辺の話を決定《とりき》めたいという親類の意見から、暫く役目のお預りを願って、その空屋《あきや》同然の古屋敷に落付く事になると、賑やかな霞《かすみ》が関《せき》のお局《つぼね》や、気散《きさん》じな旅の空とは打って変った淋しさ不自由さが、今更のように身に泌《し》み泌《じ》みとして来た。さながらに井戸の中へ落込んだような長閑《のどか》な春の日が涯《は》てしもなく続き初めたので、流石《さすが》に無頓着の平馬も少々閉口したらしい。或る日のこと……思い出したように道具を荷《かつ》いで因幡《いなば》町《ちょう》の恩師、浅川一柳斎の道場へ出かけた。

一柳斎は、むろん大喜びで久方振りの愛弟子《まなでし》に稽古を付けてくれたが、稽古が済むと一柳斎が、

「ホホオ。これは面白い。稽古が済んだら残っておりやれ。チト話があるでな」

と云う中《うち》に何かしらニコニコしながら道具を解いた。手酷《てきび》しい稽古を附けてもらった平馬は息を切らして平伏した。これも大喜びで居残って一柳斎の晩酌のお相手をした。

一柳斎は上々の機嫌で胡麻塩《ごましお》の総髪を撫で上げた。お合いをした平馬も真赤になっていた。

「コレ。平馬殿……手が上がったのう」

「ハッ。どう仕りまして、暫くお稽古を離れますと、もう息が切れまして……ハヤ……」

「いやいや。確かに竹刀《しない》離れがして来たぞ。のう平馬殿……お手前はこの中《じゅう》、どこかで人を斬られはせんじゃったか。イヤサ、真剣の立会《であ》いをされたであろう」

平馬は無言のまま青くなった。恩師の前に出ると小児《こども》のようにビクビクする彼であった。

「ハハハ。図星であろう。間合いと呼吸がスックリ違うておるけにのう。隠《かく》いても詮ない事じゃ。その手柄話を聴かして下されい。ここまでの事じゃから差し置かずにのう」

いつの間にか両手を支《つか》えていた平馬は、やっと血色を取返して微笑した。叱られるのではない事がわかるとホッと安堵して盃《さかずき》を受けた。赤面しいしいポツポツと話出した。

ところが、そうした平馬の武骨な話しぶりを聞いている中《うち》に一柳斎の顔色が何となく曇って来た。しまいには燗《かん》が冷《さ》めても手もつかず、奥方が酌に来ても眼で追い払いながら、しきりに腕を組み初めた。そうして平馬が恐る恐る話を終ると同時に、如何《いか》にも思い迷ったらしい深い溜息を一つした。

「ふううむ。意外な話を聞くものじゃ」

「ハッ。私も実はこの不思議が解けずにおりまする。万一、私の不念《ぶねん》ではなかったかと心得まして、まだ誰にも明かさずにおりまするが……」

「おおさ。話いたらお手前の不覚になるところであった」

「……ハッ……」

何かしらカーッと頭に上って来るものを感じた平馬は又も両手を畳に支《つ》いた。それを見ると一柳斎は急に顔色を柔らげて盃をさした。

「アハハ……イヤ叱るのではないがのう。つまるところお手前はまだ若いし、拙者のこれまでの指南にも大きな手抜かりがあった事になる」

「いや決して……万事、私の不覚……」

「ハハ。まあ急《せ》かずと聞かれいと云うに……こう云えば最早《もはや》お解かりじゃろうが、武辺《ぶへん》の嗜《たしな》みというものは、ただ弓矢、太刀筋《たちすじ》ばかりに限ったものではないけにのう……」

「……ハ……ハイ……」

「人間、人情の取々様々《とりどりさまざま》、世間風俗の移り変りまでも、及ぶ限り心得ているのが又、大きな武辺のたしなみの一つじゃ。それが正直一遍、忠義一途に世の中を貫いて行く武士のまことの心がけじゃまで……さもないと不忠不義の輩《やから》に欺されて一心、国家を過《あやま》つような事になる。……もっともお手前の今度の過失《あやまち》は、ほんの仮初《かりそめ》の粗忽《そこつ》ぐらいのものじゃが、それでもお手前のためには何よりの薬じゃったぞ」

「……と仰せられますると……」

「まま。待たれい。それから先はわざと明かすまい。その中《うち》に解《わ》かる折もあろうけに……とにも角にもその見付の宿の主人《あるじ》サゴヤ佐五郎とかいう老人は中々の心掛の者じゃ。年の功ばかりではない。仇討免状の事を貴殿に尋ねたところなぞは正《まさ》に、鬼神を驚かす眼識じゃわい」

「……と……仰せられますると……」

若い平馬の胸が口惜《くや》しさで一パイになって来た。それを色に出すまいとして、思わず唇を噛んだ。

「アハハハ。まあそう急がずと考えて見さっしゃれ。アッサリ云うてはお手前の修行にならぬ。……もっともここの修行が出来上れば当流の皆伝を取らするがのう……」

「……エッ。あの……皆伝を……」

「ハハハ。今の門下で皆伝を許《ゆる》いた者はまだ一人もない。その仔細《わけ》が解かったかの……」

平馬は締木《しめぎ》にかけられたように固くなってしまった。まだ何が何やらわからない慚愧《ざんき》、後悔の冷汗が全身に流るるのを、どうする事も出来ないままうなだれた。

「……平馬殿……」

「……ハッ……」

「貴殿の御縁辺の話は、まだ決定《きま》っておらぬげなが、程よいお話でも御座るかの……」

平馬は忽《たちま》ち別の意味で真赤になった。……自分の周囲に縁談が殺到している……「娘一人に婿八人」とは正反対の目に会わされている……という事実を、今更のようにハッキリと思い出させられたからであった。

「うむうむ。それならば尚更のことじゃ。念のために承っておくがのう。その今の話の美くしい若侍とか、又は見付の宿の奥方姿の女とかいうものが、万一、お手前を訪ねて来たとしたら……」

「エッ。尋ねて参りまするか……ここまで……」

「おおさ。随分、来まいものでもない仔細がある。ところで万が一にもそのような人物が、貴殿を使《たよ》って来たとしたら、どう処置をさっしゃるおつもりか貴殿は……」

「……サア……その時は……とりあえず以前の馳走《ちそう》の礼を述べまして……」

「アッハッハッハッハッハッ……」

一柳斎は後手《うしろで》を突《つ》いて伸び伸びと大笑した。

「アハアハ。いやそれでよいそれでよい。そこが貴殿の潔白なところじゃ。人間としては免許皆伝じゃ」

平馬は眼をパチパチさせて恩師の上機嫌な顔を見守った。何か知ら物足らぬような、馬鹿にされているような気持ちで……。しかし一柳斎はなおも天井を仰いで哄笑した。

「アハハハ……これは身どもが不念《ぶねん》じゃった。貴殿の行末を思う余りに、要らざる事を尋ねた。『予《あらかじ》め掻《か》いて痒《かゆ》きを待つ』じゃった。アハアハアハ。コレコレ。酒を持て酒を……サア平馬殿一献《いっこん》重ねられい。不審顔をせずとも追ってわかる。貴殿ならば大丈夫じゃ。万が一にも不覚はあるまい」

平馬は南向の縁側へ机を持ち出して黒田家家譜を写していた。一柳斎から「世間識《し》らず」扱いにされた言葉の端々《はしばし》が気にかかって、何となく稽古を怠けていたのであった。

　その鼻の先の沓脱石《くつぬぎ》へ、鍬《くわ》を荷いだ若党の金作がポカンとした顔付で手を突いた。

「……あの……申上げます」

「何じゃ金作……草取りか……」

「ヘエ……その……御門前に山笠《やま》人形のような若い衆が……参いりました」

「……何……人形のような若衆……」

「ヘエ……その……刀を挿《さ》いて見えました」

「……お名前は……」

「……ヘエ……その……友川……何とか……」

　平馬は無言のまま筆を置いて立上った。今までの不思議さと不安さの全部を、一時に胸の中《うち》でドキンドキンと蘇らせながら……。

　ところが玄関に出てみると最初に見かけた通りの大前髪《おおまえがみ》に水色襟、紺生平《こんきびら》に白小《こ》倉袴《くらばかま》、細身の大小の柄《つか》を内輪《うちわ》に引寄せた若侍が、人形のようにスッキリと立っていた。すこし日に焼けた横顔を朝の光に晒《さら》しながらニッコリとお辞儀をしたので、こちらも思わず顔を赤めて礼を返さない訳に行かなかった。

　……これ程に清らかな、人品《じんぴん》のいい若侍をどうして疑う気になったのであろう……。

と自分の心を疑う気持ちにさえなった。

「……これは又……どうして……」

「お久しゅう御座います」

若侍は美しく耳まで石竹色《せきちくいろ》に染めて眼を輝やかした。

「イヤ。まずまずお話はあとから……こちらへ上り下されい。手前一人で御座る。遠慮は御無用。コレコレ金作金作。お洗足《すすぎ》を上げぬか……サアサア穢苦《むさくる》しい処では御座るが……」

平馬は吾にもあらず歓待《ほと》めいた。

若侍は折目正しく座敷に通って、一別以来の会釈をした。平馬も亦《また》、今更のように赤面しいしい小田原と見付の宿の事を挨拶した。

「いや……実はその……あの時に折角の御厚情を、菅《すげ》なく振切って参《ま》いったので、その御返報かと心得まして、存分に讐仇《かたき》を討たれて差上げた次第で御座ったが……ハハハ……」

平馬は早くも打ち解けて笑った。

しかし若侍は笑わなかった。そのまま眩《ま》ぶしい縁側の植え込みに眼を遣ったが、その眼には涙を一パイに溜めている様子であった。

「……して御本懐をお遂げになりましたか」

「はい。それが……あの……」

と云ううちに若侍の眼から涙がハラハラとあふれ落ちた……と思う間もなく畳の上に、両袖を重ねて突伏《つっぷ》すと、声を忍んで咽《むせ》び泣き初めた。……そのスンナリとした襟筋……柔らかい背中の丸味……腰のあたりの膨らみ……。

平馬は愕然となった。

……女だ……疑いもない女だ……。

と気付きながら何も彼《か》も忘れて唖然となった。

……最初からどうして気付かなかったのであろう……恩師一柳斎の言葉はこの事であったか。あの時に、どう処置を執《と》るかと尋ねられたが……これは又、何としたものであろう……。

と心の中《うち》で狼狽した。顔を撫でまわして茫然となった。

その平馬の前に白い手が動いて二通の手紙様の物をスルスルと差出した。そのま、拝むように一礼すると、又も咽泣《むせびなき》の声が改まった。

平馬は何かしら胸を時《とき》めかせながら受取った。押し頂きながら上の一通を開いてみた。

ボロボロの唐紙《とうし》半切《はんせつ》に見事な筆跡で、薄墨の走り書きがしてあった。

遺言の事

一、父は不忍《しのばず》の某酒亭にて黒田藩の武士と時勢の事に就《つき》口論の上、多勢に一人にて重手《おもで》負い、無念ながら切腹し相果《あいは》つる者也。

一、父の子孫たる者は徳川の御為《おんため》、必ずこの仇《あだ》を討果《うちはた》すべき者也。仮令《たとい》血統断絶致すとも苦しからざる事。

一、敵手《あいて》の中の主立《おもだち》たる一人は黒田藩の指南番浅川一柳斎と名乗り、五十前後の長身にて、骨柄逞《たく》ましき武士なること。

一、後々《あとあと》の事は母方の縁辺により、御老中、久世広周《くぜひろちか》殿に御願申上べき事　以上。

文久二年五月十四日

友川三郎兵衛矩兼《のりかね》血判

嫡男　長一郎矩道《ちょういちろうのりみち》代筆印

次男　三次郎矩行　印

又、別紙奉書の畾紙《らいし》（書状を巻いた包み紙）には美事なお家様の文字が黒々と認《したた》めてあった。

別紙遺言状相添え、病弱の兄に代り、次男友川三次郎矩行、仇討執心の趣、殊勝の事。但、御用繁多の折柄に付《つき》、広周一存を以て諸国手形相添え差許者也《さしゆるすものなり》。尚本懐の上は父三郎兵衛の名跡《みようぜき》相違なかるべき事、広周可含置者也《ふくみおくべきものなり》
　文久壬戌《じんじゆつ》二年六月二日　広周　書判《かきはん》

　平馬の顔から血の色が消えた。何もかも解かったような気がすると同時に、又も、眼の前が真暗になって来たので、吾れ知らず二通の手紙を握り締めた。自分の恩師を不倶戴天の仇《あだ》と狙う眼の前の不思議な女性を睨み詰めた。

　その時に若衆姿の女性が、やっと顔を上げた。平馬の凄じい血相を見上げると、又も新しい涙を流しながら唇を震わした。

「……御覧の……通りで御座います。兄も……弟も労咳《ろうがい》で臥せっておりまする中にタッタ一人の妾《わたくし》が……聊《いささ》か小太刀の心得が御座いますのを……よすがに致しまして、偽りの願書を差出しました。……そうして……そうして、お許しを受けますと……御免状の通り男の姿に変りまして……首尾よく箱根のお関所を越えました。それから他人様《ひと》に疑われませぬように、色々と姿を変えまして、どうがな致してこの思いを、貴方様《あなた》にだけ打ち明けたいと、心を砕きました甲斐もなく、関所破りの疑いをかけたらしい腕利きの老人に、どこからともなく附き纏われまして生きた空もなく

逐《お》い廻わされました時の、怖ろしゅう御座いましたこと……それから四国路まで狭《さ》迷《まよ》いまして、千辛万苦致しました末、ようようの思いで当地に立越えてみますれば……狙う讐仇《かたき》の一柳斎は……貴方様の御師匠さま……」

平馬をマトモに見上げた顔から、涙が止め度もなく流れ落ちた。その身内の戦《おのの》かしよう……肩の波打たせようは、どう見ても真実こめた女性の、思い迫った姿に見えた。

平馬は地獄に落ちて行く亡者のような気持になった。乾いた両眼をカッと見開いて、遠い遠い涯てしもない空間を凝視していた。

その眼の前に泣き濡れた、白い顔が迫って来た。噎《む》せかえる女性の芳香《かおり》と一所に……。

「……それで……それで……妾《わたし》は……貴方様のお手に掛かりに……まいりました」

ハッとした平馬は二尺ばかり飛び退《の》いた。

「……ナ……何と……」

「……妾は、父の怨みを棄てました、不孝な女で御座います。小田原の松原からこのかた、あ……貴方様の事ばっかり……思い詰めまして……」

「……エエッ……」

「……お……お慕い申して参りました。討たれぬ……討っては成りませぬ仇《かたき》とは存じながら……ここまで参いりました。せめて貴方様の……お手にかかりたさに……一と思いの……御成敗が受けたさに……受けとうて……」

と云ううちにキッと唇を噛んだ若侍の姿がスルスルと後《あと》へ下がった。……それは云い知れぬ思いに燃え立つ妖火のような頬の輝やき、眼の光り……と見るうちに懐《ふと》中《ころ》の匕首《あいくち》、抜く手も見せず、平馬の喉元へ突きかかった。

「……アッ。心得違い……めさるなッ」

危うく右へ飛び退《の》いた平馬は、まだ居住居《いずまい》を崩さずに両手を膝に置いていた。

「……乱心……乱心召されたかッ……讐仇《かたき》は讐仇《かたき》……身共は身共……」

と助けてやりたい一心で大喝した。

一方に空を突いた若侍姿はモウ前髪を振り乱していた。とても敵《かな》わぬと観念したらしく、平馬の大喝の下《もと》に息を切らしながら眼を閉じたが、又も思い切って見開くと、火のような瞳を閃《ひら》めかした。

「……ヒ……卑怯者ッ。その讐仇《かたき》を討つのに……邪魔に……邪魔になるのは貴方一人……」

「……エエッ……さてはおのれ……」

「お覚悟ッ……」

という必死の叫びが、絹を裂くように庭先に流れた。白い光りが一直線に平馬の胸元へ飛んだが、床の間の脇差へかかった平馬の手の方が早かった。相手が立ち上りかけた肩先を斬り下げていた。

その切先《きっさき》に身を投げかけるようにして来た相手は、そのまま懐剣を取落して仰《の》ぞった。両手の指をシッカリと組み合わせたまま、あおのけに倒おれると、膝頭をジリジリと引き縮めた。涙の浮かんだ眼で平馬を見上げながらニッコリと笑った。

「……本望……本望で……御座います。平馬様……」

そう云ううちに、袈裟《けさ》がけに斬り放された生平《きびら》の襟元がパラリと開いた。赤い雲から覗いた満月のような乳房が、ブルブルとおののきながら現われた。

「……すみませぬ……済みま……せぬ……。今までのことは、何もかも……何もかも……偽り……まことは妾《わたくし》は……女……女役者……」

と云いさして平馬の方向《ほう》へガックリと顔を傾けた……が……しかし、それは苦痛のためらしかった。そのまま眼を閉じてタップリと血を吐いた。……と見るうちに下唇を深く噛んで、白い小さな腮《あご》を、ヒクリヒクリとシャクリ上げはじめた。

平馬は血刀を掲《ひっさ》げたまま茫然となっていた。

「……ええ。お頼み申します。お取次のお方はおいでになりませぬか。手前は見付の佐五郎と申す者で御座います。どなたかおいでになりませぬか。お頼み申しますお頼み申します……」

という性急な案内の声を他所事《よそ》のように聞いていた。

一柳斎は伸び伸びと肩を上げてうなずいた。

「いや。無事にお届が相済んで祝着《しゅうちゃく》この上もない……まず一献《いっこん》……」

贋《に》せ侍斬りに就いて大目附へ出頭した紋服姿の石月平馬と、地味な木綿縞《もめんじま》に町の低い役袴《やくばかま》を穿いた三五屋、佐五郎老人が、帰り道に招かれて夕食の饗応《もてなし》を受けていた。大盆を傾けた一柳斎は早くも雄弁になっていた。

「……のう……一存の取計らいとはいう条、仮初《かりそめ》にも老中の許し状を所持致しておる人間じゃ。無下《むげ》に斬棄てたとあっては、無事に済む沙汰ではないがのう……お江戸の威光も地に墜ちかけている今日なればこそじゃ。それに又、佐五郎老体の言葉添えが、最初から立派であったと云うからのう。番頭《ばんがしら》の筆頭が感心して話しおったわい」

「どう仕りまして……無調法ばかり……」

「いや。なかなかもって……お関所破りの贋《に》せ若衆とあれば天下の御為に容易ならぬ曲者《くせもの》と存じ、当藩の役柄の者に付き纏うところを、ここまで逐《お》い詰めて参いったとあれば、大目附でも言句《げんく》はない筈じゃからのう……殊更《ことさら》に御老中の久世広周《くぜひろちか》殿も、お役御免の折柄ではあるし、迂潤な咎め立てをしようものなら却って無調法な仇討《あだうち》免状が表沙汰になろうやら知れぬ。思えば平馬殿は都合のよい『生き胴』に取り当ったものじゃのう。ハッハッハッ……」

酌をしていた奥方が、心から感心したように平馬の顔を見てうなずいた。

「……あれからこの四五日と申しますもの、御城下では平馬殿のお噂ばっかり……」

「うむうむ。そうあろうとも……イヤ。天晴《あっぱれ》で御座ったぞ平馬殿。あの時に、どう処置をされるおつもりかと聞いたのはここの事じゃったが……ハッハッ。よう見定めが附いたのう。佐五郎殿。そうは思われぬか……」

「御意《ぎょい》に御座います。先生様の御丹精《たんせい》といい、その場を立たせぬ御決断とお手の中《うち》……拝見致しながら夢のように存じました」

「うむうむ。然るにじゃ。あの女の正体を平馬殿の物語りの中から見破って来た、佐五郎老体の眼鏡の高さも亦《また》、中々もって尋常でないわい。実はその手柄話を聞きたいが精神《こころ》で、平馬殿に申し含めて、斯様《かよう》に引止めさせた訳じゃが……門弟共の心掛にもなるでのう」

「身に余りまするお言葉、勿体のう存じまする。幅広う申上げまする面目も御座りませぬが、初めて石月様のお物語を承っておりますうちにアラカタ五つの不審が起りました」

「成る程……その不審というのは……」

「まず何よりも先に不審に存じましたのは、仇討《あだうち》に参いる程の血気の若侍が、匂い袋を持っていたというお話で御座いました。まことに似合わしからぬお話で……これは、もしや女人《にょにん》の肌の香《か》をまぎらわせるためではないかと疑いながら承わっておりまするとの定、それから後《のち》の石月様の心遣いに、女ならでは行き届きかねる節々が見えまする……これが二つ……」

「尤も千万……それから……」

「三つにはその足の早さ……四つには、その並外れた金遣い、……それから五つにはその眼を驚かす姿の変りようで御座りまする」

「いかにものう……恐ろしい理詰めじゃわい」

「ザッと右のような次第で、つまるところこれは稀代の女白浪《おんなしらなみ》ではあるまいか。さもなければお話のような気転、立働らきが出来る筈はないと存じ寄りましたのが初まりで……」

「うむうむ……」

「年寄の冷水とは存じましたが、御覧の通り最早《もはや》六十の峠を越えました下り坂の私。空車《からぐるま》を引いている折柄で御座います、戻り駄賃に一世一代の大物を引いて見ようか……と存じますと一気に釣り出された仕事で御座いましたが、タッタ一足の事で石月様に先手を打たれまして……へへへ。面目次第も御座いませぬ」

「イヤイヤ。それにしても流石《さすが》は老練じゃ。並々の者に足跡を見せる女ではないわい」

「……ところでお言葉はお言葉と致しまして、ここに一つの不審が御座りまするが如何で御座りましょうか。御無礼とは存じますれど……」

「何の何の。何の遠慮が要ろう。何なりと存分に問うて見られい」

「へへイ。有難う存じまする。それではお伺い申上げまするが、先生様が、石月様のお話から、仇討《あだうち》免状の正体カラクリを、お覚《さと》りになりました次第と申しまするは……」

「アハアハ。何事かと思うたればその事か。それなれば何でもない。他愛もない事じゃ」

「……と……仰せられまするは……」

「うむ。追ってお尋ねを受ける事と思うが、実は身共も少々あの女に掛り合いがあってのう」

「ヘエッ。これは亦、思いも寄りませぬ」

「ほかでもない。忘れもせぬ昨年の十月の末の事じゃ。久方振りに殿の御用で江戸表へ参いっておる中《うち》に、あの願書の当の本人、友川矩行という若侍から父の仇敵《かたき》と名乗り掛けられてのう……」

「ヘエッ。いよいよ以て不思議なお話……」

「おおさ。しかも馬場先《ばばさき》の晴れの場所で、助太刀《すけだち》らしい武士が二人引添うておったが聊《いささ》か肝を奪われたわい。面目ない話じゃが聊か身に覚えのない事じゃまで……」

「成る程……御尤《ごもっと》も様で……」

「しかし迂濶に相手はならぬ。何か仔細がある事と思うたけに咄嗟《とっさ》の間《ま》に身を引きながら、如何《いか》にも身共は黒田藩の浅川一柳斎に相違ないが、何か拙者を讐仇《かたき》と呼ばれる仔細が御座るか。然るべき仇討《あだうち》の免状でも持っておいでるかと問うてみたればそれは無い。在るには在ったが、浅草観世音《あさくさかんぜおん》の境内で懐中物《かいちゅうもの》と一所に掏《す》られてしもうたと云うのじゃ」

「ハハア。どうやら様子がわかりまする」

「うむうむ。そこで……然らば、お気の毒ながら仇呼《かたきよ》ばわりは御免下されい。第一毛頭覚えのない事……と云い切って立去りかけたところ、助太刀と共々三人が、抜き連れてかかりおった。……然るにこの助太刀の二人というのが相当名のある佐幕派の浪人で、身共の顔を見識《みし》りおって友川の手引をしたらしいと思われたが、事実、三人とも中々の者でのう。最初は峰打ちと思うたが、次第にあしらいかねて来た故、若侍を最初に仇《う》ち棄てて、返す刀に二人を倒《た》おしたまま何事ものう引取ったものじゃ……しかし、それにしても若侍の事が何とのう不憫《ふびん》に存じた故、それから後《のち》に人の噂を聞かせてみたところが、何でも身共の姓名を騙《かた》って飲食をしておったどこかのナグレ浪人共が、別席で一杯傾けておった友川某《なにがし》という旗本に云い掛りを附けて討ち果いた上に、料理を踏倒おして逃げ失せおった。そこでその友川の枕元に馳付けた兄弟二人が、父の遺言を書取って、仇討の願書を差出したものじゃが、しかしその友川某という侍は兄弟二人切りしか子供を持っておらぬ。その中でも兄の方は、とりあえず家督を継ぐには継いだが、病弱で物にならぬ。その代り弟の方が千葉門下の免許取りであったからそれに御免状が下がった……というのが実説らしいのじゃ。不覚な免許取りが在ったものじゃが、つまるところ、そこから間違いの仇《あだ》討《うち》が初まった訳じゃ……その第一の証拠には、その旗本が斬られたという五月の頃おい、拙者はまだこの福岡に在藩しておったからのう……ハハハ。とんと話にならん話じゃが……」

耳を傾けていた佐五郎老人はここで突然にパッタリと膝を打った。晴れ晴れしく点頭《うなず》いた。

「ああ。それで漸々《ようよう》真相《こと》が解かりましたわい。実は私も見付の在所で、お下りのお客様からそのお噂を承りまして聊《いささ》か奇妙に存じておりましたところで……と申しますのはほかでも御座いませぬ。この節のお江戸の市中《まち》は毎日毎日斬捨《きりすて》ばかりで格別珍らしい事ではないと申しますのに、只今のお話だけが馬場先の返討《かえりうち》と申しまして、江戸市中の大層な評判……」

「ほほう。それ程の評判じゃったかのう」

「間違えば間違うもので御座いまする……何でもその友川という若いお武家が、返り討《うち》に会うた会うた。無念無念と云うて息を引取りましたそうで、その亡骸《なきがら》の紋所から友川様の御次男という事が判明《わか》りました。それに連れて二人の助太刀も、同じ門下の兄弟子二人と知れましたが、それにしてもその返り討《うち》にした片相手は何人《なにびと》であろう。助太刀共に三人共、相当の剣客と見えたのを、羽織も脱がぬ雪駄穿(せったばき)のままあしろうて、やがて一刀の下に斬棄てたまま、悠々と立去る程の御仁のお名前が、江戸市中に聞こえておらぬ筈はないと申しましてな……」

「ハハハ。友川の兄御も、お役を退《ひ》かれた久世殿もその名前を御存じではあったろうが、何《な》にせい相手が霞が関の黒田藩となると事が容易でないからのう」

「御意の通りで御座います。……ところがここに又、左様な天下の御威光を恐れぬ無法者が現われました……と申しますのは、その御免状を盗みました掏摸《すり》の女親分で御座いまして、当時江戸お構いになっておりました旅役者上りの、外墓《そとがま》お久美《くみ》と申しまする者が、その評判に割込んで参いりましたそうで……」

「うむ。いよいよ真相《しょうもく》に近づいて来るのう」

「御意《ぎょい》に御座いまする。そのお久美と申しまするは、まだ二十歳《はたち》かそこらの美形《びけい》と承りましたが、世にも珍らしい不敵者で、この評判を承りまするとことの外《ほか》の外気の毒がりまして、お相手のお名前は妾《わたし》が存じておりまする。キット仇《かたき》を取って進ぜまするという手紙を添えて、大枚の金子《きんす》を病身の兄御にことづけた……という事が又、もっぱらの大評判になりましたそうで……まことに早や、どこまで間違うて参りまするやら解からぬお話で御座いますが……」

「ハハハ。世間はそんな物かも知れんて……」

「しかし、いか程お江戸が広いと申しましても、それ程に酔狂な女づれが居りましようとは、夢にも存じ寄りませなんだが……」

「ウムウム。その事じゃその事じゃ。何を隠そう拙者も江戸表に居る中《うち》にそのような評判を薄々《うすうす》耳に致しておるにはおったがのう。多分、そのような事を云い触らして名前を売りたがっておるのであろう。真逆《まさか》……と思いながら打ち忘れておったところへ平馬殿の話を承ったものじゃから、実はビックリさせられてのう。あんまり芝居が過ぎおるで……」

「御意に御座いまする。もっともあの女も最初は、まだ評判の広がらぬ中《うち》に、御免状とお手形を使うて、関所を越えようという一心から、敵討《かたきうち》に扮装《いでた》ったもので御座いましょう。それから関西あたりへ出て何か大仕事をする了簡ではなかったかと、あの時に推量致しましたが……」

「いかにも――……ところが佐五郎どの程の器量人に逐《お》われるとなると中々尋常では外《はず》されまい。事に依ったらこの方角へ逃げ込んで来まいものでもないっ しかも当城下に足を入れたならば、何よりも先に平馬殿の処へ参いるのが定跡《じょう》……とあの時に思うたけに、一つ平馬殿の器量を試《た》めいて見るつもりで、わざっと身共の潔白を披露せずにおいたものじゃったが。いや……お手柄じゃったお手柄じゃった……」

「まことにお手際で御座いました」

「ハハハ……平馬殿はこう見えても武辺一点張りの男じゃからのう……」

二人は口を極めて平馬を賞《ほ》め上げながら盃《さかずき》を重ねた。酌をしていた奥方までも、たしなみを忘れて平馬の横顔に見惚《みと》れていた。

しかし平馬は苦笑いをするばかりであった。燃え上るような眼眸《まなざし》で斬りかかって来た女の面影を、話の切れ目切れ目に思い浮かべているうちに酒の味もよく解らないまま一柳斎の邸を出た。

青澄んだ空を切抜いたように満月が冴えていた。

「……これが免許皆伝か……」

とつぶやきながら平馬は、黒い森に包まれた舞鶴城を仰いだ。

平馬の眼に涙が一パイ溜まった。その涙の中で月の下の白い天守閣がユラユラと傾いて崩れて行った。そうしてその代りに妖艶な若侍の姿が、スッキリと立ち現われるのを見た。……本望で御座います……と云い云い、わななき震えて、白くなって行く唇を見た。

堀端《ほりばた》伝いに桝《ます》小屋の自宅に帰ると、平馬はコッソリと手廻りを片付けて旅支度を初めた。下男と雇婆《やといばば》の寝息を覗《うかが》いながら屋敷を抜け出すと、門の扉《と》へピッタリと貼紙をした。

「啓上　石月平馬こと一旦、女賊風《ふ》情《ぜい》の饗応を受け候上《そうろううえ》は、最《も》早《はや》武士に候わず。君公師父の御高恩に背《そむ》き、身を晦《くら》まし申《もうし》候《そうろう》間《あいだ》、何卒《なにとぞ》、御忘れおき賜わり度候《たくそうろう》。頓《とん》首《しゅ》」

御用のため、江戸表へ急の旅立と偽って桝形門を抜け、石堂川《いしどう》を渡って、街道を東へ東へと急いだ平馬は、フト立止まって空を仰いだ。松の梢《こずえ》に月が流れ輝いて、星の光りを消していた。

平馬は大声をあげて泣きたい気持になった。そのまま唇を噛んで前後を見かわしたが、

「……ハテ……今頃はあの三五屋の老人が感付いて追っかけて来おるかも知れぬ。あの老人にかかっては面倒じゃが……そうじゃ……今の中《うち》に引っ外《はず》してくれよう。どこまで行ったとてこの思いが尽きるものではない……」

と独言《ひとりごと》を云い云い引返《ひっかえ》して、箱崎松原《はこざきまつばら》の中に在る黒田家の菩《ぼ》提《だい》所、崇福寺《すうふくじ》の境内に忍び込んだ。門内の無縁塔の前に在る大きな拝石《おがみいし》の上にドッカリと座を占めた。

静かに双肌《もろはだ》を寛《くつろ》げながら小刀の鞘を払った。

眼を閉じて今一度、若侍の姿を瞑想した。

……おお……そもじを斬ったのはこの平馬ではなかったぞ。世間体《せけんてい》の武士道……人間のまごころを知らぬ武士道……鳥獣の争いをそのままの武士道……功名手柄一点張りの、あやまった武士道であったぞ。……そもじのお蔭で平馬はようように真実《まこと》の武士道がわかった……人間世界がわかったわい。

……平馬の生命《いのち》はそもじに参いらする。思い残す事はない……南無……。

名君忠之

一

この話の中に活躍する延寿国資《えんじゆくにすけ》と、金剛兵衛盛高《こんごうへえもりたか》の二銘刀は東京の愛剣家、杉山《すぎやま》其日庵《そのひあん》（作者の父・杉山茂丸の号）氏の秘蔵となって現存している。従ってこの話は、黒田《くろだ》藩に起った事実を脚色したものであるが、しかし人名、町名と時代は差障《さしさわ》りがあるから仮作にしておいた。悪《あし》からず諒恕《りようじよ》して頂きたい。

「不埒《ふらち》な奴……すぐに与九郎《よくろう》奴《め》の家禄を取上げて追放せい。薩州の家来になれと言うて国境から敲《たた》き放せ。よいか。申付けたぞ」

数本の桜の大樹が、美事に返咲きしている奥庭の広縁に、筑前《ちくぜん》藩主、黒田忠之《ただゆき》が丹前《たんぜん》、庭下駄のまま腰を掛けていた。同じ縁側の遥か下手に平伏している大目付役、尾藤内記《びとうないき》の胡麻塩《ごましお》頭を睨み付けていた。側女《そばめ》を連れて散歩に出かけるところらしかった。

裃《かみしも》姿の尾藤内記は、素長《すなが》い顔を真青にしたまま忠之の眼の色を仰ぎ見た。そうして前よりも一層低く頭を板張りに近付けた。

「ハハッ。御意《ぎょい》には御座りまするが……御言葉を返すは、恐れ多うは御座りまするが、何卒《なにとぞ》、格別の御憐憫をもちましてお眼こぼしの程……薩藩への聞こえも如何《いかが》かと存じますれば……」

「……ナニッ……何と言う……」

忠之の両の拳《こぶし》が黄八丈《きはちじょう》の膝の上でピリピリと戦《おのの》いた。庭先に立並んでいた側女たちがハッと顔を見合わせた。忠之が癇癖を起すと、アトで両の拳を自分で開き得ないで、女共に指を揉み柔らげさせて開かせる。それ程に烈しい癇癖が今起りかけている事を察したからであった。

「タ……タワケ奴《め》がッ。島津《しまづ》が何とした。他藩の武士を断りもなく恩寵して、晴れがましく褒美《ほうび》なんどと……余を踏み付けに致したも同然じゃ。仕儀によっては与九郎奴を、肥後《ひご》、薩摩《さつま》の境い目まで引っ立てて討ち放せ。その趣意を捨札《すてふだ》にして、あすこに晒首《さらしくび》にして参れ。他藩主の恩賞なんどを無作《むさ》と懐中に入れるような奴は謀反、裏切者と同然の奴じゃ。元亀、天正の昔も今と同じ事じゃ。わかったか」

「ハハ。一々御尤《ごもっと》も……」

「肥後殿も悪《あ》しゅうは計《はか》ろうまい。薩藩とは犬と猿同然の仲じゃけにの……即刻に取計《とりはか》らえ……」

「ハハ。追放……追放致しまする。追放……あり難き仕合わせ……」

「ウム。塙代《ばんだい》与九郎奴は切腹も許さぬぞ。万一切腹しおったらその方の落度ぞ。不埒な奴じゃ。黒田武士の名折れじゃ。屹度《きっと》申付けて向後《こうご》の見せしめにせい。心得たか。……立てッ……」


戦国武士の血を多分に稟《う》け継いでいる忠之は、芥屋《けや》石の沓脱《くつぬぎ》台に庭下駄を踏み鳴らして癇を昂《たか》ぶらせた。成行によっては薩州と一出入り仕兼ねまじき決心が、その切れ上った眥《まなじり》に見えた。お庭に立並んでいた寵妾《ちょうしょう》お秀《ひで》の方を初め五六人の腰元が固《かた》唾《ず》をのんで立ち竦《すく》んだ。

とたんに御本丸から吹きおろす大体颪《ねおろし》に、返咲きの桜が真白く、お庭一面に散乱した。言い知れぬ殺気が四隣《あたり》に満ち満ちた。

この上は取做《とりな》せば取做すほど語気が烈しくなる主君の気象を知り抜いている大目付役、尾藤内記は、慌《あわただ》しくスルスルと退《の》いた。すぐにも下城しそうな足取りで、お局《つぼね》を出たが、しかし、お局外の長廊下を大書院へ近づくうちに次第次第に歩度が弛《ゆる》んで、うなだれて、両腕を組んだ。思案に暮れる体《てい》でシオシオとお屏風の間《ま》まで来た。

「何事で御座った。大目付殿……」

お納戸頭《なんどがしら》の淵金右衛門《ふちきんえもん》という老人が待兼ねておったように大屏風の蔭から立現《たちあら》われた。

「おお。御老人……」

と内記は助船《たすけぶね》に出会うたように顔を上げた。ホッと溜息をした。

「よいところへ……ちょっとこちらへ御足労を……少々内談が御座る。折入ってな……」

「内談とは……」

「御老体のお知恵が拝借したい」

「これは改まった……御貴殿の御分別は城内一と……ハハ……追従《ついしょう》では御座らぬ。それに上越《うえこ》す知恵なぞはトテモ拙者に……ハハ……」

「仰せられな。コレコレ坊主、茶を持て……」

二人は宿直《とのい》の間の畳廊下へ向い合った。百舌鳥《もず》の声が喧《やかま》しい程城内に交錯している。

お坊主が二人して座布団と煎茶を捧げ持って来た。淵老人が扇を膝に突いた。

「して何事で御座る」

尾藤内記は又腕を組んだ。

「余の儀でも御座らぬ。御承知の塙代与九郎昌秋《まさあき》のう」

「ハハ……あの薩州拝みの……」

「シッ……その事じゃ。あの増長者奴《のぼせめ》が、一昨年の夏、あの宗像《むなかた》大島の島司《とうし》になっているうちに、朝鮮通いの薩州藩の難船を助けて、船繕《つくろ》いをさせた上に、病人どもを手厚う介抱して帰らせたという……な……」

「左様《さよう》左様《さよう》。その船は実をいうと禁断のオロシャ（ロシアの旧称）通いで、表向きに世話すると八釜《やかま》しいげなが……」

「ソレじゃ。そこでその謝礼とあって今年の春の事、薩州から内密に大島の塙代の家へ船を廻して、莫大もない金銀と、延寿国資の銘刀と、薩摩焼御紋入りのギヤマンのお茶器なんどという大層な物を、御使者の手から直々《じきじき》に塙代与九郎へ賜わったという話な……御存じじゃろうが」

「存じませいでか。与九郎はこれが大自慢でチト性根が狂うとるという話も存じておりまする。つまりその薩州小判で、蓮池の自宅の奥に数寄《すき》を凝《こ》らいた茶室を造って、お八代《やよ》に七代《ななよ》とかいう姉妹の遊女を知行所の娘と偽《いつわ》って、妾《めかけ》にして引籠もり、菖蒲《しょうぶ》のお節句にも病気と称して殿の御機嫌を伺わなんだ。馬術の門弟もちりぢりになって散々の体裁《ていたらく》じゃ。のみならず出会う人毎《ごと》に、薩州は大藩じゃ。違うたもんじゃ違うたもんじゃとギヤマン茶碗や、延寿の刀や、姉妹の妾を見せびらかして吹聴致しているので皆、顔を背向《そむ》けている。あのような奴は藩の恥辱じゃから討って棄てようか……なぞと、部屋住みの若い者の中にはイキリ立つ者も在るげで御座るが、何にせいかの与九郎はモウ白髪頭ではあるが、一刀流の自信の者じゃで、皆二の足を踏んでいる……というモッパラの評判で御座るてや」

「フーム。よう御存じじゃのう。塙代がソレ程のタワケ者とは知らなんだ。遊女を妾にしている事や、家中の若い者の腹構えがそれ程とは夢にも……」

「アハハハ。左様《さよう》な立入った詮議は大目付殿のお耳には却《かえっ》て這入らぬものじゃでのう。……して今日のお召はその事で……」

「まったくその事で御座る。番座限《ここまで》のお話で御座るが……」

「心得ました。八幡《はちまん》口外は仕《つかまつ》らぬ」

「忝《かたじけ》のう御座る。おおかたお側の女《はした》どもの噂からお耳に入ったことと思うが、殿の仰せには、薩藩から余に一言の会釈もせいで、黒田藩士に直々《じきじき》の恩賞沙汰は、この忠之を眼中に置かぬ島津の無礼じゃ。又、塙代奴が余の許しも受けいで、無作《むさ》と他藩の恩賞を受けるとは不埒千万。不得心《ふとくしん》この上もない奴じゃ。棄ておいては当藩の示しにならぬ。家禄を召上げて追放せい。切腹も許さぬ……という厳しい御沙汰じゃが……」

「それは殿のお言葉が、恐れながら順当で御座ろう。とやかく申しても当、上様は御名君のう。天晴《あっぱ》れな御意……中分御座らぬ……」

尾藤内記は唖然となった。長い顔を一層長くした。玄翁《げんのう》で打っても潰れそうにない淵老人の頑固面《づら》を凝視した。

二

「……これは如何《いかが》なこと……御老人までがその連れでは拙者、立つ瀬が御座らぬ。塙代与九郎の家は三百五十石、馬廻《うままわ》りの小禄とは申せ、先代与五兵衛尉《よごへいのじよう》が、禁裡馬術の名誉以来、当藩馬術の指南番として、太刀折紙《たちおりがみ》の礼を許されている大組格《おおくみかく》の名家じゃ。取潰すとあれば親類縁者が一騒動起すであろう」

「イヤ。大騒動を起させるが宜《よ》う御座ろう。却《かえ》って見せしめになりましょうぞ」

「いかなこと。殿の御意もそこで御座る」

「さればこそ。結構な御意……我君は御名君。老人、胸がスウーッと致した。早々与九郎を追放されませい」

「ささ。それが左様《さよう》手軽には参らぬ。与九郎奴の追放は薩藩への面当《つらあて》にも相成るでな」

「イヨイヨ面白いでは御座らぬか。この頃のように泰平が続いては自然お納戸の算《そろ》盤《ばん》が立ち兼ねて参りまする。ドサクサ紛れに今二三十万石、どこからか切取らねばこのお城の馬糧《かいば》に足らぬ。手柄があっても加増も出来ぬとあれば、当藩士の意気組は腐るばっかり。武芸出精《しゅっせい》の張合が御座らぬ。主君の御癇癖も昂《たか》まるばっかり……取潰し結構。弓矢出入り尚更《なおさら》結構……塙代与九郎を槍玉に挙げて、薩州のオロシャ交易を発《あば》き立てたなら、関ヶ原以来睨まれている島津の百万石じゃ。九州一円が引っくり返るような騒動になろうやら知れぬ。そうなったら島津の取潰し役は差詰め肥後で、肥後の後詰は筑前じゃ。主君《との》の御本心もそこに存する事必定じゃ。どっちに転んでも損は無い。……この老人の算盤《そろばん》は、文禄、慶長の生残りでな。チィット手荒いかも知れぬが……ハッハッ……」

尾藤内記は苦り切って差しうつむいた。独り言のように溜息まじりにつぶやいた。

「それが左様参れば面白いがのう。ここに一つ、面白うない事が御座るて……」

「フーム。塙代与九郎奴は大目付殿の御縁辺《えんぺん》でも御座りまするかの……言葉が過ぎたら御免下されいじゃが」

「イヤイヤ。縁辺なら尚更厳しゅう取計らわねばならぬ役目柄じゃが」

「赤面の至り……では何か公辺の仔細でも……」

「……それじゃ……それそれ。先《ま》ずお耳を貸されい。の……これは又してもお納戸金をせびるのでは御座らぬが、この頃の手前役柄の入費が尋常でない事は、最早《もはや》お察しで御座ろうの……」

「察しませぬでか。不審千万に存じておりまする」

「御不審御尤も……実は江戸からチラチラと隠密が入込んでおりまする」

「ゲエッ……早や来ておりまするか」

「シイッ……黒封印（極秘密）で御座るぞ。……主君《との》の御気象が、大公儀へは余程、大袈裟に聞こえていると見えてのう。この程、大阪乞食の傀儡師《くぐつまわし》や江戸のヨカヨカ飴屋、越後方言《どさ》の蚊帳《かちょう》売りなぞに変化《へんげ》して、大公儀の隠密が入込みおる。城内の様子を探りおる……という目明し共の取沙汰じゃ。コチラも抜からず足を付けて見張らせている。イザとなれば一人洩らさず大濠《おおほり》へ溺殺《ふしづけ》にする手配りを致しているがのう……油断も隙もならぬ。名君、勇君とあれば、御連枝《ごれんし》でも構わず取潰すが、三代以後の大公儀の目安（方針）らしい。尤も島津は太閤様以来栄螺《さざえ》の蓋を固めて、指一本指させぬ天険に隠れておるけに、徳川も諦《あきら》めておろう。……されば九州で危いのはまず黒田と細川《ほそかわ》（熊本）であろう……と備後《びんご》殿（栗山）も美作《みまさか》殿（黒田）も吾《われ》儕《ら》に仰せ聞けられたでのう。そのような折柄に、左様な中立てで塙代奴を取潰いて、薩州と事を構えたならば却って手火事を焼き出そうやら知れぬ。どのように間違うた尾《お》鰭《ひれ》が付いて、どのような片手落の御沙汰が大公儀から下ろうやら知れぬ。それが主君《との》の御癇癖に触れる。大公儀の御沙汰に当藩が承服せぬとなったら、そこがそのまま大公儀の付け目じゃ。越前《えちぜん》宰相殿、駿河《するが》大納言殿の先例も近いこと。千丈の堤も蟻《あり》の一穴《いっけつ》から……他所事《よそごと》では御座らぬわい。拙者の苦労は、その一つで御座る」

「フーム。いかにものう」

と淵老人も流石《さすが》に腕を組んで考え込んだ。青菜に塩をかけたようになって嘆息した。

「成る程のう。そこまでは気付かなんだ。……しかし主君《との》はその辺に、お気が付かせられておりまするかのう」

「御存じないかも知れぬが、申上げても同じ事じゃろう」

「ホホオ。それは又、何故《なにゆえ》に……」

「余が家来を余が処置するに、何の不思議がある。……黒田忠之を、生命惜しさに首を縮めている他所《よそ》の亀の子大名と一列とばし了簡《りようけん》違いすな……。そのような立ち入った咎《とが》め立てするならば、明国、韓国、島津に対する九州の押え大名は、こちらから御免を蒙《こうむ》る。龍造寺《りゆうぞうじ》、大友《おおとも》の末路を学ぶとも、天下の勢《せい》を引受けて一戦してみようと仰せられる事は必定じゃ。大体、主君《との》の御不満の底にはソレが蟠《わだか》まっておるでのう。その武勇の御望みが、御一代押え通せるか、通せぬかが当藩の運命のわかれ道……」

「言語道断……そのような事になっては一大事じゃ。ハテ。何としたもので御座ろう」

「されば こそ、先程よりお尋ね申すのじゃ。よいお知恵は御座らぬか」

「御座らぬ」

と淵老人はアッサリ頭を振った。

「お気に入りの倉八《くらはち》殿（十太夫）に御取りなしを御願いするほかにはのう」

内記は片目を閉じてニヤリ笑い出しながら、頭をゆるやかに左右に振った。老人もニヤリと冷笑して頭を掻いた。倉八十太夫も、お秀《ひで》の方も、殿の御気に逆らうような事は絶対にし得ない事を知っている二人は、今更のように眼を白くしてうなずき合った。

微《かす》かな溜息が二人の顔を暗くした。城内の百舌《もず》の声がひとしきり八釜《やかま》しくなった。

「五十五万石の中にこれ以上の知恵の出るところは無いからのう」

「吾々如きがお納戸役ではのう」

「今の塙代与九郎は隠居で御座ったの」

と尾藤内記は突然に話題を改めた。

「さようさよう。通町《とおりまち》の西村家から養子に参って只今隠居しておりまするが、倅の与十郎《よじゅうろう》夫婦は、いずれも早世致して、只今は取って十三か四に相成る孫の与一《よいち》が家督致しておりまする。采配は申す迄もなく祖父の与九郎が握っておりましょうが、孫の与一も小柄では御座るがナカナカの発明で、四書五経の素読《そどく》が八歳の時に相済み、大坪《おおつぼ》流の馬術、揚真《ようしん》流の居合なんど、免許同然の美事なもの……祖父の与九郎が大自慢という取沙汰で御座りまする」

「ウーム。惜しい事で御座るのう。その与九郎の里方、西村《にしむら》家の者で、与九郎の不行跡を諫《いさ》める者は居りませぬかのう」

「西村家は大組千二百石で御座るが、一家揃うての好人物でのう。手はよく書くので評判じゃが」

「ハハハ。武士に文字は要らぬもので御座るのう。このような場合……」

「その事で御座る。しかし与九郎が不行跡を改めましたならば、助ける御工夫が御座りまするかの。大目付殿に……」

「さよう。与九郎が妾どもを逐《お》い出して、見違えるほど謹しんだならば、今一度、御前体《ごぜんてい》を取做《とりな》すよすがになるかも知れぬが……しかし殿の御景色《おけしき》がこう早急ではのう」

「さればで御座るのう……御役目の御難儀、お察し申しまするわい」

「申上げます。アノ申上げます」

とお茶坊主が慌しく二人の前に手を突いた。眼をマン丸くして青くなっていた。

「殿様よりの御諚《ごじよう》で御座ります。尾藤様は最早《もはや》、御退出になりましたか見て参れとの御諚で……」

二人は苦い顔を見合わせた。

「ウム。よく申し聞けた。いずれ褒美取らするぞ。心利いた奴じゃ」

と言ううちに尾藤内記はソソクサと立上った。

「アノ……何と申上げましょうか」

「ウム。先刻退出したと申上げてくれい」

「かしこまりました」

お坊主がバタバタと走って大書院の奥へ消えた。

「……まずこの通りで御座る。殿の御性急には困り入る。すぐに処分をしに行かねば、お気に入らぬでのう」

「大目付殿ジカに与九郎へ申渡されますか」

「イヤ。とりあえず里方西村家へこの事を申入れて諌《いさ》めさせる。諌めを用いぬ時には追放と達したならば、如何な与九郎も一《ひ》と縮みで御座ろう。万事はその上で申聞ける所存じゃ。……手ぬるいとお叱りを受けるかも知れぬが、所詮、覚悟の前で御座る。ハハハ」

「大目付殿の御慈悲……家中の者も感佩《かんぱい》仕るで御座ろう。その御心中がわからぬ与九郎でも御座るまいが……」

淵老人は眼をしばたたいた。

「イヤ。太平の御代《みよ》とは申せ、お互いも油断なりませぬでの。つまるところは、お家安泰のためじゃ」

尾藤内記はヤット覚悟を定めたらしく、如何にも器量人らしい一言を残して颯爽《さっそう》と大玄関に出た。

「大目付殿……お立ちイイ……」

「コレッ……ひそかにッ……」

と尾藤内記は狼狽してお茶坊主を睨み付けた。お徒歩侍《かちざむらい》、目明し、草履取《ぞうりとり》、槍持、御用箱なんどがバラバラと走って来て式台に平伏した。

三

「アッハッハッハッ。面白い面白い」

酒気を帯びた塙代与九郎昌秋は二十畳の座敷のマン中で、傍若無人の哄笑を爆発さした。通町《とおりまち》の大西村《おおにしむら》と呼ばれた千二百石取の本座敷で、大目付の内達によって催された塙代家一統の一族評定の席上である。

「ハハア。素行を改めねば追放という御沙汰か。薩藩の恩賞を貰うたが、お上の気に入らぬか。面白い……出て行こう。……黒田の殿様は如水《じょすい》公以来、気の狭い血統じゃ。名誉の武士は居付かぬ慣わしじゃ。又兵衛基次《またべえもとつぐ》の先例もある。出て行こう。三百や五百の知行に未練はないわい。アッハッハッハッ……」

真赤になって怒号し続ける与九郎昌秋の額には、青い筋が竜のように盛上って、白い両鬢《りょうびん》に走り込んでいた。左手には薩州から拝領の延寿国資の大刀……右手には最愛の孫、与一昌純《まさずみ》の手首をシッカリと握って、居丈高の片膝を立てていた。

並居る西村、塙代両家の縁家の面々は皆、顔色を失っていた。これ程の放言を黙って聞き流した事が万に一つも主君忠之公のお耳に達したならば、どのように恐ろしいお咎《とが》めが来る事かと思うと、生きた空もない思いをしているらしく見えた。

「面白い。一言申残しておくが、吾儕《われら》は徒《いたず》らに女色に溺れる腐れ武士ではないぞ。馬術の名誉のために、大島の馬牧《うままき》を預ったものじゃ。薩州から良い種馬を仕入れたいばかりに、島津家と直々《じきじき》の交際《つきあい》をしたものじゃ。大名の島津と、黒田の家来格の者が対等の交際をするならば黒田藩の名誉でこそあれ。ハッハッ、それ程の器量の武士《さむらい》が又と二人当藩におるかおらぬか。それを賞めでもする事か、咎め立てするとは心外千万な主君じゃ。しかもそのお咎めを諫めもせずに、オメオメと承って来る大目付も大目付じゃ。当藩に武辺の心懸の者は居《お》らんと見える。見離されても名残りはないと云うておこうか。御一統の御小言は昌秋お受け出来ませぬわい。ハッハツハッハッ……」

「…………」

「塙代家の禁裡馬術の名誉は薩藩にも聞こえている筈じゃ。身共と孫の扶持《ふち》に事は欠くまい。薩州は大藩じゃからのう。三百石や五百石では恩にも着せまいてや。ハッハッハッ。大坪本流の馬術も当藩には残らぬ事になろうが、ハッハッハッ。コレ与一……薩州へ行こうのう。薩州は馬の本場じゃ。見事な馬ばかりじゃからのう。乗りに行こうて……のう。自宅《うち》の鹿毛《かげ》と青にその方の好きなあの金覆輪《きんぷくりん》の鞍置いて飛ばすれば、続く追っ手は当藩には居《お》らぬ筈じゃ。明後日の今頃は三太郎峠《さんたろうとうげ》を越えておろうぞ……サ……行こう……立たぬか……コレ与一……立てと言うに……」

六尺豊かの与九郎に引っ立てられながら、孫の与一は立とうともしなかった。紋付の袖を顔に当ててシクシクとシャクリ上げていた。

「……ヤア……そちは泣いておるな。ハハ。福岡を去るのが、それ程に名残り惜しいか。フフ。小供じゃのう。四書五経の素読は済んでも武士の意気地は解らぬと見える。ハハハ」

「…………」

「……コレ……祖父の命令《いいつけ》じゃ。立たぬか。伯父様や伯母様方に御暇乞《おいとま》いをせぬか。

今生《こんじょう》のお別れをせぬか。万一この縺《もつ》れによって、黒田と島津の手切れにも相成れば弓矢の間にお眼にかかるかも知れぬと、今のうちに御挨拶をしておかぬか、ハッハッハッ。立て立て……。サッ……立ていッ……」

大力の昌秋に引っ立てられて、与一はバッタリと横倒しになりながら片手を突いた。恨めしげに祖父の顔を見上げたが、唇をキッと噛むと、ムックリと起き直って、手強く祖父の手を振りほどいた。突《つ》と立上ってバラバラとお縁側から庭先へ飛び降りた。肩上の付いた紋服、小倉の馬乗袴《うまのりばかま》、小さな白足袋《たび》が、山茶花《さざんか》の植込みの間に消え込んだ。

「コレッ。与一どこへ行く」

と祖父の昌秋が、縁側に走り出た時、与一はもう、足袋跣足《はだし》のまま西村家裏手の廏《うまや》へ駈け込んでいた。

「ヤレ坊様《ぼんさま》……あぶない……」

と抱き止めにかかる廏仲間《ちゅうげん》を、

「エイッ……」

と一《ひ》と当て、十三四とは思えぬ拳《こぶし》の冴えに水月《みずおち》を詰められて、屈強の仲間がウムと尻餅を突いた。その隙に藁庖丁の上に懸けて在る手綱を外して、馬塞棒《ませぼう》の下を潜って、驚く赤馬をドウドウと制しながら、眼にも止まらぬ早業で轡《くつわ》を嚙ませた。馬塞棒《ませぼう》を取払って、裸馬へヒラリと飛乗ると、頭を下げながら手綱短《みじか》にドウドウドウドウと廏を出た。裏庭から横露地を玄関前へタッタッタッタッと乗出して、往来へ出るや否や左へ一曲り、

「ハヨ――ッ」

と言う子供声、高やかに、早や蹄の音も聞こえなくなってしまった。

アト見送った昌秋は延寿国資の大刀を提て玄関に仁王立ちに突立ったまま高笑いをした。

「アッハッハッハッ。子供は気が早い。あの通りで御座る。斯様《かよう》なれば当藩は敵地も同然で御座るからのう。早轡で飛ばし居った。心得た奴ではある……。では身共もソロソロお暇致そうか。お馬は何れ仲間に曳かせて御返しするで御座ろう。ムサとした事……若年に免じてご容赦下されい……さらば……」

四

お城の南、追廻門《おいまわしもん》、汐見櫓《やぐら》を包む大森林と、深い、広い蓮堀を隔てた馬場先、蓮

池、六本松、大体山の一帯は青い空の下に向い合って櫨《はぜ》、楓《かえで》、紅葉《もみじ》の色を競っていた。

その蓮池の山蔭《やまかげ》。塙代与九郎宅の奥庭、落葉《らくよう》を一パイに沈めた泉水に近く、樫と赤松に囲まれた離れ座敷は、広島風の能古《のこ》萱葺《かやぶき》、網代《あじろ》の杉天井、真竹《まだけ》瓦の四方縁、茶室好みの水口を揃えて、青銅の釣燈籠《つりどうろう》、高取焼大手水鉢《ちょうずばち》の配りなぞ、数寄者を驚かす凝《こ》った一構え……如何にも三百五十石の馬廻《うままわり》格には過ぎた風情《ふぜい》であった。

その西側の細骨障子には黄色い夕陽が長閑《のどか》に、一パイにあたっていた。ピッタリと閉切《しめき》ったその障子の内側の黒檀縁《こくたんぶち》の炉の傍《そば》に、花鳥模様の長崎毛氈《もうせん》を敷いて、二人の若い女が、白い、ふくよかな両脚を長々と投出しながら、ギヤマンの切子鉢に盛上げた無花果《いちじく》を舐《しゃぶ》っていた。二人とも御守殿《ごしゅでん》風の長笄《ながこうがい》（髪飾り）を横すじかいに崩《くず》し傾けて、緋緞子《ひどんす》揃いの長襦袢の襟元を乳の下まで白々とはだけたダラシなさ。最前から欠伸《あくび》を繰返し繰返し不承不承に口を動かしている風情であった。仄《ほの》暗い奥の十畳の座敷には、昨夜《ゆうべ》のままの夜具が乱れ重なって、その向うの開き放した四尺縁《えん》には、行燈《あんどん》、茶器、杯盤などが狼藉と押し出されている。

「妾《わたし》……何やら胸騒ぎがする」

と年上のお八代が、気弱らしく起直って、露わな乳の下へ掌《て》を当てた。二十二三顎《あご》に襟化粧が残って、唇が爛れたように紅《あか》い。

「きょうは暖《ぬく》いけになあ」

妹の七代は仰向《あおむけ》に長くなったまま振向いた。十八九であろうか。キリキリとした目鼻立ち、肉付きである。

「いいえ。今がた早馬の音が涼松《すずまつ》の方から聞こえたけに……」

「どこかの若殿の責め馬で御座んしょ」

「いいえ。あたしゃ、きょうのお出ましが気にかかってならぬ」

「ホホ。姉さんとした事が。考えたとてどうなろうか。……おおかた妾たちを追い出せというような、親戚がたの寄合いでがな御座んしょう……ホホ……」

「ほんにお前は気の強い人……」

「……妾たちの知った事じゃ御座んせぬもの。それじゃけに事が八釜《やかま》しゅうなれば、わたし達を連れて薩州へ退《の》いて見せると、大殿は言い御座ったけになあ」

「あれは真実《ほんと》な事じゃろうかなあ、七代さん」

「大殿の御気象ならヨウわかっとります。云うた事は後へ退《ひ》かっしゃれんけになあ」

「稚殿《ちいどの》も連れて行かっしゃろうなあ。その時は……なあ……」

「オホホ。姉さんていうたら何につけ彼《か》につけ稚殿《ちいどの》の事ばっかり……」

「笑いなんな。あたし達の行末が、どうなる事かと思うとなあ。タッタ一度で宜《え》けに、あげな可愛い若殿をばシッカリと抱いて寝てみたいと思うわいな。そう思うと妾《わたし》ゃ胸騒ぎがするわいな」

「ホホホホホホ。姉さんの嫌《いや》らしさ。まあだ十四ではないかな。与一《よっ》ちゃまは……」

「いいえ。色恋ではないわいな。わたしゃシンカラ与一《よっ》ちゃんが可愛《いと》しゅうて可愛《いと》しゅうて……」

「オホホホホ。可笑《おか》しい可笑しい。ハハハハ……」

「ようと笑いなさい。色恋かも知れん。年寄のお守《も》りばっかりしとると若い人が恋しゅうなる。子供でもよい。なあ七代さん。ホホホ……」

「ホホホホ。ハハハハ。アハハハハハハ」

二人の女が他愛もなく笑い転げている真正面の細骨障子に、音もなく小さな人影が映《さ》した。脇差を提《ひっさ》げた与一の前髪姿であった。

「まあ。与一《よっ》ちゃま。噂をすれば影……」

と七代が頬をパッと染《そめ》て起き上りながら、障子を引き明けた。そこには鬢《びん》も前髪もバラバラに乱した与一昌純が、袴の股立《ももだち》を取って突立っていた。埴代家の家宝、銀拵《ごしら》え、金剛兵衛盛高《こんごうへえもりたか》、一尺四寸の小刀を提《ひっさ》げて、泥足袋のまま茫然と眼を据えていた。

「アレ。与一《よっ》ちゃま。どうなされました」

とお八代がしどけない姿のまま走り寄ったが、その間髪を容《い》れず……

「小母様……御免ッ……」

と叫ぶ与一の声と共に、眩しい西日の中で白い冷たい虹が翻《ひるが》えった。はだかったマン丸いお八代の右肩へ、抜討ちにズッカリと斬り込んだ。血飛沫《ちしぶき》が障子一面に飛んで、白い乳の珠《たま》がトロトロと紅い網に包まれた。

「アーーッ」

とお八代が腸《はらわた》の底から出る断末魔の声を引いた。そのまま、

「……与一《よっ》ちゃまアッ……」

と抱き付こうとする胸元を、一歩退《しりぞ》いた与一がズップリと一刺し。

「……ヨ……よっちゃまアアア……」

と虫の息になったお八代はバッタリと横たおしになった。

七代はしかし声も立てなかった。身を翻えして夜具の大波を打つ座敷へ走り込ん

だ。高枕と括《くく》り枕を次から次と与一に投げ付けた。枕元の懐紙《かいし》を投げた。床の間の青磁の香炉をタタキ付けた。ギヤマンの茶器を銀盆ごと投げ出した。九谷の燗瓶を振り上げた。皿、鉢、盃洗《はいせん》、猫足膳《ねこあし》などを手当り次第に打ち付けた。

与一は右に左に翻《かわ》して血刀を突き付けた。

「与一《よっ》ちゃま。堪忍……かんにんして……妾《わたし》ゃ知らん。知らん。何にも知らん。姉さんが悪い姉さんが悪い」

「畜生ッ……外道ッ……」

と与一は呼吸を喘《はず》ませた。

「逃がすものか……」

「アレエッ。誰か出会うてッ。与一《よっ》ちゃまが乱心……ランシイ――ンン……」

「おのれッ……云うかッ……おのれッ……」

東の縁側から逃げ出した七代の乱れた髻《もとどり》に、飛鳥のごとく摑みかかった与一は、そのまま飛石《とびいし》の上をヒョロヒョロと引き擦《ず》られて行った。金剛兵衛《こんごうへえ》を持直す間《ま》もなく泉水の側まで来た。脱げかかった帯と長襦袢に足元を絡まれた七代はバッタリと低い石橋の上に突っ伏した。その後髪《うしろがみ》を左手に捲き付けた与一は、必死と突伏し縮める白い頸筋をグイグイと引起しざま、

「……エイッ……エイッ……」

と片手なぐりに斬り放しにかかった。七代は両手を泉水に突込んだまま一太刀毎《ごと》に穢《きたな》い死に声を絞った。

五

与一は二つの女首を泉水に突込んで洗った。長襦袢の袖に包んで左右に抱えた。真紅《まつか》な足袋跣《たびはだし》のまま離れ座敷を出ると、植込みの間に腰を抜かしている若党勇八を尻目に見ながら、やはり足袋跣のまま、悠々と玄関脇の仏間へ上って来て、低い位牌壇の左右に二つの首級《くび》を押し並べた。赤い袖の頬冠りをした女首が、さながらに奇妙な大輪の花を供えたように見えた。

与一はそこで汚れた足袋を脱いで植込みの中へ投げた。それから台所の雑巾を取って来て、縁側から仏間へ続く血と泥の足跡を拭《ぬぐ》い浄《きよ》めた。水棚へ行って仕舞桶《しまいおけ》で顔や両手をよく洗って、乾いた布巾《ふきん》で拭い上げた。それから水をシタタカに飲んで玄関の方へ行きかけたが又、思い出したように仏間へ引返して線香を何本も何本も上げた。

血の異臭と、線香の芳香《かおり》が暗い部屋の中に息苦しい程みちみちた。その中に座り込んだ与一は仔細らしく両手を合わせた。

「開けい、開けい……誰も居《お》らぬか……」

表戸を烈しくたたく音がすると、与一はキッと身を起した。仏壇の折れ障子をピッタリと閉めて、一散に玄関に走り出た。有り合う竹の皮の草履を突かけて出ると、式台の脇柱に繋いだ西村家の赤馬が前掻きするのを、ドウドウと声をかけながら表門の閂《かんぬき》を外した。外には紋服の与九郎昌秋が太刀《たち》提《ひっさ》げて汗を拭いていた。

「おお与一か。昼日中《ひるひなか》から門を閉《た》てて……慌てるな与一……ヤヤッ、何か斬ったナ……」

と眼を丸くして見上げ見下ろす祖父の手首を与一は両手で無手《むず》と摑んだ。

「何事じゃ……どうしたのじゃ……」

と急《せ》き込んで尋ねる昌秋を、与一は玄関から一直線に仏間に案内した。仏壇の障子を颯《さっ》と左右に開いて二つの首級を指しながら、キッと祖父の顔を仰ぎ見た。

「ウ——ムッ。これはッ……」

ギリギリと眼を釣り上げた昌秋は左手に提《ひっさ》げた延寿国資《えんじゅくにすけ》の大刀をガラリと畳の上に取落した。仏壇の前にドッカリと安座《あんざ》を搔いて、両手を前に突いた。肩で呼吸をしながら与一をかえりみた。

「……わ……われが斬ったか……与一……」

与一はその片脇にベッタリと座りながら無造作に一つうなずいた。唇を切れる程噛んだまま昌秋の顔を凝視した。

昌秋の顔が真白くなった。忽《たちま》ちパッと紅《あか》くなった。そうして又見る見る真青になった。

「お祖父《じい》様……お腹を召しませ」

与一は小さな手を血だらけの馬乗袴の上に突っ張った。

「……扨《さて》はおのれッ……」

昌秋の血相が火のように一変した。坐ったまま延寿国資の大刀を引寄せて、悪鬼のように全身をわなかせた。

与一はパッと一尺ばかり辷《すべ》り退《しりぞ》いた。居合腰のまま金剛兵衛の鯉口を切った。キッパリと言い放った。

「与一の主君は……忠之様で御座りまするぞッ」

「……ナ……ナ……何とッ……」

「主君に反《そ》むく者は与一の敵……親兄弟とても……お祖父《じい》様とても許しませぬぞッ

……」

「おのれッ……小賢《こざか》しい文句……誰が教えたッ……」

「お父様《とと》と……お母様《かか》……そう仰言《おつしや》って……私の頭を撫で……亡くなられました……」

与一がオロオロ声になった。両眼が涙で一パイになった。ガラリと金剛兵衛を投げ出して昌秋の右腕に取り縋《すが》った。

「……与一を……お斬りなされませ。お斬り下さいませ。そうして……薩摩の国へ、お出でなされませ。のう……お祖父様《じい》……」

「……ウムッ……ウムッ……」

昌秋の唇が枯葉のようにわなないた。涙が両頰の皺をパラパラと伝い落ちた。太《た》刀《ち》の柄《つか》に手をかけたまま、大盤石に挟まれたように身をもだえた。

「ええッ。手を離せッ……このこの手を……」

「……ハイ……」

と与一は素直に手を離して退《しりぞ》いた。斬られる覚悟らしく両手を突いて、うなだれた。

「……その上……その上……お祖父様《じい》は御養子……モトは西村家のお方ゆえ、御一存でこの家を、お潰しになってはなりませぬ。この家の御先祖様に対して、なりませぬ。……潰すならば与一が潰しまする。……与一は真実《まっこと》この家の血を引いたお祖母《ばあ》様の孫……」

「ウーム。その文句も父様《とと》母様《かか》が言い聞かせたか」

延寿国資を静かに傍《かたわら》に差し置いた昌秋は、涙を払って坐り直した。平常のように眼を細くして孫の姿を惚れ惚れと見上げ見下ろした。与一は突伏したまま頭を強く左右に振った。

「与一が幼稚《おさな》時に人から聞いておりまする。左様《さよう》思うて、きょうも小母様を斬りました。この家の名折れと承わりましたゆえ」

「ウムッ。出来《でか》いたッ」

と昌秋は膝を打った。両眼からホウリ落ちる涙を払い払い、暫くの間、黒い天井を仰いでいたが、そのうちにフト思い付いたように、仏壇の前にニジリ寄って線香を一本上げた。恭《うやうや》しく礼拝を遂げた。威儀を正して双肌《もろはだ》を寛《くつろ》げた。

「与一ッ」

「エッ……」

「介錯《かいしゃく》せいッ」

「ハッ……お祖父様《じい》……待ってッ。与一を斬ってッ……」

「未練なッ……退《の》けッ……」

右肘で弾ね退《の》けられた与一は、襖の付根までコロコロと転がった。その間に昌秋は、袖に捲いた金剛兵衛をキリキリと左に引きまわして片手を突いた。喘《あえ》ぎかかる息の下から仏壇を仰いだ。

「塙代家、代々の御尊霊。お見届け賜わりましょう。たとい私故に当家は断絶致しましょうとも……かほどの孫を……孫を持ちました……私の手柄に免じて……お許しを……御許し賜わりまするよう……」

与一は襖の付根に丸くなったまま泣き沈んでいた。

「与一ッ……」

「ハイ……ハイ……」

「介錯せい。介錯……」

「……………」

「未練な。泣くかッ」

「ハイ……ハイ……」

「祖父の白髪首級《しらがくび》を、大目付に突き付けい。女どもの首と一所に……」

「……ハッ……」

「それでも許さねば……大目付を一太刀怨め……斬って……斬って斬死にせい……ブ……武士の意気地《いきじ》じゃ……早よう……早ようせい」

「……ハ……ハイ……」

六

忠之は上機嫌であった。

「ホホオ……その十四になる小倅がのう……」

大目付尾藤内記は紋服のまま、お茶室の片隅に平伏した。

「御意に御座りまする。祖父の昌秋と二人の側女《そばめ》の首級を三個、つなぎ合わせて、裸馬の首へ投げ懸けて、先刻手前役宅へ駈け込みまして、祖父の罪をお許し下されいと申入れまして御座りまする」

「……まあ……何という勇ましい……いじらしい……」

と炉の前で濃茶の手前を見せていたお秀の方が、感嘆の余りであろう。耳まで真赤に染めて眼をしばたたいた。忠之も嘆息した。

「フーム。途方もない小僧が居れば居るものじゃのう。昔話にも無いわい。それでその方《ほう》は家名継続を許したか」

「ハハ。ともかくも御前にまいって取《とり》なして遣《つか》わす故、控えおれと申し聞けまして、そのまま出仕致しましたが」

「……たわけ奴がッ……」

と忠之は突然に大喝した。お秀の方は茶碗を取落しそうになった。

「……何で……何でそのような気休めを申した。その方の言葉に安堵した小倅が……許されたと思うて安心したその与一とやらが、その方の留守中に切腹したら何とするかッ。切腹しかねまじい奴ではないか、それ程の魂性《こんしょう》ならば……馬鹿奴がッ……何故《なぜ》同道して引添うて来ぬか、ここまで……」

「ハハッ。御意の程を計りかねまして、次の間に控えさせておりまするが……」

「何と……次の間に控えさせておると申すか」

「御意に御座りまする」

「それならば何故早く左様《さよう》言わぬか。大たわけ奴が。ここへ通せ……ここへ……」

「ハハッ。何卒《なにとぞ》……御憐愍《れんびん》をもちまして、与一ことお許しの儀を……」

「エエわからぬ奴じゃ。余が手討にばしすると思うかッ。それ程の奴を……褒美をくれるのじゃ。手ずから褒美を遣りたいのじゃ。わからぬか愚か者奴がッ……おお……それから納戸の者を呼べ……納戸頭を呼べ……すぐに参《ま》いれと申せ」

長廊下が一しきりバタバタしたと思うと、お納戸頭の淵老人と尾藤内記の間に挟まるようにして与一昌純が這入って来た。髪を改めてチャンとした紋服袴を着けていた。

お秀の方の背後に居並ぶ側女の間に微かなサザメキが起った。

「……まあ……可愛らしい……まあ……」

与一は悪びれもせずに忠之の真ン前に進み寄って両手を突いた。尾藤内記と淵老人が背後からその両袖を控えた。

「お眼通りであるぞ」

「イヤイヤ。固うするな。手離いて遣れ」

「ハハッ。不敵の者の孫で御座りまするによって、万一御無礼でも致しましては……」

「イヤイヤ。要らざる遠慮じゃ。余に刃向う程の小倅なればイヨイヨ面白い。コレ小僧。与一とやら。顔を見せい。余が忠之じゃ。面《つら》を見せい」

与一は顔を上げると小さな唇をジッと噛んだ。上眼づかいに忠之を睨み上げた。

「ホホハハハ。なかなかの面魂《つらだましい》じゃ。近頃流行《はやり》の腰抜け面《づら》とは違うわい。ヨイ児《こ》じゃ、ヨイ児じゃ。近う参いれ。モソッと寄りゃれ。小粒ながら黒田武士の亀鑑《てほん》じゃ。ハハハ……」

「サア、近うお寄りや」

お秀の方が取做《とりな》し顔に声をかけたが、与一はジロリと横目で睨んだまま動かなかった。のみならず頬の色を見る見る白くして、眦《まなじり》をキリキリと釣り上げた。言い知れぬ不満を隠しているかのように……女の差出口《さしでぐち》が気に入らぬかのように……。

一座がシインとなった。しかし忠之は上機嫌らしく淵老人に問うた。

「どこか近い処に、よい知行所は無いかのう」

「ハッ。新知《しんち》に御座りまするが」

「ウム。塙代は三百五十石とか聞いたのう。今二百石ばかり加増して取らせい」

「ハハッ。有難き仕合わせ……」

大目付と淵老人が平伏したに連れて、お秀の方と側女《そばめ》までが一斉に頭を下げた。

与一に対する満腔の同情がそうさせたのであろう。

「二村、天山の二カ村が表高百五十石に御座りまするが、内実は二百石に上りまする」

「ほかに表高二百石の処は無いか」

「ほかには寸地も……」

「ウム。無いとあらば致し方もない。二村、天山は良い鷹場じゃ。与一を連れて鶴を懸けに行こうぞ。きょうから奥小姓にして取らせい」

側女たちが眼を光らせて肩を押し合った。嬉しい……という風に……。

「硯箱《すずりばこ》を持て……墨付《すみつき》を取らする」

お秀の方が捧ぐる奉書に忠之は手ずから筆を走らせた。

「コレ与一……昌純と云うたのう。墨付を遣わすぞ」

「忝《かたじ》けのう御座りまする」

与一は何やら一存ありげに肩を怒らして押戴《おし》いた。同時に一同が又頭を下げた。

忠之は与一の顔をシゲシゲと見た。与一も忠之の顔をマジマジと見上げた。

「フフム。まだ足らぬげじゃのう。面《つら》を膨《ふく》らしおるわい。知行なぞ好もしゅうないかの。子供じゃけにのう。ハッハッ……コレ小僧。モソッと褒美を遣りたいがのう。この忠之は貧乏でのう……。ウムウム。よいものを取らする。その紙と筆を持て……」

淵老人はハッとしたらしく顔色を変えて忠之を仰いだ。この上に知行を分けられては、お納戸の遣繰《やりくり》が付かなくなるからである。そう思ってハラハラしいしい皆と一所に一心に忠之の筆の動きを見上げているうちに、奉書の紙の上に忠之自慢の三匹馬《ば》の絵が出来上った。

「コレ与一。余が絵を描いて取らする。ハハ。上手じゃろうがの……その上の讃《さん》を読んでみい」

押し戴いた紙を膝の上に伸ばした与一は、ハッキリした声で走書《はしりがき》の讃を読んだ。

「ものの夫《ふ》の心の駒は忠の鞭……忠の鞭……孝の手綱ぞ……行くも帰るも……」

「おお……よく読んだ。よく読んだ。その忠の一字をその方に与える。余の諱《いみな》じゃ。今日より塙代与一忠純《ただずみ》と名乗れい」

一座の者が皆ため息をした。これ程の御機嫌、これ程の名誉は先代以来無い事であった。

しかし与一は眉一つ動かさなかった。その膝の上のお墨付と、その上に重ねた絵を両手で押えて、ジッと見詰めているうちに、涙を一しずくポタリと紙の中央《まんなか》に落した。……と思ううちに又一しずく……しまいには止め度もなくバラバラと滴《したた》り落ちて、薄墨の馬の絵が見る見る散りニジンで行った。

「コレコレ。勿体ない。お墨付の上に……」

と尾藤内記が慌てて取上げようとした。

「サアサア。有難くお暇《いとま》申上げい」

と淵老人が催促したが、忠之が手をあげて制した。

「ああ……棄てておけ棄てておけ。苦しゅうない。……コレコレ小僧。見苦しいぞ……何を泣くのじゃ。まだ何ぞ欲しいのか……」

「お祖父《じい》様……」

と与一が蚊の泣くような声を洩らした。

「ナニ。お祖父様が欲しい」

与一は簡単にうなずいた。

「アハハハハハハハハ……」

「オホホホホホホ……」

という笑い声が、お局《つぼね》じゅうに流れ漂うた。

「アハハハ。たわけた事を申す。そちの祖父は腹切って失せたではないか。……のう。そちが詰腹《つめばら》切らせたではないか」

「お祖父様にこの絵が……」

「ナニ。祖父様に祖父にこの絵を見せたいと云うか」

肩を震わしてうなずいた与一は、ワッとばかりに絵の上に泣き伏した。

「コリャコリャ、勿体ない。御直筆の上に……」

と淵老人が与一を引起しかかった。

「棄ておけッ」

と忠之が突然に叱咤した。何事がお気に障ったか……と思う間もなく、厚く襲《かさ》ねた座布団の上から臂《ひじ》を伸ばした忠之は、与一の襟元を無手と引摑《ひきつか》んだ。力任せにズルズルと引寄せて膝の上に抱え上げた。白綸子《りんず》の両袖の間にシッカリと抱締めて、たまらなく頰ずりをした。

「……与一ッ。許せ……余が浅慮であったぞや……あったら武士を死なしたわい。のう。許いてくれい、許いてくれい。これから祖父の代りに身共に抱かれてくれい。のう。のう……」

与一は忠之の首に縋り付いたまま思い切り声を放って泣いた。

「お祖父《じい》様、お祖父様。お祖父様ア……お祖父様ァ……お祖父様えのう……」

クシャクシャになったお墨付と馬の絵が、スルスルとお庭先へ吹き散って行った。しかし誰も拾いに行かなかった。

白くれない

残怨白紅花盛
余多人切支丹寺

「ふうん読めんなあ。これあ……まるで暗号じゃないかこれあ」

私は苦笑した。二尺三寸ばかりの刀の中心《なかご》に彫った文字を庭先の夕明りに透かしてみた。

「銘《めい》は別に無いようだがこの文句は銘の代りでもなさそうだ。といって詩でもなし、和歌《うた》でもなし、漢文でもないし万葉仮名でもないようだ。何だい……これあ……」

「へえ。それはこう読みますんだそうで……残る怨み、白くれないの花ざかり、あまたの人を切支丹寺《キリシタン》……とナ……」

私はビックリしてそう云う古道具屋の顔を見た。狭心症にかかっているせいか、一寸《ちょっと》した好奇心でも胸がドキドキして来そうなので、便々たる夏肥《ぶと》りの腹を撫でまわして押鎮《おししず》めた。

帮間《ほうかん》（男芸者、太鼓持。遊客に従って宴席の座興をとりもつ男）上りの道具屋。瘠《や》せっこちの貫七爺《かんしちじい》は済まし返って右手を頭の上に差上げた。支那扇をパラリと開いて中禿《ちゆうはげ》のマン中あたりを煽ぎ初めた。私はその顔を見い見い裸刀身《はだかみ》を無造作に古鞘《ふるざや》に納めた。

「大変な学者が出て来たぞ……これあ。イヤ名探偵かも知れんのうお前は……」

「ヘエ。飛んでもない。それにはチットばかり仔細《わけ》が御座いますんで……ヘエ。実はこの間、旦那様からどこか涼しい処に別荘地はないかと、お話が御座いましたので……」

「ウンウン。実に遣り切れんからねえ。夏になってから二貫目も殖えちゃ堪まらんよ」

「へへへ。私なんぞはお羨しいくらいで……」

「ところで在ったかい。いい処が……」

「ヘエ。それがで御座います。このズット向うの清滝《きよたき》ってえ処でげす」

「清滝……五里ばかりの山奥だな」

「ヘエ。市内よりも十度以上お涼しいんで夏知らずで御座います。そのお地面の前には氷のような谷川の水がドンドン流れておりますが、その向うが三間幅の県道なんで橋をお架《か》けになればお宅のお自動車《くるま》が楽に這入ります。結構な水の出る古井戸や、深い杉木立や、凝ったお庭造《づくり》の遺跡《あと》が、山から参いります石筧《いしがけひ》の水と一所に附いておりますから御別荘に遊ばすなら手入らずなんで……」

「高価《たか》いだろう」

「それが滅法お安いんで……。まだそこいらに御別荘らしいものは一軒も御座いませんが、その界隈の地所でげすと、坪、五円でもいい顔を致しませんのに、その五六百坪ばかりは一円でも御《おん》の字と申しますんで……へエ。話ようでは五十銭ぐらいに負けはせぬかと……」

「プッ……馬鹿にしちゃいけない。そんな篦棒《べらぼう》な話が……」

「イエイエ。それが旦那。シラ真剣なんで……へエ。それがその何で御座います。今から三百年ばかり前に焼けた切支丹寺と申しますものの遺跡《あと》なんだそうで……へエ」

「フウム。切支丹寺……切支丹寺ならドウしてソンナに安いんだい」

「それがそのお刀の彫物の曰く因縁なんで……へエ。白くれないって書いて御座んしょう。その花を念のため、ここに持って参いりました。これが花でコチラが実と葉なんで……ちょと隠元豆《いんげんまめ》に似ておりますが」

「ううむ。花の色は白いといえば白いが、実の恰好がチット変テコだなあ。紫色と緑色の相《あい》の子みたいじゃないか。妙にヒネクレて歪んでいるじゃないか」

「ところが実を申しますとこの花の方が問題なんで……とても凄いお話なんで……ヘエ」

と云ううちに貫七爺は眼の球《たま》を奥の方へ引込まして支那扇を畳んだ。その表情が東京の寄席で聞いた何とかいう怪談屋の老爺《おやじ》にソックリであった。

「……ヘエ。その切支丹寺の焼跡《あと》になっております地面は、只今のところズット麓の方に住んでおりまする区長さんの名義になっておりまするが、その区長さんのお庭先に咲いておりますくれないいの花と申しますのはこれなんで……ヘエ。御覧の通り葉の形から花の恰好まで白い方の分とソックリで御座いますが、ただ花の色だけが御覧の通り血のように真赤なんで……昔からくれないいの花と申して珍重されていたものだそうで御座います。ヘエ。その切支丹寺でも三百年前にこの花を植えていたそうで御座いますが、その寺で惨酷《むご》い殺され方を致しました男だか、女だかが死に際にコンナ事を申しましたんだそうで……この怨みがドンナに深いか、お庭のくれないいの花を見て思い知れ。紅《くれない》の花が白く咲いているうちは俺の怨みが残っていると思えってそう云ったんだそうで……でげすから只今でもその焼跡《あと》に咲いておりますくれないの花だけは御覧の通り真白なんだそうで御座います」

「プッ……夏向きの怪談じゃないか丸で……どうもお前の話は危なっかしいね。マトモに聞いてたら損をしそうだ」

「ヘエ。どんな事か存じませんが証拠は御覧の通りなんでヘエ。……でげすから村の連中は子供でもそのキリシタン寺の地内へ遊びに遣りませんそうで……あの地内でウッカリ転んだりすると破傷風になるとか、何とか申しましてナ……」

「フウム。そんな事が在るもんかなあ今の世の中に……」

「ヘエ。何だか存じませんが三百年前にその切支丹寺で、没義道《もぎどう》（非道）に殺された人間の白骨が、近所界隈の山の中から時々出て来るそうで御座います。梅雨時分になりますと、よく人魂《ひとだま》が谷々を渡りまして、お寺の方へ参りますそうで……ヘエ。手前共も怖《こ》おう御座んしたが、思い切ってその荒地の中へ立ち入りまして、スッカリ見て参じました。序《ついで》に御参考までもと存じまして、方丈（住職の居室）の跡らしい処に咲いておりましたこの花を摘《つ》んで参いりましたんで……何しろ珍らしい、お話の種と思いましたから……ヘエ」

　貫七爺は、そう云って又眼玉を凹ました。扇を開いて汗掻いた頭を上の方から煽ぎ初めた。

私はイクラカ薄気味わるく、その白くれないの花を抓《つま》み上げてみた。

「ふうむ。俺の知っている奴が九州大学の農学部に居るからこの紅《あか》と白の花を両方とも送ってやろう。おんなじ花が植えた処によって違った色に咲くような事実が在り得るかどうか聞いてやろう。怪談なんてものは、ちょとしたネタから起るもんだからね」

「ヘエ。それが宜しゅうがしょう。案外掘ってみたら切支丹頃の珍品が出て来るかも……」

「馬鹿。商売気を出すなよ」

「へへへ。千両箱なんぞが三つか四ツ……」

「大概にしろ。そんな事あドウでもいい。それよりも問題はこの刀身《かたな》だ」

私は、今一度、古鞘から裸刀身《はだかみ》を引出した。

「いい刀身《かたな》だよ。磨《とぎ》は悪いがシャンとしている。中心《なかご》は磨上《すりあげ》らしいが、しかし鑑定には骨が折れるぞコイツは……」

「へへへ、……そう仰言ればもう当ったようなもんで……」

「黙ってろ……余計な文句を云うな。ふうむ。小丸気味の地蔵帽子で、五の目《ぐめ》の匂足《におい》が深くって……打掛疵《うちかけきず》が二つ在るのは珍らしい。よほど人を斬った刀だな。先ず新藤五《しんとうご》の上作と行くかな……どうだい」

「……ヘイ。結構でげすが、新藤五は皆様の御鑑定の行止まりなんで……ヘエ」

「零点《イヤ》なのかい……ウーム。驚いたよ。お前は知っているのかい作者《うちて》を……」

「ヘエ。存じております。この刀身《かたな》だけの本阿弥《いえもと》なんで……ヘエ」

「ムウム。弱ったよ。関でもなしと……一つ直江志津《なおえしづ》と行くかナ」

「ヘエッ。恐れ入りました。二本目当り八十点……この福岡《ふくおか》では旦那様お一人で……」

「おだてるなよ。しかし直江志津というと折紙でも附いているのかい本阿弥《ほんあみ》さん」

「へへ。……それがその……折紙と申しますのはこのお書付《かきつけ》なんで……ヘエ」

貫七爺は懐中から新聞紙に包んだ分厚い罫紙の帳面を取出した。生漉《ずき》の鳥の子で四五帖分はある。大分古いものらしい。

「どこに在ったんだい。そんなものが」

「ヘエ。やはり今申しました区長さんの処に御座いましたんで……何でもその区長さんと申しますのが太閤様時代からその村の名主さんだったそうで……」

「成る程。その人が地所と一所《いっしょ》にこの刀を売りに出したんだな」

「ヘエ。当主があんまり正直過ぎて無尽《むじん》詐欺に引っかかったんだそうで……」

「それじゃこの帳面は刀身《かたな》と一所に貰っといていいんだナ」

「ヘエ。どうぞ。まあ内容《なか》を御覧なすって……私どもにはトテも読めない、お家様で御座います」

「ふうむ。待て待て……」

私は書見用の眼鏡をかけて汚染《しみ》だらけの白紙の表紙を一枚めくってみた。（註曰。以下掲ぐる文章は殆んど原文のままである。読み難《にく》い仮名を本字に、本字を仮名に、天爾遠波《てにをは》の落ちたのを直し補った程度のものに過ぎない）

片面鬼三郎《かたつらおにさぶらう》自伝

われ生まれて神仏を信ぜず。あまたの人を斬りて罪業を重ね、恐ろしき欺罔《ゲレン》の魔道に迷ひ入り、殺生《せつしやう》に増《まさ》る邪道に陥り行くうち、人の怨みの恐ろしさを思ひ知りて、われと、わが身を亡ぼしをはんぬ。その末期《まつご》の思ひに、われとわが罪を露《あら》はし、思ふ事包まず書残して後の世の戒《いまし》めとなし、罪障懺悔《ざんげ》のよすがともなさむとて、かくなむ。

父母の御名は許し給ひねかし。

われは肥前唐津《ひぜんからつ》の者。門地高き家の三男にて綽名《あだな》を片面鬼三郎となん呼ばれたる者也。

後陽成《ごやうぜい》天皇の慶長十三年三月生る。寛永六年の今年五月に死するなれば足かけ二十五年の一生涯なり。

わが事を賞《ほ》むるも愚かしけれど、われ生得みめ容《かたち》、此上《こよ》なく美《うる》はしかりしとなり。されども乳母の粗忽《そこつ》とか聞きぬ。三歳の時、囲炉《ゐろり》に落ちしとかにて、右の半面焼け爛《たゞ》れ、偏《ひと》へに土塊《つちくれ》の如く、眉千切れ絶え、眥《まなじり》白く出で、唇、狼の如く釣り歪みて、鬼とや見えむ。獣とか見む。われと鏡を見て打ち戦《をのゝ》くばかりなり。

されば名は体を顕《あら》はし、姿は心を写すとかや。われ生ひ立つに連れて、ひがみ強く、言葉に怨みあり。われながら、わが心の行末を知らず。両親に疎まれ、他人にあなづられて、心の僻《ひが》み愈々《いよ〳〵》増《まさ》り募《つの》るのみなりしが、たゞ学問と、武芸の道のみは人並外れて出精し、藩内の若侍にして、わが右に出づる者無し。もとより柔弱なる兄等二人の及ぶ処に非ず。一年《ひとゝせ》、御城内の武道試合に十人を抜きて、君侯の御佩刀《みはかせ》、直江志津《なほえしづ》の大小を拝領し、鬼三郎の名いよ〳〵藩内に振ひ輝きぬ。

さる程に此事を伝へ聞きし人々、おのづから、われに諛《へつら》ひ寄り来るさへをかしきに、程なく藩の月番家老よりお召出《めしだし》あり。武芸学問、出精抜群の段御賞美あり。年頃ともならば別地を知行し賜はるべし。永く忠勤を抽《ぬき》ん出《づ》可き御沙汰を賜はりしこそ笑止なりしか。

もとより、われは一握り程の碌米《ろくまい》の為に、忠勤を抽出《ぬきんで》んとて武芸、学問を出精せるに非ず。半面鬼相にもあれ、何にもあれ。美しき女を数多《あまた》侍らせ、金殿玉楼に栄燿の夢を見つくさむ事、偏《ひと》へにわが学問と武芸にこそよれ。容貌《おもて》、醜しとあれば疎《うと》み遠ざかり、あざみ笑ひ、少しの手柄あれば俄かに慈《いつく》しみ、へつらひ寄る、人情紙の如き世中《よのなか》に何の忠義、何の孝行かある。今に見よ。その肝玉を踏み潰し、吠面《ほえづら》かゝし呉れむと意気込みて、いよ〳〵腕を磨きければ二十一歳の冬に入りて指南役甲賀昧心斎より柳生流の皆伝を受くるに到りぬ。

此時、われに縁談あり。藩内二百石の馬廻り某氏《なにがしうぢ》の娘御《むすめご》にしてお奈美《なみ》殿となん呼べる今年十六の女性なりしが、御家老の家柄にして屈指の大身なる藤倉大和殿夫婦を仲人に立て、娘御の両親も承知の旨答へ来りし体《てい》、何とやらむ先方より話を進め来りし気はひなり。

われ何となく心危ぶみて、自身に藤倉大和殿御夫婦を訪《おとな》ひ、お奈美殿は藩内随一の御綺倆《きりやう》とこそ承れ。いまだ一度の御見合ひを遂げざるに御本人の御心如何《いかゞ》あらむ。相手の婿《むこ》がねが某《それがし》なる事、屹度《きつと》、御承知に相違御座なきやと尋ねし処、藤倉殿申さるゝ様。奈美女殿の母親は当家より出でたるものにて、奈美女と、われ等夫婦とは再従妹《またいとこ》の間柄に当れり。何条《なんでう》粗略なる事致すべき。殊に奈美女は孝心深き娘なり。両親さへ承知すれば何の違背かあるべき。這《こ》は決して仲人口《なかうどぐち》に非ず。申さば御身のお手柄とも見らるべし。左様なる事、若き人の口出しせぬものぞかし。一切をわれ等に任せて安堵されよと言葉をつくしたる説明《ことわけ》なり。われも強ひて抗《あらが》ひ得ずして、成り行く儘《まゝ》に打ち任せつゝ年を越えぬ。

かくて兎《と》も角《かく》も其夜となり、式ども滞《とゞこほり》なく相済み、さて嫁女と共に閨《ねや》に入るに、彼《か》の嫁女奈美殿、屛風の中にひれ伏してシミ〴〵と泣き給ふ体《てい》なり。われ胸を轟かしつゝ、今宵の婿がね、此の片面鬼三郎なりし事、兼ねてより御承知なりしやと尋ねしに、奈美殿、涙ながらに頭を打振り給ひて、否とよ。何事も妾《わらは》は承り侍らず。何事も母上様がと云ひさして又も、よゝとばかり泣き沈まるゝ体なり。因《ちなみ》に奈美殿の母親は継母《まゝはゝ》なり。しかもお生家《さと》が並々ならぬ大身なる処より、嬶《かゝあ》天下の我儘《わがまゝ》一杯にて、継子苛《いぢ》めの噂もつぱらなる家なり。されば最初よりかゝる事もやあらむと疑ひ居りし我は、恥かしさ、口惜《くちを》しさ総身にみち〳〵て暫時《しばし》、途方に暮れ居たりしが、やがて嫁女奈美殿の前に両手を支《つか》へつ。此の粗忽はわが不念《ぶねん》より起りし事なり。平に許させ給ふべしと、詫言するとひとしく立上り、奥の間にて喜びの酒酌み交し居りし仲人、藤倉大和殿夫婦を右、左に斬《き》り倒《た》ふし、うろたへ給ふ両親をかへりみて、われ乱心したりとばし思召《おぼしめ》されなよ。今一人斬るべき者の候間、そを見てわが心を知らせ給へ。孝不孝はかへりみる処に非ず。虚偽は男子の禁物なり。鬼三郎の一念、今こそ思ひ知り給へやと云ひ棄てゝ走り出で、奈美殿の両親の家を訪《おとな》ひ、驚きて迎へに出で来る継母御を玄関先に引捕へて動かせず。静かに鬼三郎の云ふ事を聞き給へ、義理の娘が憎《に》くさの余り、生家方《さとかた》の威光を借りて、かゝる縁談を作り上げ、吾を辱かしめ給ひしに相違あるまじ。その御自慢のお家柄、藤倉殿御夫婦は唯今討果したるばかりなり。性根を据ゑて返答し給へ。如何に〳〵と問ひ詰むるに、黙然として答無し。すなはち一刀の下に首を打落して玄関に上り、物蔭にて打戦《をのゝ》き給ふ奈美殿の父御を探し出し、やよ。岳父御《しうとご》よ。よく聞き給へ。此度の事は泰平の御代に武道を忘れ、縁辺の手柄を頼《たより》に出世を望み給ひし御身の柔弱より出でし事ぞかし。今夜斬りし三人の顔触れを見給はゞ奈美殿の清浄潔白は証明《あかし》立つ可し。安心して引取り給へ。われは生涯、女を絶ち、おとなしき娘御の孝心に酬《むく》いまゐらすべし。さらば〳〵と云ひ棄てゝ其の家を出で、夜もすがら佐賀路に入り、やがて追ひ縋《すが》り来りし数多の捕手《とりて》を前後左右に切払ひつゝ、山中に逃れ入り、百姓の家に押入りて物を乞ひ、押借り強盗なんどしつゝ、早くも長崎の町に入りぬ。

長崎は異人群集の地、商売繁昌の港なり。わが如き者は日本に在りては国の災ひ也。異国に渡りて碧眼《あをめ》奴《だま》どもを切り従へむこそ相応《ふさは》しけれと思ひ定めつ。渡船の便宜《よすが》もがなと心掛け歩《あ》りくうち、路用とても無き身のいつしか窮迫の身となりぬ。詮方《せんかた》無さに町道場に押入りて他流試合を挑み、又は支那人の家に押入りて賭場荒しなぞするうちに、やがて春となりし或る日の午《うま》の刻下りのこと諏訪《すは》山下、坂道の途中にて一人の瘠せ枯れたる唐人の若者に出会ひしに、しきりに叩頭して近付き来る。何事やらむと立佇《たちと》まれば慌しく四隣《あたり》を見まはし、鮮やかなる和語に声を秘《ひそ》めつゝ、御頼み申上げ度《た》き一儀あり。枉《ま》げて吾が寝泊りする処まで御足労賜はりてむやと、ひたすらに三拝九拝する様なり。すなはち心得たる体にて彼《か》の唐人に誘はれ行くに、港の入口、山腹の中途に聳え立つ南蛮寺の墓地に近く、薬草の花畑を繞《めぐ》らしたる一軒の番小舎あり。その中に山の如く積み上げたる藁の束を押し分けて、いと狭き落し戸より、真暗き石段を降り行けば、やがて美くしく造り飾りたる窖《あなぐら》に出でぬ。得も云はれず芳ばしき煙、夢の如く棚引き籠もれり。

其処までわれを誘ひ入れし若き唐人は、やがて吾を長崎随一の漢薬商、黄駝となん呼べる唐人に引合はせぬ。

其の黄駝といへる唐人、同じく三拝九拝して、われに頼み入る処を聞けば別儀に非ず。六神丸の秘方たる人胆《ひときも》の採取なり。男女二十歳以上三十歳までの生胆金二枚也。二十歳以下十五歳まで金三枚也。十五歳より七歳まで五枚也。七歳以下金十枚といふ話也。

黄駝は肥大、福相の唐人。恭しくわれに銀器の香煙を勧むるに、弁舌滑らかにして甘脂の如し。此の六神の秘方は江戸の公方、京都の禁裡の千金の御命を救ひ参らせむ為に、年々相調《あひとゝの》へて献上仕るもの。虫螻《むしけら》と等しき下賤の者の生命《いのち》を以て、高貴の御命を延ばし参ゐらせむ事、決して不忠の道に非ず。貴殿の御武勇を以て此事を行ひ賜はらば一代の御栄耀《ごええう》、正に思ひのまゝなるべしと、言葉をつくして説き勧むるに、われ、香煙の芳香《にほひ》にや酔ひたりけむ。一議に及ばず承引《うけひ》きつ。其夜は其の花畑の下なる怪しき土室《あなぐら》にて雲烟、恍惚の境に遊び、天女の如き唐美人の妖術に夢の如く身を委せつ。

眼ざめ来れば、身は南蛮寺下の花畑の中に在り。茫々乎《こ》として万事、皆夢の如し。わが曾て岳父御《しうとご》に誓ひし一生不犯《ふぼん》の男の貞操は、かくして、あとかたも無く破れ了んぬ。

われ此時、あまりの浅ましさに心挫《くじ》け、武士の身に生れながら、生胆《いきぎも》取りの営業《なりはひ》を請合ひし吾が身の今更におぞましく、情なく、長崎といふ町の恐ろしさをつく〴〵と思ひ知りければ、今は片時も躊躇《ためら》ふ心地せず。そのまゝ南蛮寺を後にして、諏訪神社の石の鳥居にも背《そがひ》を向け、足に任せて早岐《はいき》の方を志す。山々の段々畠に棚引く菜種、蓮花草《れんげさう》の黄に紅に、絶間なく揚る雲雀《ひばり》の声に、行衛《ゆくへ》も知らぬ身の上を思ひ続けつゝ、幾度となく欠伸《あくび》し、痴呆《うつけ》の如くよろめき行く様《さま》ひとへに吾が生胆《いきぎも》を取られたる如し。

さる程に不思議なる哉。いまだ左程に疲れもやらぬ正午《ひる》下《さが》りの頃ほひより足の運び俄かに重くなりて、後髪《うしろがみ》引かるゝ心地しつ。昨日吸ひたる香煙《かうえん》の芳ばしき味ひ、しきりになつかしくて堪へ難きまゝに、われにもあらず長崎の方へ踵《くびす》を返して、飛ぶが如く足を早むるに、夢うつゝに物思ひ来りし道程《みちのり》なれば、心覚え更に無し。今来し道を人に問ひ〳〵引返し行く程に、いつしか、あらぬ山路に迷ひ入りけむ、行けども〳〵人家見えず。されども香煙のなつかしさは刻々に弥増《いやまさ》り来りて今は心も狂はむばかり。胸轟き、舌打ち乾き、呼吸《いき》も絶えなむばかりなり。

折ふし薪《まき》を負ひて、さがしき岩道を降り来れる山乙女あり。われ半面を扇にて蔽《おほ》ひつゝ、その乙女を呼び止めて、長崎へ行く道を問ふに、乙女は恥ぢらひつゝ笠を取り、いと懇《ねんごろ》に教へ呉れぬ。彼《か》の長崎にて見し紅化粧したる天女たちとは事変り、その物腰のあどけなさ、顔容《かほばせ》のうひ〳〵しさ、青葉隠れの初花よりも珍らかなり。

われ、かく思ひつゝも恭しく礼を返し、教へられし方に立去らむとせしが、又、忽ちに心変りつ。四隣《あたり》に人無きを見済まして乙女の背後より追ひ縋り、足音を聞いて振り返る処を、抜く手を見せず袈裟《けさ》掛《が》けに斬り倒ふし、衣服を剝ぎて胸を露《あら》はし、小《こ》束《づか》を逆手《さかで》に持ちて鳩骨《みぞおち》を切り開き、胆嚢《たんなう》と肝臓らしきものを抉《えぐ》り取りて乙女の前垂に包み、傍の谷川にて汚れたる手足と刀を洗ひ浄めつゝ一散に山を走り降り、胆《きも》の主《あるじ》が教へ呉れし通りに山峡の間を抜け、村里と菜種畠をよぎり行くに、やう〳〵にして日の暮れつ方、灯火《ともしび》美くしき長崎の町に到り着きつ。夕暗《ゆふやみ》の中に彼《か》の花畑の中の番小舎の扉を叩きぬ。

番人の瘠せ枯れたる若き唐人、驚き喜びて迎へ入るゝに、下の土室《あなぐら》にて待兼ねたる黄駝の喜びは云ふも更なり。わが携へたる生胆を一眼見るより這《こ》は珍重なり。お手柄なり。たしかに十七八歳なる乙女の生胆なりとて、約束の黄金三枚を与へしのみかは、香煙、美酒、美肴に加ふるに又も天女の如き唐美人の数人を饗応《もてな》し与へぬ。その歓待《もてなし》、昨日にも増り（以下原文十行抹殺）。

かくて年月を経《ふ》るうちに鉄の如くなりしわが腕の筋も、連日連夜の遊楽に疲れけむ。やう〳〵に弱り行く心地しつ。されども彼《か》の香烟の酔ひ醒めの心地狂ほしさはなか〳〵に切先《きつさき》の冴え昔に増《まさ》る心地して、血に餓うるとは是《これ》をや云ふらむ。毎日正午ともなれば人一人斬らでは止み難く、斬れば早や香煙に酔ひたる心地して、南蛮寺下の花畑に走り行く。心は現世の鬼畜、悪魔、外道に弥増《いやまさ》るやらむ。身は此世ならぬ極楽夢幻の楽しみ。阿羅岐《あらき》の蘇古珍《スコチン》酒、裸形《らぎやう》の妖女に溺れつくして狂乱、泥迷に昼夜を頒《わか》たねば、使ふに由なき黄金は徒《いたづ》らに積り積るのみ。すなはち人知れず稲佐の大文字山に登り行き、只有《と》る山蔭の大岩の下に埋め置きつ。早や数百金にもなりつらむと思ふ頃、その中より数枚を取り出し、丸山《まるやま》の妓楼に上り、心利きたる幇間に頼みて、彼《か》の香煙の器械一具と薬の数箱を価貴《たか》く買入れぬ。こは人に知らせじと思ひし、わが人斬りの噂、次第に高まり来りて、いつしか長崎奉行、水尾甲斐守《みづをかひのかみ》の耳に入りしと覚しく、与力、手先のわれを見送る眼付き尋常ならざるに心付き、人知れず身を晦《くら》まさむ時の用意に備へたるものにぞありける。

去る程に其の春の末つ方の事なりけり。何の故《ゆゑ》にかありけむ。此の長崎にて切支丹の御検分《おんあらため》ことのほか厳しくなり、丸山の妓楼の花魁衆《おいらん》にまで御奉行、水尾様御工夫の踏絵の御調べあるべしとなり。当日の模様、物珍らしきまゝに、われも竹矢来《やらい》（竹を縦・横に組み合わせて作られた囲い）の外の群集に打ちまじりて見物するに、今しも丸山一の大家、初花楼《はつはなろう》の太夫職にして、初花《はつはな》といふ今年十六の全盛なる少女が、厳めしき検視の役人の前にて踏絵を踏む処なりとて人々、息も吐《つ》きあへず見守り居る体《てい》なり。

　初花太夫は全盛の花魁姿。金襴、刺繍の帯、裲襠《うちかけ》、眼も眩《まば》ゆく、白く小さき素足痛々しげに荒莚《あらむしろ》を踏みて、真鍮の木履《ぼくり》に似たる踏絵の一列に近付き来りしが、小さき唇をそと噛みしめて其の前に立竚《たちと》まり、四方より輝やき集まる人々の眼を見まはし、恐ろし気に身を震はして心を取直し居る体なり。

　傍の下役人左右より棒を構へ、声を揃へて大喝一声、

「踏めい……踏み居らぬか」

と脅やかすに初花は忽ち顔色蒼白となりつ。そを懸命に踏み堪《こら》へて、左褄《ひだりづま》高々と紮《から》げ、脛白《はぎしろ》き右足を擡《もた》げて、踏絵の面《おもて》に乗せむとせし一刹那、

「エイツ……」

と一声、足軽の棒に遮り止められ、瞬く間に裲襠を剝ぎ取られて高手小手に縄をかけられつ。母《かゝ》しやま〳〵と悲鳴を揚げつゝ、竹矢来の外へ引かれ行けば、並居る役

人も其の後よりゾロ〳〵と引上げ行く模様《さま》、今日の調べはたゞ初花太夫一人の為めなりし体裁《ていたらく》なり。

われ不審晴れやらず。思はず傍《かたはら》を顧るに派手なる浴衣着たる若者あり。われと同じき思ひにて茫然と役人衆の後姿を見送れる体《てい》なり。われ其の男に向ひて独言《ひとりごと》のやうに、

「絵を踏まむとせしものを、何故に切支丹なりとて縛《いまし》めけむ」

とつぶやきしに彼《か》の若者、慌しく四周《あたり》を見まはし、首を縮め、舌を震はせつ、教へけるやう、

「御不審こそ理《ことわり》なれ。彼《か》の初花楼の主人甚十郎兵衛《じんじろべゑ》と申す者。吾家《わがや》には切支丹を信ずる者一人も候はずとて、役人衆に思はしき袖の下を遣はざりしより、彼《か》の様なる意地悪き仕向けを受けたるものに候《さうらふ》。あはれ初花太夫は母御の病気を助け度《た》さに身を売りしものにて、この長崎にても評判の親孝行の浪人者の娘に候。之《これ》に引比べて初花楼の主人甚十郎兵衛こそ日本一の愚者にて候へ。すこしばかりの賄賂《まひなひ》を吝《を》しみし御蔭にて憐れなる初花太夫は磔《はりつけ》か火焙《ひあぶ》りか。音に名高き初花楼も取潰しのほか候まじ」

と声をひそめて眼をしばたゝきぬ。此の若者の言葉、生粋の長崎弁にて理解し難

かりけれど、わが聞取り得たる処は、おほむね右の通りなりき。

さて其後《のち》、程もなく初花楼の初花太夫が稲佐の浜にて磔刑《はりつけ》になるとの噂、高まりければ、流石《さすが》の鬼畜の道に陥りたるわれも、余りの事に心動きつ。半信半疑のまゝ当日の模様を見物に行くに、時は春の末つ方、夏もまだきの晴れ渡りたる空の下、燕《つばめ》飛び交ふ稲佐の浜より、対岸《むかうぎし》の諏訪様のほとりまで、道といふ道、窓といふ窓、屋根といふ屋根には人の垣を築きたるが如く、その中に海に向ひて三日月形に仕切りたる青竹の矢来に、警固、検視の与力、同心、目附、目明《めあかし》の類、物々しく詰め合ひて、毬棒《いがぼう》、刺叉《さすまた》林の如く立並べり。その中央の浪打際に近く十本の磔柱《はりつけばしら》を樹《た》て、異人五人、和人五人を架け聯《つら》ねたり。異人は皆黒服、和人は皆白無垢《しろむく》なり。

時恰《あたか》も正午に近く、香煙に飢ゑたる、わが心、何時《いつ》となく、くるめき弱らむとするにぞ、袂《たもと》に忍ばせたる香煙の脂《あぶら》を少しづゝ爪に取りて嚙みつゝ見物するに、異人たちは皆、何事か呪文の如き事を口ずさみ、交《かは》る〲天を傾《あふ》ぎて訴ふる様、波羅伊《はらい》曾《そ》の空に在《ま》しませる彼等の父の不思議なる救ひの手を待ち設くる体なり。されども和人の男女達はたゞ、うなだれたるまゝにて物云はず。早や息絶えたる如く青ざめたるあり。たゞ五人の中央に架《か》けられたる初花太夫が、振り乱したる髪の下にてすゝり上げ〲打泣く姿、此上もなく可憐《いぢ》らしきを見るのみ。その左の端に蓬たる白髪を海風に吹かせつゝ、低首《うなだ》れたるは初花の母親にやあらむと思ひしに、果せる哉。時刻となり。中央の床几より立上りたる陣羽織物々しき武士が読み上ぐる罪状を聞くに、初花の母親が重き病床より引立てられしもの也。又、初花の右なる男は初花楼の楼主。左なる二人の女は同楼の鴇手《やりて》と番頭新造にして、何《いづ》れも初花の罪を庇《かば》ひし科《とが》によりて初花と同罪せられしものなりと云ふ。初花楼に対するお役人衆の憎しみの強さよと云ふ矢来外の人々のつぶやき、ため息の音、笹原を渡る風の如くどよめく有様、身も竦立《よだ》つばかりなり。

やがて捨札《つみとが》の読上げ終るや、矢来の片隅に控へ居りし十数人の乞食ども、手に〳〵錆びたる槍を持ちて立上り来りアリヤ〳〵〳〵と怪しき声にて叫び上げつゝ、初花太夫を残したる九人の左右に立ち廻はり、罪人の眼の前にて鑓《やり》先をチヤリ〳〵〳〵と打ち合はし脅やかす。これ罪の最《もつとも》重きものを後に残す慣はしにて、かくするものぞとかや。

その時、今まで弱げに見えたる初花、磔刑柱《はりつけばしら》の上にて屹度《きつと》、面《おもて》を擡《もた》げ、小さき唇をキリ〳〵と噛み、美しく血走りたる眥《まなじり》を輝やかしつゝ乱るゝ黒髪、颯《さつ》と振り上げて左右を見まはすうち、魂切《たまぎ》る如き声を立てゝ何やら叫び出《いだ》せば、海を囲《かこ》める数万の群集、俄《にはか》にピツタリと鳴りを静め、稲佐の岸打つ漣《さゞなみ》の音。大文字山を越ゆる松風の音までも気を呑み、声を呑むばかりなり。

「皆様……お聞き下さりませ。

わたくしは此の長崎で皆様の御ひいきを受けました初花楼の初花と申す賤《いや》しい女で御座ります。

今年の今月今日、十六歳で生命《いのち》を終りまする前に、今までの御ひいきの御礼を皆様に申上げまする。

なれども私は亡きあとにて皆様の御弔ひを受けやうとは存じませぬ。たとひ、どのやうな悪道、魔道に墜《お》ちませうとも此の怨みを晴らさうと存じまする。

皆様お聞き下されませ。

わたくしは切支丹ゆゑに殺されるのでは御座いませぬ。大恩ある母上様を初め、御いつくしみ深い御楼主様、鴇母様《おばしやま》、新造様《あねしやま》までも皆、お役人衆のお憎しみの為めに、かやうに磔刑《はりつけ》にされるので御座りまする。

私は日本《ひのもと》の女で御座りまする。父母《ちゝはゝ》に背《そむ》かせ、天子様に反《そむ》かせる異人の教へは受けませぬ。タツタ一人……タツタ一人の母様《かゝしやま》の御病気を治療《ような》し度いばつかりに、身を売りましたのが仇《あだ》になつて……そこにお出でになる御役人衆《しゅ》のお言葉に靡《なび》きませなんだばつかりに……かやうに日の本の恥を、外《と》つ国《くに》までも晒《さら》すやうな……不忠、不孝なわたくし……」

苦痛の為にかありけむ。初花の言葉は此処にて切れ〴〵に乱れ途切れぬ。

石の如くなりて聞き居りし役人輩《ども》は此時、俄《には》かに周章狼狽し初めたるが、そが中にも、罪状を読み上げたりし陣羽織の一人は、采配持つ手もわなゝきつゝ、立上り、

「それ非人輩《ども》……先づ其の女から」

と指図すれば「あつ」と答へし憎くさげなる非人二人、初花の磔刑柱《はりつけばしら》の下に走り寄り、槍を打ち合はする暇もなく白無垢の両の脇下より、すぶり〳〵と刺し貫けば鮮血さつと迸り流るゝ様、見る眼も眩《くら》めくばかり、力余りし槍の穂先は両肩より白く輝き抜け出でぬ。

あはれ初花は全く身に大波を打たせ、乱髪を逆立《さかだ》たせ渦巻かする大苦悶、大叫喚のうちに、

「……母《かゝ》しやま……済みませぬッ」

と云ふ。その言葉の終りは唐紅《からくれなゐ》の血となりて初花の鼻と唇より迸り出づる。

続いて残る九人の生命《いのち》が相次ぎて磔刑柱《はりつけばしら》の上に消え行く光景《ありさま》を、眼も離さず見居りたるわれは、思はず総身水の如くなりて、身ぶるひ、胴ぶるひ得堪へむ術《すべ》もあらず。わなゝく指にて裾を紮《から》げ、手拭もて鉢巻し、脇差の下緒《さげを》にて襷《たすき》十字に綾取る間

もあらせず。腕におぼえの直江志津を抜き放ち、眼の前なる青竹の矢来を戞矢《かつ》々々と斬り払ひて警固のたゞ中に躍り込み、

「初花の怨み。思ひ知れやつ」

と叫ぶうち手近き役人を二三人、抜き合せもせず斬伏《きりふ》せぬ。素破《すは》。狼藉よ。乱心者よと押取《おつと》り囲む毬棒《いがぼう》、刺叉《さすまた》を物ともせず。血振ひしたるわれは大刀を上段に、小刀を下段に構へて嘲《あざ》み笑ひつ、

「やおれ役人輩《ども》。よつく承れ。

役人の無道を咎むる者無きを泰平の御代とばし思ひ居るか。かほどの無道の磔刑《はりつけ》を、怨み悪《にく》む者一人も無しとばし思ひ居るか。

われこそは生肝取りの片面鬼三郎よ。汝等が要らざる詮議立てして、罪も無き罪人を作る閑暇《ひま》に、わが如き大悪人を見逃がしたる報いは覿面《てきめん》。今日、此のところに現はれ出でたる者ぞ。これ見よやつ」

と叫ぶとひとしく名作、直江志津の大小の斬れ味鮮やかに、群がり立つたる槍襖《やりぶすま》を戞矢《かつし》々々と斬り払ひ、手向ふ捕手《とりて》役人を当るに任せて擲《なぐ》り斬り、或は海へ逐《お》ひ込み、又は竹矢来へ突込みつゝ、海水を朱《あけ》に染めて闘へば、四面数万の見物人は鯨波《げいは》を作つて動揺《どよ》めき渡る。さて逃ぐる者は逃ぐるに任せつつ、死骸狼藉たる無人の刑

場を見まはし、片隅に取り残されたる手桶柄杓《ひしやく》を取り上げ、初花の磔刑柱《はりつけばしら》の下に進み寄りて心静かに跪き礼拝しつ。

「やよ。初花どの。霊あらば聞き給へ。御身の悪念は此の片面鬼三郎が受継ぎたり。今の世の悪念は後の世の正道たるべし。痛はしき母上の御霊《みたま》と共に、心安く極楽とやらむへ行き給へ。南無幽霊頓性菩提」

と念じ終つて柄杓の水を、血にまみれたる初花の総身に幾杯となく浴びするに、数万の群集の鬨《とき》を作つて湧き返る声、四面の山々も浮き上るばかりなり。

さて、わが身も心ゆくまで冷水を飲み傾くるに、其の美味《うま》かりし事今も忘れず。折ふし向岸の諏訪下の渡船《わたし》場より早船にて、漕ぎ渡し来る数十人の捕吏《とりて》の面々を血刀にてさし招きつゝ、悠々として大文字山に登り隠れ、彼《か》の大判小判の包みと、香煙の器具一式とを取出して身に着け、鞘を失ひし脇差を棄てゝ身軽となり、兼ねてより案内を探り置きし岨道《そばみち》伝ひに落ち行く。

かくて其夜は人里遠き山中に笹原の露を片敷きて、憐れなる初花の面影と共寝《ともね》しつ。明くれば早くも肥前一円に蜘蛛手の如く張り廻されし手配りを、彼方《かなた》に隠れ、此方《こなた》に現はれ、昼寝《い》ね、夜起きて、抜けつ潜りつ日を重ね行くうちに、いつしか思ひの外《ほか》なる日田《ひた》の天領に紛れ入りしかば、よき序《ついで》なれと英彦山《ひこさん》に紛れ入り、六十六部（行脚僧）に身を扮装《やつ》して直江志津の一刀を錫杖《しやくぢやう》に仕込み、田川より遠賀《をんが》川沿ひに道を綾取《あやと》り、福丸といふ処より四里ばかり、三坂峠《みさかたうげ》を越えて青柳の宿《しゆく》に出でむとす。

既に天下のお尋ね者となりし身の尋常の道筋にては逃るべくもあらず。青柳より筑前領の大島に出で、彼処《かのところ》より便船を求めて韓国《からくに》に渡り、伝へ聞く火賊《くわぞく》の群に入りて彼《か》の国を援け、清《しん》の大宗の軍兵に一泡噛ませ呉れむと思ひし也。


人の運命より測り知り難きはなし。

われ、かく思ひて其の夜すがら三坂峠を越え行くに、九十九折《つゞらをり》なる山道は、聞きしに勝る難所なり。山気漸《やうや》く冷やかにして夏とも覚えず。登り〳〵て足下を見れば半刻ほど前に登り来りし道、蜿々として足下に横たはれり。飴色の半月低く崖下に懸れるを見れば、来《こ》し方《かた》、行末《ゆくすゑ》の事なぞ坐《そゞ》ろに思ひ出でられつ。流るゝ星影、そよぐ風音にも油断せずして行く程に何処《いづこ》にて踏み迷ひけむ。さまで広からぬ道は片割月の下近く、山畠の傍なる溜池のほとりに行き詰まりつ。引返さむとして又もや道をあやまりけむ。山道次第に狭まり来りて、猪、鹿などの踏み分けしかと覚ゆるばかり。山又山伝ひに迷ひめぐりて行くうちに、二十日月いつしか西に傾き、夜もしらぐ〳〵と明け離るれば、遥か眼の下の山合《やまあひ》深く、谷川を前にしたる大きやかなる藁屋根あり。浅黄色なる炊煙ゆる〳〵立昇りて半《なかば》眠れるが如き景色なり。

扨《さて》は人家ありけるよと打喜び、山岨《そば》の道なき処を転ぶが如く走り降り、やゝ黄ばみたる麦畑を迂回《まは》りつゝ、近付き見るに、これなむ一宇の寺院にして、山門は無けれど杉森の蔭に鐘楼あり。前庭の洒掃《さいさう》浄らかにして一草一石を止めず。雨戸を固く鎖《とざ》したる本堂の扁額には霊鷲山《りやうじゆさん》、舎利《しやり》蔵寺《ざうじ》と大師様の達筆にて草書したり。方丈の方へ廻り行くに泉石の按配、尋常《よのつね》ならず。総檜《ひのき》の木口数寄《すき》を凝《こ》らし、犬黄楊《いぬつげ》の籬《まがき》の裡《うち》、自然石の手水鉢《てうづばち》あり。筧《かけひ》の水に苔蒸《む》したるとほり新しき手拭を吊したるなぞ、かゝる山中の風情《ふぜい》とも覚えず。又、方丈の側面の小庭に古木の梅あり。その形豆に似て、真紅の花を着けたる蔓草、枝々より梢まで一面に絡み付きて方丈の屋根に及べるが、流石《さすが》に山里の風情を示せるのみ。

　われ此等《これら》の風情を見て何となく不審に堪へず。一めぐりして庫裡《くり》の辺《ほとり》より、又も前庭に出で行かむとする時、今の籬の裡《うち》なる手水鉢の辺《あたり》に物音して人の出で来る気はひあり。此《この》寺の和尚にやあらん。如何なる風体の坊主にやと件《くだん》の蔓草の葉蔭より覗き見るに、出で来るものは和尚《おしやう》に非ず。籬《まがき》の隙間より洩れ来るは色白く、眉青く、前髪より水も滴らむばかりの色若衆の、衣《え》紋仇《もんあだ》めきたる寝巻姿なり。白魚の如き指をさしのべて筧の水を弄《もてあそ》ぶうちに、消ゆるが如く方丈に入り、内側より扉をさし固むる風情なり。

　われ余りの事に呆れ果て、茫然と佇みて在りしが、物好きの心俄かに高まり来りて止み難くなりつ、何気なく前庭に出づるに、早くも起き出でし寺男と思《おぼ》しく、骨格逞ましく、全身に黥《いれずみ》したる中老人が竹箒《たけぼうき》を荷《かつ》ぎて本堂の前を浄め居り。

　われ其《その》男に近づきて慇懃《いんぎん》に笠を傾け、これは是《こ》れ山路に踏み迷ひたる六部也。あはれ一飯の御情に預り、御本堂への御つとめ許し賜はらば格別の御利益《りやく》たるべしと、念珠、殊勝気《げ》に爪繰《つまぐ》りて頼み入りしに彼《か》の寺男、わが面体《めんてい》の爛《たゞ》れたるをつく〴〵見て、まことの非人とや思ひけむ、他意も無げにうち黙頭《うなづ》きつ。此処《ここ》は筑前国、第四十四番の札所《ふだしよ》にして弘法大師の仏舎利《ぶつしやり》を納め給ひし霊地なり。奇特の御結縁なれば和尚様の御許しを得む事必定《ひつぢやう》なるべし。暫く待たせ給へとて竹箒を投げ棄て庫裡《くり》の方へ入り行きぬ。

　それより何事を語らひたりけむ。やゝ暫くありて本堂の中に大きやかなる足音聞こえつ。やがて本堂の正面の格子《かうし》扉《ど》を音荒らかに開きたる者を見れば、年の頃五十には過ぎしと思はるゝ六尺豊かの大入道の、真黒き関羽鬚《くわんうひげ》を長々と垂れたるが、太く幅広き一文字眉の下に炯々《けい〳〵》たる眼光を輝やかして吾を見上げ見下す体なり。やがて莞爾《くわんじ》として打ち笑ひ、六部殿、庫裡の方よりお上りなされよ。御勤めも去る事ながら夜もすがらの御難儀、定めし御空腹の事なるべし。昨夜の残りの粟飯《あはめし》なりとまゐらせむと云ふ。その音吐《おんと》朗々として、言葉癖、尋常ならず。一眼にて吾が素性を見《み》貫《ぬ》きたるものの如くなり。

　されども、われ聊《いさゝ》かも悪びれず。言葉の如く庫裡に入りて笈《きふ》を卸し、草鞋《わらぢ》を脱ぎて板《いた》の間《ま》に座を占め、寺男の給仕する粟飯を湯漬《ゆづけ》にして、したたかに喰ひ終り、さて本堂に入りて持参の蠟燭を奉り、香を焚きて般若心経、観音経を誦《じゆ》する事各一遍。つく〴〵本尊の容態《ようだい》を仰ぎ見るに驚く可し。一見尋常一様の観世音菩薩の立像の如くなるも、長崎にて物慣れし吾《わが》眼には紛《まぎ》れもあらず。光背の紋様、絡頭《らくけい》の星章なんど正しく聖母マリアの像なり。さてはと愈々《いよ〳〵》心して欄間《らんま》の五百羅漢像をかへり見るに、これ亦一つとして仏像に非ず。十二使徒の姿に紛れも無し。かゝる山間の、人の通ふとも見えぬ小径の奥に立て籠もり、禁断の像を祭り居る今の和尚は、よも一筋縄にかゝる曲者《くせもの》にはあらじ。よし〳〵吾に詮術《せんすべ》あり。吾を敵《かたき》とせば究竟の敵《かたき》とならむ。又味方とするならば無二の味方となるべしと心に深く思ひ定めつ。何喰はぬ面もちにて殊勝気に礼拝し終り、さて和尚に請《しやう》じらるゝまゝに庫裡に帰りて板の間に荒菰《こも》を敷きつゝ和尚と対座し辞義を交して煎茶を啜《すす》るに、和尚座を寛《くつろ》げ、われにも膝を崩させて如何にも打解けたる体にもてなし、旅の模様を聞かせよと云ふ。

われ些《すこ》しも躊躇せず。われは御覧の通り、面相の醜きより菩提心を起して仏道に入りし者なりとて、空言真事《そらごとまごと》取り交ぜて、尋常の六部らしく諸国の有様を物語るに、聞き終りし和尚は関羽鬚を長々と撫《な》で卸《おろ》しつ。呵然として大笑して曰《いわ》く。こは面白き御仁に出で会ひたるものかな。われ平生より人の骨相を見るに長《た》け、界隈の人に請はるゝまゝに、その吉凶禍福を占ひ、過去現在未来の運命を説くに一度も過《あやま》つ事なし。今、御辺の御人相を見るに、只今の御話と相違せる事、雲泥も啻《たゞ》ならず。思ふ事、云はで止みなむも腹ふくるゝ道理。的中《あた》らずば許し給へかし。御辺は廻国の六十六部とは跡型《あとかた》も無き偽り。もとは唐津藩の武士にして本名は知らず。片面鬼三郎にて通りし人也。嫁女の事より人を殺《あや》め、長崎に到りて狼藉の限りをつくされしが、過ぐる晩春の頃ほひ、丸山初花楼の太夫、初花の刑場を荒らし、天地の間《かん》、身を置くに所無く、今日此処《こんにちこのところ》に迷ひ来られし人と覚《おぼ》し。如何にや。わが眼識。誤りたるにやと嘲笑《あざわら》ひて、威《ゐ》丈高《たけだか》にわれを見下したる眼光、鬼神も縮み上る可き勢なり。

されども、われ些《すこ》しも驚きたる顔色《けしき》をあらはさず。莞爾として笑み返しつ。如何《いか》にも驚き入つたる御眼力。多分お上より触れまはされし人相書を御覧《ごらう》じたるものなるべし。半面の鬼相包むべくもあらず。如何にも吾こそは片面鬼三郎と呼ばるゝ日本一の無調法者に候。さりながら、われ長崎に居りたる甲斐に、唐人の秘法を習ひ覚え、家相を見るに妙を得たり。すなはち此の寺の相を観《み》るに、是《こ》れまことの天台宗の寺に非ず。本尊は聖母マリアにして羅漢は皆十二使徒なり。美しき稚児《ちご》を養ひて天使に擬《なぞら》ふる御辺の御容体は羅馬加特里克《ローマンカトリク》か、善主以登《ゼスイト》か。いづれにしても禁断の邪教、切支丹婆天蓮《キリシタンバテレン》の輩《ともがら》に相違あるまじと云ひ放つ。その言葉の終らぬうちに和尚の血相忽然として一変し、一間ばかり飛び退《しさ》りて、懐中《ふところ》に手を入れしと見る間に、金象眼したる種子島《たねがしま》の懐《ふところ》中鉄砲を取出し、わが胸のあたりに狙ひを付くる。しかも眼を定めてよく見れば、長崎にて噂にのみ聞きし南蛮新渡来の燧器械付《ひうちぎかいつき》、二聯筒《れんづゝ》なり。使ひ狃《な》れたる和尚の物腰、体の構へ、寸毫《すんがう》の逃るゝ隙も見えざりけり。

さては此の和尚。天台寺の住寺とは佯《いつは》り。まことは切支丹婆天蓮《キリシタンバテレン》の徒《ともがら》と思ひしが、それも佯《いつは》り。そのまことは、かゝる山中に潜み隠れ居る山賊夜盗の首領なりしかと今更に肝を消しつ。片面鬼三郎生年二十四歳、此処に生命《いのち》を終るかと観念の眼を閉ぢむとする折しもあれ、和尚の背後、方丈に通ふ明障子《あかりしやうじ》の半《なかば》開きたる間より紫色の美しき物影チラ〳〵と動けり。最前見たる色若衆《いろわかしゆ》と思《おぼ》しく半面をあらはして秘かに打ち笑《ゑ》みつ。手真似にて斬れ〳〵。その鉄砲は無効々々《だめだめ》と手を振る体なり。

扨《さて》は天の助くる処か。心は神業《かみわざ》。運命は悪魔のわざとこそ聞け。一か八かと思ふ間あらせず。背後の上り框《かまち》に立架《たてか》けたる錫杖取る手も遅く、仕込みたる直江志津の銘刀抜く手も見せず。真正面より斬りかゝる。その時、和尚の手中の火打種子島《ひうちたねがしま》、パチリと音せしのみにて轟薬発せず。その毛だらけなる熊の如き手首、種子島を握りたるまゝ、わが切尖《きつさき》にかゝりて板の間へ落ち転《ころ》めけば、和尚悪獣の如き悲鳴を揚げ、方丈の方《かた》へ逃げ行かむとするに、彼《か》の若衆、隔ての障子を物蔭より詰めやしたりけむ。一寸も動かず。驚き周章《あわ》てゝ押破らむとする和尚の背後より跳《をど》りかゝり、左の肩より大袈裟がけに切りなぐり、板の間に引き倒ふして止刺刀《とゞめ》を刺す。

われ、生れて初めての強敵を刺止《しと》めし事とて、ほつと一息、長き溜息しつゝ、あたり見まはす折しもあれ最前の若衆、血飛沫《ちしぶき》乱れ流れたる明障子《あかりしやうじ》を颯《さつ》と開きて走り寄り、わが腰衣《こしごろも》に縋り付きつゝ、やよ鬼三郎ぬし。わらはを見忘れ給ひしかと云ふ。驚きて振上げし血刀を控へつゝ、よく〳〵見れば這《こ》は如何に。故郷唐津にて三々九度の盃済ましたるまゝ閨《ねや》の中より別れ来りし彼《か》の花嫁御お奈美殿にぞありける。

こは夢か。まぼろしか。如何にして斯《か》かる処に居給ふぞ。此の和尚は御身の如何なる縁故《えにし》に当る人ぞと畳みかけて問ひ掛くるに、その時、お奈美殿の落付きやう尋常ならず。そのお話は後より申上ぐべし。まづ〳〵此の死骸を片付くるこそ肝要ならめ。参詣の人々の眼に止まりなば悪《あ》しかりなむ。こや〳〵馬十よ〳〵。お客様に水参ゐらせぬか。荒縄持ちて来らずやと手をたゝくに、最前の逞ましき寺男、勝手口より落付払ひて、のそ〳〵と入り来り、改めてわれに一礼し、柄杓《ひしやく》の水を茶碗に取りてわれにすゝめ、和尚の死骸を情容赦もなくクル〳〵と菰《こも》に包み、荒縄に引つくゝりて土間へ卸しつ。さて血潮にまみれたる障子と板の間を引き剝がし、裏口を流るゝ谷川へ片端《かたはし》より投込む体《てい》、事も無げなる其面《そのおも》もち。白痴か狂人かと疑はれ、無気味にも亦恐ろしゝ。

　かゝる間に若衆姿の奈美殿は、方丈の方《かた》の寝床を片付けて、われを伴ひ入り、かぐはしき新茶をすゝめつゝ語るやう。さるにても御身の唐津を立退《の》き給ひし時、申すも恥かしき吾が不躾《ぶしつけ》、御咎めも無く、わが心根を察し賜はりて、継母と仲人への怨《うらみ》を晴らし賜はりし男らしき御仕打ち、今更に勿体なく有難く、これをしも恋心とや云ふらん。恐ろしかりし鬼三郎ぬしの御顔ばせ夜毎、日毎に頼もしく神々しく、面影に立ち優り侍《はべ》り。

　さは去りながら其折の藩内の騒動は一方ならず。御身の御両親も、わが父君も家道不取締の廉《かど》を以て程なく家祿を召し放され給ひつ。そが中に御身の御両親、御兄弟の御行末は如何《いかゞ》ありけむ。わが身は父上と共に家財を売代《うりしろ》なし、親子の巡礼の姿となりて四国路さして行く程もなく、此の山中に迷ひ入り、此の寺に一夜の宿を借り候ひぬ。

去る程に此寺の住持なりし彼《か》の和尚は、もと高野山より出でたる真言の祈禱師にて御朱印船に乗りて呂宋《ルスン》に渡り、彼地《かの》にて切支丹の秘法を学び、日本に帰りて此の廃寺を起し、自ら住持となりし万豪阿闍梨《あじやり》と申す者に侍《はべ》り。先程より察し給へる如く、世にも恐ろしき悪僧にして、山々の尾根〳〵を駈けめぐる事、わが庭内の如く、火打鉄砲にて峠々の旅人を脅やかし殺し、奪ひ取りし金銀財宝を本堂の床下に積み蓄へ、女と見れば切支丹秘法の魔薬にかけて伴ひ来り、有無を云はさず意に従へ、共々に快楽に耽《ふけ》り、やがて又、新しき女性を捕へ来れば、前なる婦人を彼《か》の寺男、馬十に与へて弄《もてあそ》ばさせ、遂には打殺させて山々谷々の窮隈《くゞま》〳〵に埋めさせ来りしもの。五月雨《さみだれ》の生暖かき夜なんどは彼方の峯、此方《こなた》の山峡《やまかひ》より人魂の尾を引きて此寺《この》の方へ漂ひ寄り来るを物ともせぬ強気者《したゝかもの》に候ひしが、妾《わらは》を見てしより如何様にか思ひ定めけむ。

その翌《あく》る朝早く、父上は吾が身の行末を頼む由《よし》仰せ残されて四国へ旅立ち給ひぬとて、ひたすらに打泣く妾《わらは》をいたはり止めつ。今より思へば殺し参ゐらせたらむやも計り難けれど、世知らぬ乙女心のおぞましさに其時《その》は夢更《ゆめさら》心付き候はず。これはこれ切支丹の煙草啞妣烟《オヒエム》なり。これを吸ひて睡《ねむ》り給はば、旅路を行き給ふ父上の御姿見ゆべしなぞ仮りて喫はせられし香はしき煙に酔ひて眠るともなく眠り候ひしが、その間に吾身は悲しくも和尚のものと成り果てはべり。

さる程に不思議なる哉、一度《ひとたび》、吸ひし啞妣烟《オヒエム》の酔ひ心地、その日より身に泌み渡りて片時も忘る丶能はず。妾は父上の御事、鬼三郎ぬしの御事、又は明日《あす》をも計り知られぬ身の行末の事など、跡かたもなく忘れ果て、此寺に留まり、和尚の心のま丶に身を任せつ丶、世にも不思議なる年月を送り侍りぬ。

又、彼《か》の馬十と呼べる下男は此処より十里ばかり東の方、豊前小倉城下の百姓にて、宮角力《ずまふ》の大関を取り、無双の暴れ者なりし由。仲間の出入りにて生命《いのち》危ふかりしを万豪和尚に救はれしものに侍《はべ》り。和尚の与へし切支丹煙草、啞妣烟《オヒエム》を吸ひしより以来《このかた》、魂虚洞呂《うとろ》の如くなりて心獣の如く、行ひ白痴の如し。たゞ〳〵牛馬の如く和尚の命に従ひて、此寺の活計《なりはひ》、走使《はしりづか》ひなぞを一心に引受け居り候ひし者。その後、妾、此寺に来りし後は、何となく妾を慕ひ居るげにて、和尚の言葉よりも、わが云ひ付けをのみ喜び尊み、事あれば水火をも辞せざる体《てい》に侍り。まことに不憫の者と存じ候へ。

さる程に妾、虫の知らせにかありけむ。今朝《けさ》は、いつにも似ず早く眼醒めつ。御身の此寺に近付き給へるを垣間見《かいまみ》、如何はせむと思ひ惑ひ候ひしが、所詮、人間道を外れし此身。神も仏も此世には在《ま》しまさずかし。今は何ともならばなれと思ひ定めて和尚の枕元なる種子島の弾丸、轟薬を二つながら抜取り、代りに唾液《つば》にて噛みたる紙玉を詰め置き、扨《さて》、和尚を揺起して、かく〳〵の人、六部の姿して此寺に来ませしと、世間の噂、取り交ぜて告げ知らせしに和尚、打喜ぶ事一方《ひとかた》ならず。好《よ》的《し》々《〳〵》。汝《な》が昔の恋人を血膾《ちなます》にして、汝《なれ》と共に杯を傾けむ。外道《げだう》至極の楽しみ、之《これ》に過ぎしと打笑ひつゝ起上りしが、遂に妾が計略に掛かりて、今の仕儀となり果て終りしものに侍り。

かく浅ましく汚れし身の昔を語るも恥かしや。さるにても鬼三郎ぬし。恋は昔にかはらぬものを。かく成り果てし吾身《わがみ》をいとしと思ひ給はぬにか。御身の思召《おぼしめし》一つにて、わらはの思ひ定むる道も変りなむ。わらはの真心の程は、和尚の死骸《なきがら》を見ても眼《ま》のあたりに思ひ知り給ふべしと、思ひ詰めたる女の一念。眥《まなじり》を輝やかす美くしさ。心も眩むばかり也。

われ喜ぶ事一方ならず。思はずお奈美殿の前にひれ伏しつ。有難し。忝《かたじけな》し。世間の噂は皆実正《まこと》なり。われと吾身に計り知られぬ罪業を重ねし身。天下、身を置くに処無し。流石《さすが》法体《ほったい》の身の、かゝる処に来合はせし事、天の与ふる運命《さだめ》にやあらんずらん。われと解《ほど》きし赤縄《えにし》の糸の、罪に穢《よご》れ、血にまみれつゝめぐり〳〵て又こゝに結ぼるゝこそ不思議なれ。御身は若衆姿。わが身は円頂黒衣。罪障、悪業に埋もれ果つれども二人の思ひに穢れはあらじ。可憐《いとし》の女《ひと》よと手を取らむとすれば、若衆姿の奈美女、恥ぢらひつゝ払ひ除《の》け。心急《せ》き給ふ事なかれ。まづ此方《こちら》へ入らせ給へ。見せ申すべきものありとて、われを本堂の内陣に誘ひ、壇に登りてマリア像の肩に両手をかけ、おもむろに前へ引き倒ふすに、その脚の下の蓮台と思《おぼ》しきものの辺《あたり》、左右に引き開け、階段の降り口、大きく開けたり。その下へ二人して降り行くに一度倒ふれしマリア像は自から共に立ち帰りたるらし。階段は真の闇となりて足音のみぞ、おどろ〳〵しくより増《まさ》りける。

　奈美女、わが手を取りて其の中を二三間ほど歩み降り行くに、土中の冷気身に泌みて知らぬ世界へ来し心地しつ。やがて彼女の手より閃《ひら》めき出でし蘭法附木《つけぎ》の火、四方に並べし胡麻《ごま》燈油の切子《きりこ》硝子燈籠《とうろ》に入れれば、天井四壁一面に架け列《つら》ねしギヤマン鏡に、何千、何百となく映りはえて、二十余畳にも及ぶべき室内、さながらに白昼の如く、緞子《どんす》の長椅子、鳥毛《とりげ》の寝台、絹紗の帳《とばり》、眼を驚かすばかりなり。又青貝の戸棚に並びたるは珍駄妻《ちんだる》の媚酒、羅王中《ロワンチユン》の紅艶酒。蘇古珍《スコチン》の阿羅岐《アラキ》焼酎。ギヤマン作りの香煙具。銀ビイドロの水瓶。水晶の杯なぞ王侯の品も及ばじな。前の和尚の盗み蓄《たくは》めにやあるらむ。金銀小判大判。新鋳の南鐐銀のたぐひ花模様絨氈《じうたん》の床上に散乱して、さながらに牛馬の余瀝《よれき》の如し。

　そが中に突立ちたる奈美女は七宝の大香炉に白檀の一塊を投じ、香雲縷々《るゝ》として立迷ふ中より吾をかへりみて、かや〳〵と笑ひつゝ、此の部屋の楽しみ、わかり給ひしかと云ふ。

流石《さすが》のわれ言句も出でず。総身に冷汗する事、鏡に包まれし蟇《がま》の如く、心動顛《どうてん》し膝頭、打ちわなゝきて立つ事能はず。ともかくも一度、方丈に帰らむとのみ云ひ張りて、逃ぐるが如くマリア像の下より這ひ出でしこそ笑止なりしか。

　されどもわれ、つひに此の外道《げだう》の惑ひを免るゝ能はず。此の寺に踏み止まりて奈美女と共に昼夜をわかたず、冬あたゝかく夏涼しき土窖《つちぐら》の中に、地獄天堂を超えたる不可思議の月日を送り行くに怪しむ可し、一年《ひととせ》の月日もめぐらさぬうちに、何時《いつ》となく気力衰へ来る心地しつ。万豪和尚より習ひ覚えしといふ奈美女の優れたる竹抱、牛血、大蒜《にんにく》、人参、獣肝、茯苓草《ぶくりやうさう》のたぐひを浴びるが如く用ふれども遂に及ばず。果ては奈美女の美しく化粧せる朝夕のうしろ姿を見る事、虎狼よりも恐ろしく思はるゝやうになり来りぬ。

　こゝに不思議なるは、彼《か》の寺男の馬十なり。

彼《か》の男、毎日未《ひつじ》の刻より申《さる》の刻に到る間の日盛りは香煙を吸ふと称して何処へか姿を消しつ。そのほかは常に未明より起き出で、田畠を作り、風呂を湧かし、炊爨《すいさん》の事を欠かさず。雨降れば五六里の山道を伝ひて博多に出で、世上の風評を聞き整へ、種々《くさぐさ》の買物のほかに奈美女の好む甘き菓子、珍らしき干物《ひもの》、又は何処《いづこ》より手に入れ来るやらむ和蘭《オランダ》の古酒なんどを汗みづくとなりて背負ひ帰るなんど、その忠実々々《まめまめ》しさ。身体の究竟《くつきやう》さ。まことに奈美女の為ならば生命《いのち》も棄て兼ねまじき気色なり。

さはさりながら奇怪千万にも馬十は、われを主人とは思ひ居らざるにやあらんずらん。わが云ひ付けし事は中々に承《う》け引かず。わが折入つて頼み入る事も、平然と冷笑《あざわら》ふのみにして、捗々《はかばか》しき返答すら得せず。奈美女の言葉添なければ動かむともせざる態《さま》なり。われ其の都度に怒気、心頭に発し、討ち捨て呉れむと戒刀《かいたう》を引寄せし事も度々なりしが、さるにても彼を失ひし後の山寺の不自由さを思ひめぐらして辛くも思ひ止まる事なりけり。

然るに此の山寺に来てやゝ一年目の今年の三月に入り、わが気力の著じるく衰へ来りしより以来《このかた》、彼の馬十の顔を見る毎に、怪しく疑ひ深き瞋恚《しんに》の心、しきりに燃え立ちさかりて今は斯様《かう》よと片膝立つる事屢々《しばしば》なり。後は何ともならばなれ。わが気力の衰へたるは、此《この》程、久しく人を斬らざる故にやあらんずらん。さらば此《この》男の血を見たらむには、わが気力も昔に帰りてむかなぞ、日毎に思ひめぐらし行くうちに此の三月の中半《なかば》の或る日の事なりき。

頬冠りしたる彼《か》の馬十、鍬を荷《かつ》ぎてわが居る方丈の背面《うしろ》に来り、彼《か》の梅の古木の根方を丸く輪形に耕して、豆のやうなる種子を蒔《ま》き居り。その上より下肥《しもごえ》を撒きかけて土を覆ひまはるに、その臭き事限りなく、その仕事の手間取る事、何時《いつ》果つべしとも思はれず。

われ思はず方丈の窓を引き開きて言葉鋭く、何事をするぞと問ひ詰《なじ》りしに、馬十かたの如く振り返り、愚かしき眼付にてわれを見つめつゝ、もや〳〵と嘲《あざ》み笑ふのみ。頓《とみ》には応《いら》へもせず。やがて不興気なる面《おも》もちにて黄色なる歯を剝き出し、低き鼻尻に皺を刻みつ。這《こ》は和蘭陀《オランダ》伝来のくれなゐの花の種子を蒔くなり。此等《これら》の秘蔵の種子《たね》にして奈美殿の此上《こよ》なく好み給ふ花なり。此《この》村の名主の家のほか他所《よそ》には絶えて在る事無し。此処《こゝ》に蒔き置けば、夏の西日を覆ひ、庭の風情ともなるべきぞや。去年の春、此処《こゝ》へ迷ひ来給ひし時、見知り給ひしなるべし。毎年の事なり。暫く辛棒し給へ。臭くとも他人の垂れしものには非《あら》ざるべしと云ふ。扨《さて》は彼《か》の時の珍花の種子を此《この》男の取置きしものなりしかと思ひけれども、何とやらむ云ひ負けたる気はひにて心納まらず。小賢《こざか》しき口返答する下郎かな。腹の足しにもならぬ花の種子を蒔きて無用の骨を折らむより此間《この》、申し付けし庫裡《くり》の流し先を掃除せずや。飯粒、茶粕《ちやかす》の類《たぐ》ひ淀み滞《とゞこほ》りて日盛りの臭き事一方《ひとかた》ならず。半月も前に申付けし事を今以て果さぬは如何《いか》なる所存にか。主人に向ひて口答へする奴。その分には差し置かぬぞと睨《ね》め付くれば、彼《か》の馬十首を縮めて阿呆の如く舌を出し。われはお奈美様をこそ主人とも慕ひ、女神様とも仰ぎ来つれ。御身の如き片輪《かたは》風情の迷ひ猫を何条《なんでう》主人と思はむや。御身が此の馬十を憎み、疑ひ咀《のろ》へる事を、われ早くより察し居れり。打ち果さむとならば打ち果し給へ。万豪和尚様の御情にて生き伸び来りし此の生命《いのち》。何の惜しむ処かあらむ。たゞ後にて後悔し給はむのみと初めて吐きし雑言《ざふごん》に今は得堪へず。床の間の錫杖取る手も遅く直江志津を抜き放ち、縁側より飛び降りむとせしに、背後の庫裡の方よりあれよとばかり、手を濡らしたる奈美女走り出で、逸早《いちはや》くわれを遮《さへぎ》り止めつ。涙を流して云ひけるやう。こは乱心し給へるか。馬十亡き後、如何にしてわれ等が命を繋《つな》ぎ候べき。御身此頃、俄かに心弱り給へるは、左様の由無き事ども思ひ続け給へる故ぞかし。人を斬り度くば峠々に出でゝ旅人をも待ち給へかし。馬十ばかりは此寺の宝物なり。われ等が為には無二の忠臣に候はずや。身に代へて斬らせ参らする事あらじと云ふうちに、馬十と怪しげなる眼交《めくば》せして左右に別れ、われ一人を方丈に残して立去りぬ。

さて其の後、二人とも何処《いづこ》にか行きけむ。声も無く、足音もきこえず。半刻《はんとき》あまりの間、寺内、森閑として物音一つせず。谷々に啼く山鶯の声のみ長閑《のどか》なり。

わが疑心又もや群り起り、嫉妬の心、火の如くなりて今は得堪へず。錫杖の仕込《しこ》刀《み》を左手《ゆんで》に提げて足音秘めやかに方丈を忍び出で、二人を求めて跣足《はだし》のまゝ本堂の周囲を一めぐりするに、本堂の階段の下に微かながら泥の跳ね上りし痕跡《あと》あり。其処より床下へ匐ひ入り行くに積み並べたる炭俵の間に、今まで知らざりし石の階段あり。その階段の下より嗅ぎ慣れし白檀の芳香、ゆるやかに薫じ来る気はひあり。

われ心に打ちうなづき、薄湿《じめ》りせる石階のほの暗きを爪探《つまさぐ》りて、やゝ五六段ほど降《くだ》り行きしと思ふ処に扉と思《おほ》しき板戸あり。その中央に方五寸ほどの玻璃《はり》板を黒き布にて蔽ひたるが嵌《は》め込み在り。いか様、窖《あなぐら》の中の様子を外より覗くたよりと為せる体《てい》なり。彼《か》の馬十が覗きしものにかあらむと心付けば、今更におぞましさ限り無く、身内に汗ばむ心地しつ。われも其の真似をするが如く、息を凝らして覗き見るに、忽然《たちまち》、神気逆上して吾が心も、わが心ならず。一気に扉を押し破りて窖《あなぐら》の中に躍り入り、呀《あ》つと逃げ迷ふ奈美女の白き胴体を、横なぐりに両断し、総身の黥《いれずみ》を躍らせて摑みかゝる馬十の両腕を水も堪まらず左右に斬り落す。続いて足を払はれし馬十は、歯を剝き眼を怒らして床上に打ち倒ふれつ。振り上ぐるわが刀を見上げつゝ吠え哮《た》けるやう。おのれ横道者。おぼえ居れ。奈美女は最初よりわが物なり。前の和尚と汝は間男なりし事を知らずや。この年月、奈美女の情により養はれ来りし恩を仇にする外道の中の外道とは汝が事ぞや。神や仏は、あらずもがな。人の一念残るものか残らぬものか今に見よ。此怨み、やはか返さでやはあるべき。その証拠に今日植ゑしくれなゐの花を今年よりは真白く咲かせて見せむ。彼《か》の花の白く咲かむ限り、此の切支丹寺に、われ等の執念残れりと思へ。此の怨み晴れやらぬものと思へと狼の吠ゆるが如く喚《わ》めき立つるを、何を世《よ》迷言《まひごと》云ふぞ、と冷笑《あざ》ひつ。此世は此世限り。人間の死後に魂無き事、犬猫に同じきを知らずや。汝等男女こそ覿面《てきめん》の因果応報、思ひ知らずやと云ひも終らず、馬十の脳天を唐竹割にし、奈美女の死骸を打重ねて止刺《とゞめ》刀を刺し、その上より部屋の中の珍宝、奇具を片端《かたはし》より覆へして打重ねたるまゝ、本堂の下を潜りて外に出で、血刀と衣服を前なる谷川に洗ひ浄めて、悠々と方丈に帰り来りぬ。

　去る程に其の日の残る半日の暮れつ方まで、われは只管《ひたすら》に恍惚として夢の中なる夢の醒めたる心地となり、何事も手に附かず、夕餉《ゆふげ》の支度するも倦《ものう》く、方丈の中央《まんなか》に仰向《あふの》きに寝《い》ね伸びて、眠るともなく醒むるとも無くて在りしが、扨《さて》、夜に入りて雨の音しめやかに、谷川の水音弥増《いやまさ》るを聞くに付け、世にも不思議なる身の運命、やう〳〵に思ひ出でられつ。床に入りても眼《まなこ》、冴え〴〵として眠むられず。

眠むられぬまゝに思ふやう。神も仏も在《ま》しまさぬ此世に善悪のけぢめ求むべき様なし。たゞ現世の快楽《けらく》のみこそ真実ならめ。人の怨み、誹《そし》りなぞ、たゞ過ぎ行く風の如く、漂ふ波にかも似たり。人間万事あとかたも無きものとこそ思ひ悟りて、腕にまかせ、心に任せて思はぬ快楽《けらく》を重ね来りしわれなりしか。その行末の楽しみの相手なりし者を討ち果したらむ今は、わが身に添ひたる、もろ〳〵の大千世界を打ち消して涯てしも無き虚空に、さまよひ出でし心地しつ。明日よりは何を張合《はりあひ》に生きむと思へば、世にも哀れなるわが姿の、今更のやうに面影に立つさへ可笑し。

やよ鬼三郎よ。明日より何方《いづかた》へ行かむとするぞ。汝が魂、何処《いづこ》にか在る。今までの生涯は夢なりしか。現《うつゝ》なりしか。まこと人の心に神も仏も無きものか。人の怨み、わが身の罪業を思ひ知りて神仏の御手に縋《すが》らむと思はずや。天地の大を以て見れば、さしも強豪、無敵の鬼三郎も多寡《たか》の知れたる一匹の蛆虫《うじむし》。何処《いづこ》より蠢《うご》めき来り。何処《いづこ》へ蠢めき去らむとするぞ。やよ鬼三郎。何処《いづこ》へ行くぞと。大声にて叫ぶ声、われとわが耳に入りて夢醒むれば、何時《いつ》の間にかまどろみけむ。夜は白々と明け離れて、向山《むこやま》の杉の梢に鴉の啼く声頻《しき》り也。

われは、それより力無く起き上り、本堂下の窖《あなくら》に入りて、男女の屍体を数段に斬り刻み、裏山の雑木林の彼処此処《かしここゝ》に埋め終りつ。さて残りたる米を粥に作りて何の味《あぢは》ひも無く腹を満たし、梅干、塩、味噌なぞを嘗めながら、日もすがら為す事も無く方丈に閉《た》て籠もり、前の和尚の使ひ残したる罫紙を綴ぢ、今までの事を斯様《かやう》に書き綴り行く程に思ひの外に筆進まず。二月がほど日を送り、早くも梅雨上りの若芽萌え立つ今日の日はめぐり来りぬ。

さる程にわれ、今朝の味爽《まだき》より心地何となく清々《すがく》しきを覚えつ。小暗《をぐら》きまゝに何心なく方丈の窓を押し開き見るに、思はず呀《あっ》と声を立てぬ。

此間馬十が植ゑ蒔きし梅の根方のくれなゐの種子、いつの間にか芽を吹きにけむ。窓の上の屋根に打ちかぶさるばかりに茂り広ごりたるが、去年《こぞ》の春見しが如き、血の色せる深紅の花は一枝も咲き居らず。屍肉の如く青白き花のみ今を盛りと咲き揃ひ居りしこそ不思議なりしか。

此時のわが驚き、いか計《ばか》りなりけむ。彼《か》の馬十が末期に叫びし言の葉を眼の前に思ひ知りて、白日の下、寒毛竦立《かんまうしようりつ》し、心気打ち絶えなむ計《ばか》りなりしか。

さてこそ人の怨みは此世に残るものよ。神も仏もましますものよと思へばいとゞ空恐ろしく、思はず本堂によろめき入りて御本尊の前に両手を合はせ。何事のおはしますかは知らず。申訳無く面目無し。かしこき天地の深く大なる心を凡夫の身勝手にて推《お》し計《はか》りしことのおぞましさよ。此上に生き長らへて罪業を重ねむより、死して地獄の苛責に陥《お》ち、今までの罪の報いを受けむこそ中々に心安けれ。一念弥陀《いちねんみだ》仏《ぶつ》、即滅無量罪障《そくめつむりやうざいしやう》と聞けど、わが如き極重悪人の罪を救はれざらむ事、もとより覚悟の前ぞかし。南無《なむ》摩里阿《マリア》如来《にょらい》。南無摩里阿如来と両手を合はせて打泣き〳〵方丈に帰り来りつ。さて流るゝ涙を堰《せ》きあへず。迫り来る心を押し鎮めて此文を認《した》め終りぬ。

われ今より彼《か》の窖《あなぐら》に炭俵を詰めて火を放ち、割腹してそが中に飛入り、寺と共に焼け失せて永く邪宗の門跡を絶たむとす。たゞ此の文と直江志津の一刀のみは鐘楼の鐘の下に伏せ置き、後日の証拠《あかし》とし、世の疑ひを解かむ便《よすが》とせむ心算《つもり》なり。なほ刀の中心《なかご》に刻みし歌は、わが詠みしものを下の村の鍬鍛冶《くはかぢ》に賃して刻ませしもの也。唐津藩に齎《もた》らし賜はらば藩公の御喜びあるべく、此文の偽《いつはり》ならざる旨も亦明らかなるべしと思ひ計《はか》りてなせし事なり。歌の拙《つた》なきを笑ひ給ふ事なかれ。

のこる怨み白くれなゐの花盛り
あまたの人をきりしたん寺

寛永六年五月吉日

鬼三郎しるす

×　　×　　×

それから十四五日経ってから例の古道具屋の貫七爺《じい》が又遣って来た。骨だらけの身体《からだ》に糊の利いた浴衣、絽《ろ》の羽織を引っかけて扇をパチパチいわせている姿は如何にも涼しそうである。

私は夏肥りに倦《たる》み切った身体《からだ》を扇風器に預けていた。

「あの白い花の正体がおわかりになりましたでしょうか」

「ウン。わかったよ。九大農学部に僕の友人が居ると云ったね」

「ヘエヘエ。たしか加藤《かとう》博士様とか」

「馬鹿。そんな事云やしないぜ。第一博士じゃない。富士川《ふじかわ》といって普通の学士だがね。所謂万年学士という奴だ。植物の名前なら知らないものはないという」

「ヘイ。エライもので御座いますな」

「そいつにあの花を送って調べさしてやったら、いくら研究しても隠元豆に相違ないと云うんだ」

「ヘエッ。どちらが隠元豆なんで……」

「どっちも隠元豆なんだ」

「テヘッ。飛んだ変幻豆でげすな」

「洒落にもならない話だよ。もっとも隠元豆にも色々あるそうで、何十通りとか変り種がある。その中でもあの紅《あか》い方のは、昔から観賞植物になっていたベニバナ・インゲンという奴で、白い方のが普通の隠元豆なんだが、素人眼《しろうとめ》には花の色を見ない限りちょっと区別が付きにくいという」

「成る程。奇妙なお話もあればあるものでげすな。ヘエ」

「まったくだよ。そこでその富士川って学士も念のために、わざわざ清滝の切支丹寺まで行って調べて来たんだそうだが、すっかり野生になっているので、いよいよ紅花隠元《べにばないんげん》に似ていたという。吾々が見たってわからない筈だよ」

「ヘエッ。どうしてソレが又、入れ代ったんで……」

「何でもない事さ。君はこの書付を読んだかい。鬼三郎の一代記を……」

「ヘエ。初めと、おしまいの方をちっとばかり拝見致しましたが」

「ウン、この中に書いてある寺男の馬十という奴が、近いうちに主人公の鬼三郎に殺される事を知っていたんだね。だから今の紅花隠元を蒔くふりをして実は普通《あたりまえ》の隠元豆を蒔いといたんだよ。ちゃんとわかっている」

「ヘエ。驚きましたね。しかし旦那様。酔狂な死に方をする奴が、あればあるもので御座いますねえ」

「それあ今だって在るよ。班長殿から死ねと云われましたと遺書を残して自殺する兵隊も居る位だからね。こんな風にヒネクレていた奴なら遣りかねないだろう。好いた女と一所に殺されて、後に祟りを残すなんて仕事が、馬十の痴呆《ほう》けた頭には、たまらなく楽しみだったかも知れないね」

「ヘエヘエ。成る程ナ。しかし旦那様。その切支丹の跡を御別荘にお求めになりますか。如何でげしょうか。実はまだ区長さんの処に下駄を預けておりまするが」

「まあ見合わせようよ。折角だが……この刀を抜いて見ただけでも妙に涼しくなって、ゾクゾクして来るようだからね。ハッハッハッハッハッハッ……」

名娼満月

人皇《じんのう》百十六代桃園《ももぞの》天皇の御治世。徳川中興の名将軍吉宗《よしむね》公の後を受けた天下泰平の真盛り。九代家重《いえしげ》公の宝暦《ほうれき》の初めっ方。京都の島原《しまばら》で一と云われる松本楼《まつもとろう》に満月《まんげつ》という花魁《おいらん》が居た。五歳の年に重病の両親の薬代に代えられた松本楼の子飼いの娘ながら、名前の通り満月をそのままの美《うつ》くしさ。花ならば咲きも残らず散りも初《そ》めぬ十九の春という評判が、日本国中津々浦々までも伝わって、毎年三月の花の頃になると満月の道中姿を見るために洛中洛外の宿屋が、お上《のぼ》りさんで一パイになる。本願寺様のお会式《えしき》にも負けぬという、それは大層な評判であった。

その頃、満月に三人の嫖客《おきやく》が附いていた。

一人は越後から京都に乗出して、嵯峨野《さがの》の片ほとりに豪奢《ごうしゃ》な邸宅を構え、京、大阪の美人を漁《あさ》りまわしていた金丸長者《かなまるちようじや》と呼ばれる半老人であった。はからずもこの満月に狃染《なじ》んでからというもの、曲りかけている腰を無理に引伸ばし、薄い白髪鬢《しらがびん》を墨に染め、可笑《おか》しい程派手な衣裳好みをして、若殿原《わかとのばら》に先《せん》をかけられまいという心遣いや金づかいに糸目を附けず。日本中を真半分に割って東の方に在るものは皆《みんな》、満月に買うてやりたいほどの意気組であった。

今一人は青山銀之丞《あおやまぎんのじょう》という若侍であった。関白七条家の御書院番で、俗に公家侍というだけに、髪の結い振り。素袍《すおう》、小袴《こばかま》の着こなしよう。さては又腰に提げた堆朱《ついしゅ》の印籠《いんろう》から青貝の鞘《さや》、茶欛《ちゃづか》、白金具《しろかなぐ》という両刀の好みまで優にやさしく、水際立った眼元口元も土佐絵の中から脱け出したよう。女にしても見まほしい腮《あぎと》から横鬢《よこびん》へかけて、心持ち青々と苦味走ったところなぞ、熨斗目《のしめ》、麻裃《あさがみしも》を着せたなら天晴れ何万石の若殿様にも見えるであろう。俺ほどの男ぶりに満月が惚れぬ筈はない。日本一の美男と美女じゃもの。これが一所《いっしょ》にならぬ話の筋は世間にあるまい……といったような自惚《うぬぼ》れから、柄にない無理算段をして通い初《そ》めたのが運の尽き。案の定惚れたと見せたは満月の手管らしかった。天下の色男と自任していた銀之丞が、花魁《おいらん》に身上げでもさせる事か。忽《たちま》ちの中《うち》に金に詰まり初め、御書院番のお役目の最中は、居眠りばかりしていながらに、時分を見計らっては受持っている宝物棚の中から、音に名高い利休《りきゅう》の茶匙《ちゃさじ》、小倉《おぐら》の色紙を初め、仁清《にんせい》の香炉《こうろ》、欽窯《きんよう》の花瓶なぞ、七条家の御門の外に出た事のない御秘蔵の書画骨董《こっとう》の数々を盗み出して、コッソリと大阪の商人に売りこかし、満月に入れ揚げるのを当然の権利か義務のように心得ている有様であった。

残る一人は大阪屈指の廻船問屋、播磨《はりま》屋の当主千六《せんろく》であった。二十四の年に流行《はやり》病《やみ》で両親を失ってからというもの、永年勤めていた烟《けむ》たい番頭を逐《お》い出し、独天下《ひとりてんか》で骨の折れる廻船問屋の采配を振り初めたところは立派であったが、一度、仲間の交際《つきあい》で京見物に上り、眉の薄い、色の白いところから思い付いた役者に化けて松本楼に上り、満月花魁の姿を見てからというもの役者の化けの皮はどこへやら、仲間に笑われながら京都に居残り、為替《かわせ》で金を取寄せて芸者末社（幇間《たいこもち》）の機嫌を取り、満月との首尾のためには清水の舞台から後跳《うしろと》びでも厭《いと》わぬ逆上《のぼ》せよう。自宅《うち》から心配して迎えに来た忠義な手代に会いは会うても、大阪という処が、どこかに在りましたかなあという顔をしていた。

満月はこの三人に対して締めつ弛《ゆる》めつ、年に似合わぬ鮮やかな手管を使って見せたので、三人の競争はいよいよ激しくなって行くばかり。満月の名娼ぶりの中でも一番すごいのは、その持って生まれた手練手管であることを、三人が三人とも、夢にも気付かぬ気はいであった。どうしてもこの大空の満月を自分一人の手に握り込まねば……という必死の競争を続けるのであった。

しかし、そのうちにこの競争も勝敗が附きそうになって来た。

青山銀之丞は、宝暦元年の冬、御書院の宝物お検《あらた》めの日が近付く前に、今までの罪の露見を恐れ、当座の小遣のために又も目星《めぼ》しい宝物を二三品引っ抱えて、行衛《ゆくえ》を晦《くら》ましてしまったのであった。

播磨屋千六は、これも満月ゆえの限りない遊興に、敢《あ》えなくも身代（財産）を使い果して、とうとう分散の憂目《うきめ》に会い、昨日《きのう》までの栄華はどこへやら、少しばかり習いおぼえた三味線に縋《すが》って所も同じ大阪の町中を編笠一つでさまよいあるき、眼引き袖引き後指《うしろゆび》さす人々の冷笑《あざわらい》を他所《よそ》に、家々の門口に立って、小唄を唄うよりほかに生きて行く道がなくなっている有様であった。

その宝暦二年の三月初旬。桜の蕾《つぼみ》がボツボツと白く見え出す頃、如何なる天道様《てんとうさま》の配合《とりあわせ》であったろうか。絶えて久しい播磨屋千六と、青山銀之丞が、大阪の町外れ、桜の宮の鳥居脇でバッタリと出会ったのであった。

最初は双方とも変り果てた姿ながら、あんまり風采《ようす》が似通っているままに、編笠の中を覗いてみたくなったものらしかったが、さて近付いてみると双方とも思わず声をかけ合ったのであった。

「これは青山様……」

「おお。これは千六どの……」

二人とも世を忍ぶ身ながらに、落ちぶれて見ればなつかし水の月。おなじ道楽の一蓮托生《いちれんたくしょう》といったような気持も手伝って、昔の恋仇《こいがたき》の意地張はどこへやら。心から手を取り合って奇遇を喜び合うのであった。蒲公英《たんぽぽ》の咲く川堤《かわどて》に並んで腰を打ちかけ、お宮の背後《うしろ》から揚る雲雀《ひばり》の声を聞きながら、銀之丞が腰の瓢《ふくべ》と盃を取出せば、千六は恥かしながら背負うて来た風呂敷包みの割籠《わりご》を開いて、焼いた干鰯《ほしいわし》を抓《つま》み出す。

「満月という女は思うたよりも老練女《てだれもの》で御座ったのう」

「さればで御座ります。私どもがあの死にコジレの老人に見返えられましょうとは夢にも思いかけませなんだが……」

なぞと互いに包むところもなく、黄金《こがね》ゆえにままならぬ浮世をかこち合うのであった。

「それにしても満月は美しい女子《おなご》で御座ったのう」

「さいなあ。今生《こんじょう》の思い出に今一度、見たいと思うてはおりまするが、今の体裁《ていたらく》では思いも寄りませぬ事で……」

「……おお……それそれ。それについてよい思案がある。この三月の十五日の夜《よ》には島原で満月の道中がある筈じゃ。今生の見納めに連れ立って見に参ろうでは御座らぬか。まだ四五日の間《ま》が御座るけに、ちょうどよいと思いまするが……」

「さいやなあ。そう仰言《おつしや》りましたら何で否《いな》やは御座りましょうか。なれど、その途中の路用が何として……」

「何の、やくたいもない心配じゃ。拙者にまだ聊《いささ》かの蓄《たくわ》えもある。それが気詰まりと思わるるならば此方《こんた》、三味線を引かっしゃれ。身共《わて》が小唄を歌おうほどに……」

「おお。それそれ。貴方《あなた》様の小唄いうたら祇園《ぎおん》、島原でも評判の名調子。私の三味線には過ぎましょうぞい」

「これこれ。煽《お》立《だ》てやんな。落ちぶれたなら声も落ちつろう。ただ小謡《こうたい》よりも節《ふし》が勝手で気楽じゃまで……」

「恐れ入りまする。それならば思い立ったが吉日とやら。只今から直ぐにでも……」

「おお。それよ。善は急げじゃ」

酒のまわり工合もあったであろう。さもなくとも色事にだけは日本一押《おし》の強い腰抜け侍に腑《ふ》抜《ぬ》け町人。春の日《ひ》永《なが》の淀川《よどがわ》づたいを十何里が間。右に左にノラリクラリと、どんな文句を唄うて、どんな三味線をあしろうて行ったやら。揃いも揃うた昔に変る日焼面《づら》に鬚蓬々《ひげぼうぼう》たる乞食姿で、哀れにもスゴスゴと、なつかしい京外れの木賃宿（安宿）に着いたのが、ちょうど大文字山の中空《なかぞら》に十四日月のほのめき初《そ》むる頃おいであった。明くれば宝暦二年の三月十五日。日本切っての名物。島原の花魁《おいらん》道中の前の日の事とて、洛中洛外が何とのう、大空に浮き上って行きそうな気はいが、二人の泊っている木賃宿のアンペラ敷の上までも漂うていた。

月は満月。人も満月。桜は真盛り……。

島原一帯の茶屋の灯火《あかり》は日の暮れぬ中《うち》から万燈《まんどう》の如く、日本中から大地を埋めむばかりに押寄せた見物衆は、道中筋の両側に身動き一つせず。わけても松本楼に程近い石畳の四辻は人の顔の山を築いて、まだ何も通らぬうちから固唾《かたず》を呑んで、酔うたようになっていた。

そのうちに聞こえて来る前触《しらせ》の拍子木《ひょうしぎ》。草履《ぞうり》のはためき。カラリコロリという木《ぼく》履《り》の音につれて今日を晴れと着飾った花魁衆の道中姿、第一番に何屋の誰。第二番に何屋の某《かれ》と綺羅《きら》を尽くした伊達《だて》姿が、眼の前を次から次に横切っても、人々は唯、無言のまま押合うばかり。眼の前の美しくしさを見向きもせず。ひたすらに背後《うしろ》を背後をと首を伸ばし、爪立ち上って、満月の傘を待ちかねている気はいであった。

銀之丞、千六の姿も、むろんその中に立交《たちまじ》っていた。よもや満月花魁が、俺達の顔を見忘れはしまい……あれ程の仲であったものを……という自惚《うぬぼ》れと、見咎められては生きながらの恥辱という後《うしろ》めたさとが一所《いっしょ》になった心は一つ。互いに後《あと》になり先になり、人垣を押しわけ押しわけ伸び上り伸び上りするうちに、先を払う鉄棒《かなぼう》の響。男衆の拍子木の音。囃《はや》し連《つ》るる三味線太鼓、鼓《つづみ》の音なぞ、今までに例のない物々しい道中の前触れに続いて、黒塗、三枚歯の駒下駄高やかに、鈴の音《ね》もなまめかしく、ゆらりゆらりと六法を踏んで来る満月花魁の道中姿。うしろから翳《かざ》しかけた大傘の紋処はいわずと知れた金丸長者の抱茗荷《だきみようが》と知る人ぞ知る。鼈甲《べっこう》ずくめの櫛《くし》、簪《かんざし》に後光の映《さ》す玉の顔《かんばせ》、柳の眉。綴錦《つづれにしき》の裲襠《うちかけ》に銀の六花《むつばな》の摺箔《すりはく》。五葉の松の縫いつぶし。唐渡り黒繻子《じゆす》の丸帯に金銀二艘の和蘭陀船《オランダぶね》模様の刺繍《ぬいとり》、眼を驚かして、人も衣裳も共々に、実《げ》に千金とも万金とも開《あ》いた口の閉《ふさ》がらぬ派手姿。蘭麝待《らんじやたい》の芳香《かおり》、四隣《あたり》を払うて、水を打ったような人垣の間を、しずりもずりと来かかる折から、よろよろと前にのめり出た銀之丞、千六の二人の姿に眼を止めた満月は、思わずハッと立竚《たちど》まった。二人の顔を等分に見遣りながら、持って生れた愛嬌笑いをニッコリと洩らして見せた。

魂が見る間にトロトロと溶けた二人は、腰の蝶番《ちょうつがい》が外《はず》れたらしい。眼を白くして、口をポカンと開いたまま、ヘナヘナとその場へ土下座して、水だらけの敷石の上にベッタリと並んで両手を支《つか》えてしまった。茫然として満月の姿を見上げたのであった。

満月の愛嬌笑いは、いつの間にか淋しい、冷めたい笑顔に変っていた。二人の前で駒下駄を心持ち横に倒おして、土をはねかけるような恰好をしたと思うと、銀の鈴を振るようなスッキリとした声で、

「男の恥を知んなんし」

とタッタ一言。白い腮《あぎと》を三日月のように反向《そむ》けて、眉一つ動かさず。見返りもせずに、裲襠《うちかけ》の背中をクルリと見せながら、シャナリシャナリと人垣の間を遠ざかって行った。あとから続く三味太鼓の音。漂い残す蘭麝《らんじゃ》のかおり。

「……満月……満月……」

と囁やき交しながら雪崩《なだ》れ傾いて行く人雑沓《ひとごみ》の塵埃《ほこり》いきれ……。

その中《うち》に両手の穢《よご》れを払いながら立上った二人の顔は、もう人間の表情《かおつき》ではなかった。墓の下からこの世を呪いに出て来た屍鬼《しにん》の形相であった。血の気のない顔に生汗《なまあせ》を滴《したた》らせ、白い唇をわななかせつつ互いの顔を睨み合って、肩で呼吸《いき》をするば

かりであった。

「……こ……これが見返さいでいられましょうか」

千六の両眼から涙がハラハラと溢れ落ちた。

「……こ……これ程の挨拶……か……刀の手前にも……捨てて……おかれぬわい。ええっ……」

銀之丞の美しい眼尻には涙どころか、血が鈍染《にじ》んでいた。二人は思わず互いの両手を固く握り合っていた。その手を銀之丞は烈しく打振った。

「……千六殿……約束しよう。……イ……今から丸一年目に……イ……今一度、ここで会おう。それまでに二人とも、あの金丸長者を見返すほどの金子《かね》をこしらえよう。二人の力を合わせても、あの売女奴《ばいため》を身請《みうけ》しよう」

千六は感激に溢るる涙を拭いもあえず首肯《うなず》いた。一層固く銀之丞の手を握り締めた。銀之丞は遥かに遠ざかった満月の傘を振りかえった。ギリギリと歯嚙みをした。

「……やおれ……身請けした暁には、思い知らさいでおこうものか。ズタズタに切り苛《さいな》んで、青痰《あおたん》を吐きかけて、道傍《みちばた》に蹴り棄てても見せようものを……」

「シッ……お声が……」

二人はそのまま人ごみに紛れて左右に別れた。大空の満月が花の上にさしかかる頃であった。

銀之丞は東海道を江戸へ志した。

思い迫って約束した一年の短かい間に、どうしたら望み通りの金が稼げるかと……思案に暮る一人旅。京外れで買うた尺八の歌口を嘗《な》め嘗《な》め破れ扇を差出しながら、宿場宿場の揚雲雀《あげひばり》を道連れに、江戸へ出るには出たものの、男振りよりほかに取柄のない柔弱武士とて、切取り強盗はもちろん叶《かな》わず。押借《おしが》り騙取《かたり》の度胸も持合わせず。賭博、相場の器用さなど、夢にも思い及ばぬまま、三日すれば止められぬ乞食根性をそのまま。京都とは似ても似付かぬ町人の気強さを恐れて、屋敷町や町外れの農家や小商人《こあきんど》の軒先をうろ付きまわり、一文二文の合力に、生命《いのち》をつなぐ心細さ。金儲けどころか立身どころか。派手な大小印籠《いんろう》までも塩鰯《しおいわし》と剝《は》げ印籠に取りかえる落ちぶれよう。稀《たま》には場末の色町らしい処で笠の中を覗き込んで馬糞女郎《まぐそ》や安芸妓《げいしゃ》たちにムゴがられて、思わず収入《みいり》に有付いたり、そんな女どもの取なしで田舎大尽《いなかだいじん》に酒肴を御馳走され、一二番の戯れ小唄の御褒美に小袖、穿物《はきもの》、手拭《てぬぐい》なぞ貰うて帰る事もあり。そのほか役者衆に拾われかけたり、絵草子屋に売子を頼まれたりなぞ、色々な眼に出会うたものであったが、それでも女色にだけは決して近付かなかった。去る金持後家に見込まれて昼日中、引手茶屋に引上げられ、小謡いがまだ二三番と済まぬうちに脂切《あぶらぎ》った腕を首にさし廻わされた時なぞ、血相をかえて塩鰯をひねくりまわし、後退《あとしざ》りして逃げて来るという、世にも身固い、涙ぐましい月日が、いつの間《ま》にか夢のように流れて、早や笑うてくれる鬼もない来年の正月。約束の三月も程近い銀之丞が二十五の春となった。

こうなれば最早《もはや》、致し方もない。僅か一年の間に大金を作ろうなぞと約束したのがこっちの愚昧《おろか》であった。浮世の風に吹き晒《さら》されてみればわかる。やはり他人《ひと》の云う通りに世の中は、思うたほど甘いものではないらしい。

しかし約束は約束なれば是非に及ばぬ。満月の道中に間に合うように故郷へ帰らずばなるまい。播磨屋千六の顔を見ずばなるまい。千六は町人の事なれば、一年の間に一万両ぐらい儲けまいものでもない。もっとも町人の事なれば、そうなってみると、おのが身代が惜しゅうなって、気が挫《くじ》けていまいとは限らぬが、もしも、さような事になれば一文無しのこっちの方が、却《かえ》って確かなもの。否応《いやおう》なしに千六の尻を押《お》いて金輪際、満月を身請させせいでおこうものか。もし又、万が一にも、その期《ご》に及んで満月が二人の切ない情《こころ》を酌《く》まず、売女《ばいた》らしい空文句を一言でも吐《ぬ》かしおって、吾儕《われら》を手玉に取りそうな気ぶりでも見せたなら最後《さいご》の助《すけ》。こっちは元より棄てた一生。一刀の下に切伏せて、この年月《としつき》の怨恨《うらみ》を晴《は》らいてくれるまでの事。所詮、それ位の役廻りにしか値打せぬ吾身の運命であったかも知れぬが……と、とつおいつ思案のうちに、旅支度という程の用意も要らぬ着のみ着のままの浪人姿。ブラリと立出づる吹晒《ふきさら》しの東海道。間道伝いに雪の箱根を越えて、下れば春近い駿河《するが》の海。富士の姿に満月の襟元を思い浮かめ、三保《みほ》の松原に天女を抱き止めた伯竜《はくりゅう》の昔を羨《うらや》み、駿府《すんぷ》から岡部、藤枝を背後《うしろ》に、大井川の渡し賃に無《な》けなしの懐中《ふところ》をはたいて、山道づたいの東海道。菊川の宿場に程近く、後になり先になって行く馬士《まご》どものワヤク話を聞くともなく聞いて行くうちに、銀之丞はフト耳を引っ立てて、並んで曳かれて行く馬の片陰に近付いた。声高く話す馬士《まご》どもの言葉を一句も聞き洩らすまいと腕を組み直し、笠を傾けて行った。

菊川の家並《やなみ》外れから右に入って小夜《さよ》の中山を見ず。真直《まっすぐ》に一里半ばかり北へ上ると、俗に云う無間山《むげんざん》こと倶利《くり》ヶ岳《だけ》の中腹に、無間山《むげんざん》、井遷寺《せいせんじ》という梵刹《おてら》がある。この寺は昔、今川義元《いまがわよしもと》公が戦死者の菩提《ぼだい》のために、わざと風景のよい山の中腹に建てられたもので、寺領も沢山《たくさん》に附いておったが、その後、信長公、秀吉公、東照宮様と代が変って来るうちに、その寺領もなくなり、久しく無住の荒れ寺となって、妖《ばけ》怪《もの》が出るというような噂まで立っていた。

　ところがツイ二三年前のこと、甲州生れの大工上りとかいう全身に黥《いれずみ》をした大入道で、三多羅《さんたら》和尚《おしよう》という豪傑坊主が、人々の噂を聞いて、一番俺がその妖怪《ばけもの》を退治《たいじ》てくれようというのでその寺に住《すま》い込み、自分でそこ、ここを修繕して納まり返り、近郷近在の無頼漢を集めて御本堂で賭博《ばくち》を打たせ、寺銭《てらせん》を集めて威張っている。自分も相当の好きらしく時々寺銭を賭《は》っているそうなが、不思議な事にこの坊主を負かすと間もなく、御本堂がユサユサと家《や》鳴《な》り震動して天井から砂が降ったり、軒の瓦が辷《すべ》ったりする。その物すごさに一同が居たたまれずに逃げ出すと、又、間もなく静まり返るので、打連れて本堂に引返してみると、こは如何に。今まで山のように積んであった寺銭も場銭《ばせん》も盆茣蓙《ござ》も、賽目《さいのめ》までも虚空に消え失せて、あとには夥《おびただ》しい砂ほこりが分厚く積っているばかり。それが恐ろしさと馬鹿らしさに皆、忘れても和尚を負かさぬように気を付けているが、それでも時々大地震のような家《や》鳴《なり》、震動が起るので、事によるとやはり狐狸《こり》の仕業《しわざ》かも知れない。とはいえ場所はよし、和尚の取持《とりもち》はよし、麓の一本道に見張りさえ付けておけば、手入れの心配は毛頭ないので、入れ代り立代り寄り集まって手遊びするものの絶えぬところが面白い。もちろんそのような家鳴、震動の度毎《たびごと》に、麓の百姓に聞いてみても、そんな地震は一向知らぬという話。ナント面妖な話ではないかえ。その狐か狸かが渫《さら》って行った金高を集めたなら、大したものづら……といったような話を、頭に刻み込み刻み込み行くうちに銀之丞は、いつの間《ま》にか菊川の町外れを右に曲って、松の間の草だらけの道を、無我夢中で急いでいた。……大工上りの袁許坊主《おげぼうず》……井遷寺《せいせんじ》のカラクリ本堂……思いもかけぬ大金儲けの緒《いとぐち》……生命《いのち》がけの大冒険……といったような問題を、心の中でくり返しくり返し考えながら……。

無間山井遷寺は聞きしにまさる雄大な荒廃寺《あれでら》であった。星明りに透かしてみると墓原《はかはら》らしい処は一面の竹藪となって、数百年の大銀杏《いちょう》が真黒い巨人のように切れ切れの天の河を押し上げ、本堂の屋根に生えたペンペン草、紫苑のたぐいが、下から這い上った蔦《つた》や、葛蔓《くずかずら》とからみ合って、夜目にもアリアリと森のように茂り重なっていた。

見張りの眼を巧みに潜ってきた銀之丞が、閉め切った本堂の雨戸の隙間からチラチラ洩れる火影を窺《のぞ》いてみると、正しく天下晴れての袁彦道《ばくち》の真盛り。月代《さかやき》の伸びた荒くれ男どもは本職の渡世人らしく、頬冠りや向う鉢巻で群がっている穢苦《むさくる》しい老若は、近郷近在の百姓や地主らしい。正面に雲竜《うんりゅう》の刺青《ほりもの》の片肌を脱いで、大胡坐《おおあぐら》を掻いた和尚の前に積み上げてある寺銭が山のよう。盆茣蓙《ぼんござ》を取巻いて円陣を作った人々の背後《うしろ》に並んだ酒肴《さけさかな》の芳香《におい》が、雨戸の隙間からプンプンと洩れて来て、銀之丞の空腹《すきばら》を、たまらなく抉《えぐ》るのであった。

そのうちに盆茣蓙の真中に伏せてあった骰子壺《さいころ》が引っくり返ると、和尚の負けになったらしく、積上げられた寺銭が、大勢の笑い声の中《うち》にザラザラと崩れて行く。それを見ると和尚が不機嫌そうにトロンとした眼を据えて、

「……これはいかん。ああ。酔うた酔うた。ドレちょっと一パイ水でも呑んで来ようか」

と云ううちに立上った和尚の物すごい眼尻に引かえて、唇元《くちもと》の微かな薄笑いが、裸体《はだか》蠟燭の光りにチラリと映ったのを銀之丞は見逃がさなかった。

銀之丞はコッソリと雨戸から離れて、ドシンドシンという和尚の足音が、どこへ行くかを聞き送っていた。

和尚の足音は渡殿《わたどの》を渡って庫裡《くり》の方へ消えて行った。そこの闇《くら》がりで水を飲む柄杓《しゃく》の音がカラカラと聞こえたが、やがて又今度は音も立てずにヒッソリと渡殿を引返して、何やドッと笑い合う賭博《ばくち》連中のどよめきを他所《よそ》に、本堂の外廊下の暗《やみ》に消え込んで行ったと思うと、不思議なるかな。さしもの本堂の大伽藍《だいがらん》の鴨井《かもい》のあたり

からギイギイと音を立てて揺れはじめ、だんだん烈しくなって来て本堂一面に砂の雨がザアザアと降り出し、軒の瓦がゾロゾロガラガラと辷《すべ》り落ちて、バチンバチンと庭の面《も》を打つ騒ぎに、並居《なみい》る渡世人や百姓の面々は、すはこそ出たぞ、地震地震と取るものも取りあえず、燭台を蹴倒し、雨戸を蹴放《けはな》して家の外へ飛び出せば、本堂の中は真暗闇となって、聞こゆるものは砂ほこりの畳に頽雪《なだ》る音ばかりとなった。

なれども銀之丞はちっとも驚かなかった。こっそりと渡殿の欄干を匐《は》い上り、本堂の外縁にまわり込んでみると、本堂の真背後《まうしろ》に在る内陣と向い合った親柱を、最前の三多羅和尚が双肌脱ぎとなり、声こそ立てねエイヤエイヤと、調子を計って押しつ緩めつしているけはいである。さては前以て察した通りにこの和尚奴、自身大工の心得があるのを幸い、本堂のアタリアタリの締りを弛め、普通《なみ》の者の力でも拍子を揃えてゆすぶれば、次第次第に揺れ出すように仕掛け、天井裏には砂でも積んでおいて、客人達が勝負に夢中になっている油断を見澄まして、コッソリとカラクリを動かし、この辺の無智な奴どもを脅やかし、悪銭を奪いおったに相違ない。これこそ天の与うる福運。取逃がしてなるものかと思ううち、ぬき足さし足和尚の背後《うしろ》に忍び寄り、腰の錆脇差《さびわきざし》をソロソロと音のせぬように抜き放ち、和尚の背中のマン中あたりにシッカリと切先《きっさき》を狙い付け、矢声もろとも諸手《もろて》突きに、柄《つか》も透《とお》れと突込めば、何かはもってたまるべき、悪獣のような叫び声をギャアッと立てたがこの世の別れ、あおのけ様に引っくり返って、そのまま息が絶えてしまった。その声に驚いて、外に逃出していた百姓連中がワイワイと駈集《かけあつ》まって来るのを、銀之丞は和尚の屍体に片足かけたまま見下した。引抜いた血刀を構えながら凛々《りんりん》たる声を張上げて叫んだ。

「……騒ぐな騒ぐな。百姓共。よく聞けよ。身共《みども》は京都に在《おわ》します一品薬王寺宮《いっぽんやくおうじのみや》様の御申付《おもうしつけ》によって是《これ》まで参いった宮侍、吉岡鉄之進《よしおかてつのしん》と申す者じゃ。そもそもこの寺は今川義元公の没落後、東照宮様の御心入れによって、薬王寺宮様の御支配寺になっていたものをこれなる悪僧が横領致して、不思議なる働きをなし、その方共が持寄る不浄の金を掻集めおる噂が、勿体なくも宮様の御耳に入り、一日も早く件《くだん》の悪僧を誅戮《ちゅうりく》なし、下々《しもじも》の難儀を救い取らせよとの有難い思召《おぼしめし》によって、はるばる身共を差遣《さしつか》わされた次第じゃ。只今首尾よくこの悪僧を仕止めた以上、この寺に在る不浄の金銭は残らず宮家に於て召上げられる故に左様《さよう》心得よ。なおその方共は身共の下知に従って、隠れたる金銀を探し出し、身共の差図通りに取形付けを致すならば、今日持って参《ま》いった賭博《ばくち》の資金《もとで》は各自《めいめい》に相違なく返し遣わすのみならず、賃銀は望みに任するであろう。もし又、否《いな》やを申す者があるならば、一品宮様の御罰までもない。身共がこの和尚と同様に一刀の下《もと》に斬棄《きりす》てる役柄故、左様《さよう》心得よ」

それから数日の後《のち》、銀之丞は一品薬王寺宮御門跡の御賽銭宰領に変装し、井遷寺の床下に積んであった不浄の金を二十二の銭叺《ぜにがます》に入れ、十一頭の馬に負わせ、百姓共に口を取らせて名古屋まで運び、諸国為替問屋、茶中《ちゃちゅう》の手で九千余両の為替に組直させ、百姓共に手厚い賃銀を取らせて追返すと、さっぱりと身姿《みなり》を改めて押しも押されもせぬ公家侍の旅姿となり、夜《よ》を日に次いで京都へと急いだ。

一方、銀之丞に別れた播磨屋千六は、途中滞《とどこお》りもなく長崎へ着いた。

千六は長崎へ着くと直ぐに抜荷《ぬけに》を買いはじめた。抜荷というのは今でいう密貿易品のことで、翡翠《ひすい》、水晶、その他の宝玉の類、緞子《どんす》、繻珍《しゅちん》、羅紗《ラシャ》なぞいう呉服物、その他禁制品の阿片《アヘン》なぞいうものを、密かに売買いするのであったが、その当時は吉宗将軍以後の御政道の弛《ゆる》みかけていた時分の事だったので、面白いほど儲かった。モトモト千六は無敵な商売上手に生れ付いていたのが、女に痴呆《ほう》けたために前後を忘れていたに過ぎないので、こうして本気になって、女にも酒にも眼を呉《く》れず、絶体絶命の死身《しにみ》になって稼ぎはじめると、腕っこきの支那人でも敵《かな》わないカンのいいところを見せた。のみならず千六は賭博《ばくち》にも勝《すぐ》れた天才を持っていたらしく、相手の手の中《うち》を見破って、そいつを逆に利用する手がトテモ鮮やかでスゴかったので仲間の交際《つきあい》ではいつも花形になったばかりでなく、その身代は太るばかり。長崎に来てからまだ半年も経たぬうちに、早くも一万両に余る金を貯めたのを、彼《か》の夜の事を忘れぬように三五屋《さんごや》という家号で為替に組んで、大阪の両替屋、三輪鶴《みわづる》に預けていた。従って三五屋という名前は大阪では一廉《ひとかど》の大商人《おおあきんど》で通っていたが、長崎では詰まらぬ商人《あきんど》宿に燻ぶっている狐鼠狐鼠《こそこそ》仲買に過ぎなかった。

　その年の秋の初めの事であった。千六は何気なく長崎の支那人街を通りかかると、フト微《かす》かに味噌の臭いがしたので立ち佇まった。そこいらを見まわすと前後左右、支那人の家《うち》ばかりだから韮《にら》や大蒜《にんにく》の臭気《におい》がする分にはチットモ不思議はない筈であるが、その頃までは日本人しか使わない麦味噌の臭気《におい》がするとは……ハテ……面妖な……と思ったのが大金儲《おおがねもうけ》の緒《いとぐち》であったとは流石《さすが》にカンのいい千六も、この時まだ気付かなかったであろう。頻りに鼻をヒコ付かせて、その臭気《におい》のする方向へ近附いて行くうちに味噌の臭気《におい》がだんだんハッキリとなって来た。間もなく眼の前に屹立《きった》っている長崎随一の支那貿易商、福昌号《ふくしょうごう》の裏口に在る地下室の小窓から臭《にお》って来ることがわかった。そっと覗いてみると、暗い、微かな光線の中に一面に散らばった鋸屑《おがくず》の上に、百斤入《きんいり》と見える新しい味噌桶が十個、行儀よく二行に並んでいる。残暑に蒸《む》るる地下室で、味噌が腐りそうになったので、小窓を開いて息を抜いているものらしかった。

そこで千六は暫く腕を組んで考えていたが、忽《たちま》ちハタと膝を打って、赤い舌をペロリと出した。

「……そやそや……味噌桶と見せかけて、底の方へは何入れとるか知れたもんやない。この頃長崎中の抜荷買《なかま》が不思議がっとる福昌号の奸闌繰《からくり》ちうのはこの味噌桶に違いないわい。ヨオシ来た。そんなら一つ腕に縒《より》をかけて、唐人共の鼻を明かいてコマソかい。荷物の行く先はお手の筋やさかい……」

そんな事をつぶやくうちに千六はもう二十日鼠のようにクルクルと活躍し初めていた。

先《ま》ず福昌号の表口へ行って、その店の商品の合印《あいじるし》が○に福の字である事を、その肉の太さから文字の恰好まで間違いないように懐紙《かいし》に写し取った。その足で長崎中の味噌屋を尋ねて、福昌号に味噌を売った者はないかと尋ねてみると、タッタ一軒、山口屋という味噌屋で三百五十斤《きん》の味噌を売ったというほかには一軒も発見し得なかった。

それから同じく長崎中の桶屋を、裏長屋の隅々まで尋ねて、福昌号の註文で新しい味噌桶を作った家《うち》を探し出し、そこで百斤入の蓋附桶を十個作った事が判明すると、千六はホッと一息して喜んだ。

「それ見い。云わんこっちゃないわい。百斤入の桶が十個に味噌がタッタ三百五十斤……底の方に鋸屑《おがくず》と小判が沈んどるに、きまっとるやないか」

とつぶやくと、思わず躍り上りたくなるのをジッと辛棒して、何喰わぬ顔で同じ型の蓋附桶を十個、大急ぎで誂《あつら》えた。それから今度は金物屋に行って鉛の半円鋳《なまこ》を六百斤ほど買集め、そっくりそのまま町外れのシロカネ屋（金属細工屋）に持って行って、これは蓬萊島《ホルモサ》から来た船の註文ゆえ、特別念入りの大急ぎで遣ってもらいたい。蓬萊島《ホルモサ》でも一番の大金持、万熊仙《まんゆうせん》という家で、この六月に生れる赤ん坊のお祝いに、部屋部屋の天井から日本の小判を吊るすのだそうで、ソックリそのまま蠅《はい》除《よ》けにするという話。普通の家《うち》では真鍮の短冊を吊すところを金持だけに凝《こ》った思案をしたものらしい。面倒ではあろうが、この鉛鋳《なまこ》の全部を大急ぎで小判の形に打抜いて金箔をタタキ付けてもらいたい。糸を通す穴は向うに着いてから明けるそうな。本物の小判のお手本はここに在る……といったような事を、まことしやかに頼み込んだ。

賃銀がよかったのでシロカネ屋の老爺《おやじ》は、さほど怪しみもせずに、両手を揉合《もみわ》せて引受けた。六百斤のナマコを三日三夜がかりで一万枚に近い小判型に打抜いて畳目まで入れたものに金箔を着せたのを、千六に引渡した。

千六は、その小判を新しい唐米《からまい》の袋に詰込んで、手車に引かせ、帰りに桶屋から十個の桶を受取り、序《ついで》に山口屋から味噌を四百斤と、材木置場から鋸屑《おがくず》を五俵ほど買込んで、同じ手車に積ませて、その日の暮れ方に舟着場へ持って来た。そこで百石積の玄海丸《げんかいまる》という抜荷《ぬけに》専門の帆《ほ》前船《まえせん》を探し出して顔なじみの船頭に酒手を遣り、水揚人足に命じて車の上の荷物を全部積込ませると、念のためもう一度上陸してこの間の福昌号の裏口に行き、人通りの絶えたところを見計《みはか》らって地下室の小窓に鼻を近付け、今一度中の様子を窺いてみた。中には四五日前の通りに味噌桶が行列して、黴臭《かびくさ》い味噌の臭気《におい》がムンムンする程籠もっていた。

ニンガリと笑った彼は立上って空を仰いでみた。この辺では穏やかでない東寄《こち》りの南風《はえ》が数日来、絶え間なしに吹いているところで、追手の風でも余程自信のある船頭でないと船を出せるものでないことが商売柄千六にはよくわかっていた。

舟着場に帰った千六は船頭を捉《つか》まえて、明日早朝に船が出せるかどうか。五島《ごとう》の城ヶ島まで行けるかどうか。船賃は望み次第出すが……と尋ねてみると、淡白らしい船頭は、城ヶ島《じょうがしま》なら屈託する事はない。心配する間もないうちに行き着いてしまう。ほかの船なら生命《いのち》がけの賃銀を貰うか知れぬが、この玄海丸に限って無駄な銭は遣わっしゃるな。この凪に七分の帆を張れば、明日《あす》の夕方までには海上三十里を渡いて見せまっしょ……と自慢まじりに鼻をうごめかすのであった。

千六は天の助けと喜んだ。すぐに多分の酒手を与えて船頭を初め舟子《かこ》舵取《かんどり》まで上陸させて、自分一人が夜通し船に居残るように計らった。

船の中が空っぽになって日が暮れると、千六は提灯を一つ点《つ》けて忙がしく働き初めた。十個の味噌桶の底にそれぞれ擬《まが》い小判を平等に入れて、上から鋸屑《おがくず》を被《おお》いかぶせ、その上から味噌を詰込んでアラカタ百斤の重さになるように手加減をした。厳重に蓋をして目張りを打つと、残った味噌と鋸屑《おがくず》は皆、海に投込んでしまった。アトを綺麗に掃出《はきだ》して、海岸を流して行く支那ソバを二つ喰うと、知らぬ顔をして寝てしまった。

翌《あく》る朝は、まだ夜《よ》の明けないうちに船頭たちが帰って来た。昨夜《ゆんべ》の酒手が利いたらしくキビキビと立働らいて、間もなく帆を十分に引上げると、港中の注視の的になりながら、これ見よがしに港口を出るや否や、マトモ一パイに孕《はら》んだ帆を七分三分に引下げた。暴風雨《あらし》模様の高浪を追越し追越し、白泡を噛み、飛沫《しぶき》を蹴上げて天馬空《くう》を駛《はし》るが如く、五島列島の北の端、城ヶ島を目がけて一直線。その日の夕方も、まだ日の高いうちに、野崎島をめぐって神之浦《こうのうら》へ切れ込むと、そこへ山のような和蘭陀《オランダ》船が一艘碇泊《かか》って、風待ちをしているのが眼に付いた。

「ナアルほどなあ。千六旦那の眼ンクリ玉はチイット計《ばか》り違わっしゃるばい。摺鉢《すりばち》の底の長崎から、この船の風待ちが見えとるけになあ。ハハハハ……」

と感心する船頭の笑い声を眼で押えた千六は、兼ねて用意していた福昌号の三角旗を船の舳《へさき》に立てさした。風のない島影の海岸近くをスルスルと辷《すべ》るように和蘭《オランダ》船へ接近して帆を卸《おろ》すと、ピッタリと横付けにした。

船の甲板から人相の悪い紅毛人の顔がズラリと並んで覗いていた。口々に和蘭《オランダ》語で叫んだ。

「何だ貴様は……何だ何だ……」

千六はもう長崎に来てから、各国の言葉に通じていた。その中《うち》でも和蘭《オランダ》語は最も得意とするところであった。

「福昌号から荷物を受取りに来ました。この頃、長崎の役人の調べが急に八釜《やかま》しくなって、仕事が危険《やば》くなりましたのに、この風で船が出なくなって、皆青くなっているところです。支那人はみんな臆病ですから、私が頼まれて四百五十斤の小判を積んで、嵐を乗切って来たのです。どうぞ荷物を渡して下さい」

と殆んど疑問の余地を残さないいくらい巧妙に、スラスラと説明した。

「フーム。そうかそうか。それじゃ上れ」

と云うと船から梯子《はしご》を卸《おろ》してくれたので千六は内心ビクビクしながら船頭と二人で上って行った。そうして船長室で船長に会って葡萄酒と珈琲《コーヒー》と、見た事もない美味《おいし》い果物を御馳走になった。

千六は福昌号の信用の素晴らしいのに驚いた。積んで来た十個の味噌樽が全部、ロクに調べもせずに和蘭《オランダ》船に積込まれて、代りに夥しい羅紗《ラシャ》とギヤマンの梱包が、玄海丸に積込まれた。まだ羅紗と、絹緞《けんどん》と翡翠《ひすい》の梱包が半分以上残っているが、この風と玄海丸の船腹では積切れまいし、こっちも実はこの風が惜しいばかりでなく、非常に先を急ぐのだから、向うの海岸に卸しておく。今一度長崎へ帰って、風を見てから積取りに来いと云って、千六と船頭を卸すと、和蘭《オランダ》船はその夜のうちに、白泡を嚙む外洋に出て行ってしまった。

アト見送った千六は慌しく船頭の耳に口を寄せた。

「直《す》ぐにこの船を出いておくれんか。この風を間《ま》切《ぎ》って呼子《よぶこ》へ廻《ま》わってんか。途中でインチキの小判と気が付いて引返やいて来よったら叶《かな》わん。和蘭陀《オランダ》船は向い風でも構いよらんけに……呼子まで百両出す。百両……なあ。紀国屋文左衛門《きのくにやぶんざえもん》や。道程《みちのり》が近いよって割合にしたら千両にも当るてや、なあ。男は度胸や……。あとはコタの腕次第や。酒手《さかて》を別にモウ五十両出す……」

玄海丸は思い切って碇《いかり》を抜いた。それこそ紀国屋文左衛門式の非常な冒険的な難航海の後《のち》、翌る日の夕方呼子港へ這入《はい》った。そこで玄海丸を乗棄てた千六は巧みに役人の眼を眩《くら》まして荷物を陸揚して、数十頭の駄馬に負わせた。陸路から伊万里《いまり》、嬉野《うれしの》を抜ける山道づたいに辛苦艱難をして長崎に這入ると、すぐに仲間の抜荷《ぬけに》買を呼集め、それからそれへと右から左に荷を捌《さば》かせて、忽ちの中《うち》に儲けた数万両を、やはり尽《ことごと》く為替にして大阪の三輪鶴《みわづる》に送り付けた。

千六のこうした仕事は、その当時としては実に思い切った、電光石火的なスピード・アップを以て行われたのであった。

果して、そのあとから正直な五島《ごとう》、神之浦《こうのうら》の漁民たちが海岸にコンナ荷物が棄ててありましたと云って、夥《おびただ》しい羅紗や宝石の荷を船に積んで奉行所へ届出たというので長崎中の大評判になった。これこそ抜荷の取引の残りに相違ないというので与力、同心の眼が急に光り出した。結局、五島の漁夫《りようし》達が見たという○に福の字の旗印が問題になって、福昌号に嫌疑がかかって行ったが、その時分には千六は最早《もはや》長崎に居なかった。仲間の抜荷買連中と共に逸早《いちはや》く旅支度をして豊後国《ぶんごのくに》、日田《ひた》の天領に入込み、人の余り知らない山奥の川底《かわそこ》という温泉に涵《ひた》っていた。

千六はそれから仲間に別れて筑前《ちくぜん》の武蔵《むさし》、別府、道後と温泉まわりを初めた。たとい金丸長者の死に損いが、如何に躍起となったにしたところが、とても大阪三輪鶴の千両箱を三十も一所《いっしょ》に積みは得《え》せまい。その上に銀之丞殿の蓄えまで投げ出したらば、松本楼の屋台骨を引抜くくらい何でもあるまい。もし又、万一、それでも満月が自分を嫌うならば、銀之丞様に加勢して、満月を金縛りにして銀之丞様に差出しても惜しい事はない。去年三月十五日の怨恨《うらみ》さえ晴らせば……男の意地というものが、決してオモチャにならぬ事が、思い上がった売女《ばいた》めに解かりさえすれば、ほかに思いおく事はない。おのれやれ万一思い通りになったらば、三日と傍へは寄せ附けずに、天《あま》の橋立《はしだて》の赤前垂《あかまえだれ》にでもタタキ売って、生恥《いきはじ》を晒《さら》させてくれようものを……という大阪町人に似合わぬズッパリとした決心を最初からきめていたのであった。

京都に着いても満月の事は色にも口にも出さず。ひたすらに相手の行衛《ゆくえ》を心探しにしていた銀之丞、千六の二人は期せずして祇園の茶屋で顔を合わせた。お互いに無事を喜び合い、今までの苦心談を語り合い、この上は如何なる事があっても女の情に引かされまい。満月の手管に乗るような不覚は取るまい。必ず力を合わせて満月を泥の中に蹴落し、世間に顔向けの出来ぬまで散々に踏み躙《にじ》って京、大阪の廓《くるわ》雀《すずめ》どもを驚かしてくれよう。日本中の薄情女を震え上らせて見せようでは御座らぬか……と固く固く誓い固めたのであった。

何はともあれ善は急げ。二人がこうして揃った上は便々《べんべん》と三月十五日を待つ迄もない……というので、二人は顔を揃えて島原の松本楼に押し上り、芸妓《げいしゃ》末社を総上げにして威勢を張り、サテ満月を出せと註文をすると、慌てて茶代の礼を云いに来た亭主が、妙な顔をして二人を別の離座敷《はなれ》に案内した。そこで薄茶を出した亭主の涙ながらの話を聞いているうちに、二人は開いた口が塞がらなくなったのであった。

満月は、モウこの世に居ないのであった。

「お聞き下されませ去年の春。あの花見の道中の道すがら満月が、昔なじみのお二《ふた》方様《かた》に、勿体ない事を申上げて、お恥かしめ申上ました事は、いつ、誰の口からともなく忽ちの中《うち》に京、大阪中の大評判になりましたもので……。

……ところがその評判につれて、お二人様のお姿が、京、大阪界隈にフッツリと見えなくなりまするると、御老人の気弱さからでも御座りましょうか。金丸大尽様が何とのう御周章《おうろたえ》になりまして、お二人様から、どのように満月が怨まれていようやら知れぬ。満月と自分の身体《からだ》に万一の事がないうちにと仰言るような仔細《ことわり》で、こちらからお願い申上げまする通りのお金を積んで、満月ことを御身請《おみうけ》なされまして、嵯峨野の奥の御邸《おやしき》を御造作なされ変えて、お城のように締りの厳重な一廓を構え、その中に美事な別荘好みのお家敷《やしき》を作り、水を引き、草木《そうもく》を植えて、満月をお住まわせになりました。

……それは見事なお構えで御座いました。お客にお出でになりましたお江戸の学者、鼻曲山人《はなまがりさんじん》様も、お筆に残しておいでになりまする。私どもが御機嫌伺いに参りましても根府《ねぶ》川の飛石《とびいし》伝い、三尺の沓脱《くつぬぎ》は徳山花崗《とくやまみかげ》の縮緬《ちりめん》タタキ、黒縁に綾骨《あやぼね》の障子《しょうじ》。音もなく開きますれば青々とした三畳敷。五分縁《べり》の南京更紗《なんきんさらさ》。引ずり小手《ごて》の砂壁。楠《くすのき》の天井。一間二枚の襖《ふすま》は銀泥《ぎんでい》に武蔵野の唐紙《からかみ》。楽焼《らくやき》の引手。これを開きまするると八畳のお座敷は南向のまわり縁。紅《べに》カリンの床板、黒柿の落し掛。南天の柱なぞ、眼を驚かす風流好み。京中を探しましても、これ程のお座敷はよも御座いますまい。満月どのの満足もいかばかりかと存じておりましたが、満つれば欠くる世の習いとか。月にむら雲。花に嵐の比喩《たとえ》も古めかしい事ながら、さて只今と相成りましては痛わしゅうて、情のうて涙がこぼれまする事ばかり……。

何をお隠し申しましょう。満月ことはまだ手前の処で勤めに出ておりまする最中から、重い胸の疾患《やまい》に罹《かか》っておりましたので、いずれに致しましても長い生命《いのち》ではなかったので御座いまする。されば金丸大尽様からの御身請の御話が御座りました時にも、手前の方から商売気を離れまして、この事を残らず大尽様にお打明け致しまして、かかり付けのお医者様順庵《じゅんあん》様までも御同席願いました上で、かような不治の疾患《やまい》の者を御身請なぞとは勿体ない。満月ことを左程御贔負《ごひいき》に思召《おぼしめ》し賜わりまするならば、せめて寮へ下げて養生致させまする御薬代なりと賜わりましたならば、当人の身に取り、私どもに取りまして何よりの仕合わせに御座ります。所詮、行末の計られませぬ病人を、まんろくな者と申しくるめて御引取願いましては商売冥利に尽きますると平に御宥免《おゆるし》を願いましたが、流石《さすが》に長者様とも呼ばるる御方様の御腹中は又格別なもので、さては又あれが御老人の一徹とでも申上るもので御座いましょうか、いやいやそれは要らざる斟酌《しんしゃく》。楼主《そなた》の心入れは重々忝《かたじけ》ないが、さればというてこのまま手を引いてしもうてはこっちの心が一つも届かぬ。商売は商売。人情は人情じゃ。皿茶碗の疵物《きずもの》ならば、疵《きず》のわかり次第棄てても仕舞《しま》おうが、生きた人間の病気は、そのようなものと同列には考えられぬ。袖振り合うも他生《たしょう》の縁とやら。それほどの病気ならばこちらへ引取って介抱しとうなるのが人情。まさかに満月の身体《からだ》を無代価《ただ》で引取る訳には行くまいと仰言る、退引《のっぴ》きならぬお話。こちらもその御執心と御道理に負けまして、満月をお渡し申上げたような次第で御座りまする。……が……。

……さて満月さんをお引取りになりましてからの大尽さまのお心づくしというものは、それはそれは心にも言葉にも悉《つ》くされる事では御座いませなんだ。京大阪の良いお医者というお医者を尋ね求め、また別に人をお遣わしなされて日本中にありとあらゆる癆痎《ろうがい》（結核）のお薬をお求めになりました。そのほか大法、秘法の数々、加持《かじ》、祈禱のあらん限り、手をつくし品を換えての御介抱で御座いましたが、定まる生命《いのち》というものは致し方のないもので、去年の夏もようように過ぎて秋風の立ちまする頃、果敢《はか》なくも二十一歳を一期《いちご》としてこの世の光りを見納めました。その夜は如何ようなめぐり合わせでも御座りましつろうか、拭《ぬぐ》うたような仲秋の満月の夜で御座いましたが、重たい枕を上げる力ものうなりました人間の満月どのは、おろおろしておいでになりまする金丸様のお手と、駈付けて参りました私の手を瘠《や》せ枯れた右と左の手に力なく振って、庭の面《おもて》にさらばう虫の声よりも細々とした息の下に、かような遺言をなされました。

……これまでの方々《かたがた》様の御心づくし、何と御礼を申上げましょうやら。つたないこの身に余り過ぎました栄耀栄華《えいようえいが》。空恐ろしゅうて行く先が思い遣られまする計《ばか》りで御座います。ただ、おゆるし下されませ。金丸様と、御楼主様の御恩のほどは生々世々《しょうじょうせぜ》犬畜生、虫ケラに生れ代りましょうとも決して忘れは致しますまい。

……わたくし幼少《おさな》い時より両親《ふたおや》に死に別れまして、親身《しんみ》の親孝行も致しようのない身の上とて、この上はただ御楼主様《ごないしょさま》の御養育の御恩を、一心にお返しするよりほかに道はないと、それればかりを楽しみに思い詰めて成長《おおき》くなりましたところへ、肉親の親から譲られましたこの重病。いずれ長い寿命はないものと思い諦らめましてからというもの、一も御店のため、二も御楼主様への御恩返しとあらゆる有難い御《お》嫖客様《きゃくさま》を手玉に取り、いく程の罪を重ねましたことやら。それだけでも来世は地獄に堕ちましょう。その中《うち》にも忘れかねましたのは、あの銀様と千様のこと。今年の花見の道中で、あのような心ない事を申しましたのも、心底《しんそこ》からお二人様の御行末を愛《いと》しゅう思いましたればの事。早ようこのような女を思い切って、男らしい御生涯にお入りなされませと、平生《いつも》から御意見申上げたいと思いながらも、それがなりませぬ悲しい思いが、お変りなされたお二人のお姿を見上げますと一時に、たまらぬようになりまして、熱い固まりを胸にこらえながら、やっとあれだけ申しましたもの……それを、どのような心にお取りなされましたやら。それから後《のち》というものフッツリとお二人のお姿が京、大阪の中《うち》にお見えになりませぬとやら。その後の御様子を聞くすべもないこの胸の中《うち》の苦しさ辛《つ》らさ。お二人様は今頃日本のどこかで、怨めしい憎い女と思召《おぼしめ》して、寝ても醒めても怨んでおいでなされましょうか。それとも、もしやお若い心の遣《や》る瀬なさにこの世を儚《はか》なみ思い詰めて、あられぬ御最期をなされはせまいか。これはこの身の自惚《うぬぼ》れか。思い過ごしか。罪の深さよ。浅ましさよと、思いめぐらせばめぐらすほど、身も心も瘠せ細る三日月の、枯木の枝に縋り付きながら、土の底へ沈み果てまする、わたくしの一生。

……わけても勿体ない御ことは金丸様。御身請の御恩は主様《しゆさま》の御恩、親様の御恩にも増して深いものと承わっておりながら、身をお任せ申しまする甲斐もない、うつそみの脱殻《ぬけがら》よりも忌《い》まわしいこの病身、逆様《さかさま》の御介抱を受けまするなりにこの世を去りまする面目なさ。空恐ろしさ。来世は牛にも馬にも生れ変りまして、草を喰べ、水を飲みましても貴方様を背負いまするる身の上になりまするようにと、神様、仏様に心中の御願はかけながらも、この世にては露ほども御恩返しの叶《かな》わぬ情なさ。女とはかようなものかと夕蟬の、草の葉末に取りついて、心も空に泣き暮らすばかり。

……神様、仏様の御恩は申すに及ばず、この世にてお世話様になりました方々や、不束《ふつつか》なわたくしに仮初《かりそめ》にも有難いお言葉を賜わりました方々様へは、これこの通り手を合わせまする。ただ何事もわたくしの、つたない前世の因果ゆえと思召《おぼしめ》して、おゆるしなされて下されませ……。

……と……云わるる声も絶え絶えに、水晶のような涙がタッタ二すじ、右と左へ、緞子《どんす》の枕に伝わり落ちると思ううちに、あるかないかの息が絶えました。それはちょうど大空の澄み渡った満月が、御病室の屋《や》の棟を超える時刻で御座いました。

……金丸長者様の御歎《おなげ》きは申すまでも御座いませぬ。この世の無常とやらを深くもお悟りになったので御座いましょう。それから間もなく、さしもにお美事なお住《すま》居《い》をお建て換えになりまして一宇のお寺を建立なされ、無明山満月寺《むみようさんまんげつじ》と寺号をお附けになりました。去るあたりから尊い智識をお迎えになりまして御住職となされ、満月どののために仰山《ぎようさん》な施餓鬼《せがき》（供養の法会）をなされまして、御自身も頭を丸めて法体《ほったい》となり、法名を友月《ゆうげつ》と名乗り、朝から晩まで鉦《かね》をたたいて京洛の町中を念仏してまわり、満月どのの菩提を弔《とむら》うておいでになりまする。先祖代々算盤《そろばん》を生命《いのち》と思うておりまする私どもまでも、その友月上人様の御痛わしいお姿を拝みまする度毎《たびごと》に、まことに眼も眩《く》れ、心もしどろになりまするばかり……」

と云ううちに松本楼の主人は涙を押えて声を呑んだ。

銀之丞も、千六も、もう正体もなく泣崩れていた。ことに播磨屋の千六は町人のボンチ（若だんな・ぼんぼん）上りだけに、取止めもなく声を放ってワアワアと泣出すのであった。

嵯峨野の奥、無明山満月寺の裏手に、桜吹雪に囲まれた一基の美事な新墓が建っている。正面に名娼満月之墓と金字を彫り、裏に宝暦二年仲秋行年二十一歳と刻《きざ》んである。

その前に香華を手向《たむ》けて礼拝を遂げた老僧と新発意《しんぼち》（仏門に入って間もない人）二人。老僧は金丸長者の後身友月。新発意の一人は俗名銀之丞こと友銀《ゆうぎん》、今一人は千六こと友雲《ゆううん》であった。いずれも三月二十一日……思い出も深い島原の道中から七日目のきょう、一切合財の財産を思い切って満月寺に寄進し、当住職を導師として剃髪し、先輩の老僧友月と共に、満一年振りの変り果てた満月の姿を拝んだのであった。

三人は三人とも、今更に夢のような昔を偲《しの》び、今を思うて代る代る法衣の袖を絞り合った。暫くは墓の前を立上る気色もなかったが、やがて一しきり渦巻く落花の吹雪の中を三人はよろよろと満月の墓前からよろめき出た。

三人は並んで山門を出ると人も無い郊外の田圃《たんぼ》道を後になり先になり列を作って鉦《かね》をたたいた。半泣きの曇り声を張上げて念仏を初めた。

「南《な》ア無《む》ウ阿《あ》ア弥《み》イ陀《だ》ア仏《ぶつ》ウ」

「ナアン……マアイ……ダア――アア」

「ナア――モオ――ダア――アア」

狂歌師　赤猪口兵衛

「オ……オ……和尚様《おしよう》。チョ、チョット和尚様。バ……妖怪《ばけもの》が……」

まだ薄暗い方丈の、朝露に濡れた沓脱《くつぬぎ》石まで転《こ》けつまろびつ走って来た一人の老婆が、疎《まば》らな歯をパクパクと噛み合わせて喘《あえ》いだ。

「ナ……何で御座る。もう夜が明けておるのに……バ……バ……バケモノとは……」

方丈の明障子《あかりしようじ》をガタガタと押開けて大兵肥満の和尚が顔を突出したが、これも見かけに似合わぬ臆病者らしく、早や顔色を失って、眼の球をキョロキョロさせていた。

「おお、そなたはこの間御授戒なされた茶中の御隠居……」

老婆は縁側へ両手を突いたまま、乾涸《ひから》びた咽喉《のど》を潤《うる》おすべくグッと唾液《つばき》を嚥《の》み込《こ》んだ。

「……ア……アノ蔵元屋《くらもとや》どんの墓所《はかしよ》の中で……シ……島田に結うた、赤い振袖の女《おなご》が……胴中《どうなか》から……離れ離れに…ナ……なって……」

「ゲッ……島田の振袖が……フフ振袖娘が……」

「ハ……ハイ。足と胴体と、離れ離れになって……寝ておりまする。グウグウとイビキを掻いて……」

「ヒヤッ……イビキを掻いて……それは真実《ほんなこと》……」

「……コ……この眼で見て参じました。今朝、早よう……孫の墓へ参りました帰り途《しな》に、裏通りを近道して、祇園町《ぎおんまち》へ帰ろうと致しましたれば……あ……あの桃の花の上がっておりまする、蔵元屋《くらもとや》の……お墓の前で……」

すこし落着きかけた婆さんの歯抜け腭《あご》が又もガタガタ言い出した。それに連れて和尚の顔色がバッタリと暗くなった。

よしんば、それが狸狐《たぬききつね》の悪戯《いたずら》にもせよ、人間の死骸とあれば知らぬふりをしておる訳には行かない。さればとて見るのは怖いし、万一真実の屍体であれば係り合いになるかも知れぬと言う当惑からであった。

しかし、それでもヤット決心をしたらしく、和尚は脱《ぬ》けかけた腰を引っ立てて、婆さんに手を引かれ引かれ、真暗い木立に囲まれた裏手の墓地に来た。一際広い真白な石甃《いしだたみ》を囲《めぐ》らした立派な墓所の中央に立っている巨大な石塔の前まで来ると、ソオ――ッと頸《くび》を伸ばしているうちに和尚は年甲斐もなく腰を脱かした。

「ワワワ……ク……蔵元屋の……お……お……お熊《くま》さんが……ワワワワ……これは……」

と尻餅を突いたまま悲鳴を揚げた。

「ドド……胴と……足が……べべ別々に……ワワワァ——ッ……」

時は徳川十一代将軍家斉《いえなり》公の享和二年三月十一日、桃のお節句以来、晴れ続いた朝のことであった。

黒田《くろだ》五十五万石の城下、博多の町の南の外れ。瓦焼場の煙渦巻く瓦町《かわらまち》を抜けて太宰府《ざいふ》へ通う田圃《たんぼ》の中の一本道の東側。鬱蒼とした欅《けやき》、榎《えのき》、杉、松の巨木に囲まれた万延寺《まんえんじ》裏手の墓地外れに一際目立つ「蔵元家《や》先祖代々之墓」と彫った巨石《おおいし》が立っているのが、木の間隠れに往来から見える。

その巨石を取巻く大小の墓の前には、それぞれに紅と白の桃の花が美しく挿し並べて在ったが、その墓の間々へ物見高い近隣の町の者や、通りかかりの肥汲《こえく》みの百姓や柴売り、又は近道伝《ちかみちづたい》の太宰府参りらしい町人なんどが真黒く、犇々《ひしひし》と押しかけて、中央の白い花崗岩《みかげいし》の石甃《いしだたみ》の上を、折重なるように凝視している。その顔が一つ一つにタマラナイ程引き歪められているのは、死人の腥《なまぐさ》い臭気に鼻を撲《う》たれているせいばかりではなかった。燃え立つような緋縮緬《ひぢりめん》の襦袢《じゆばん》一つにくるまった、透きとおるほど色の白い、水々しい高島田の手足と胴体が、まるで蜻蛉《とんぼ》か蝗《いなご》でも引千切ったかのように腰の番《つが》いからフッツリと切離されたまま、冷たい、固い石甃の上に無造作に投出されている……という世にも無残な、おそろしい姿に、顔を背《そむ》向けようとして反《そ》向《む》けられないでいる苦悶の表情に外ならなかった。

その中央によろめき出た万延寺の和尚は、さすがに商売柄、着流しの上に略袈裟《りゃくげさ》を掛けていた。右手に燻りかえる安線香の束を持ち、左手に念珠を掛けながら、膝頭をガクガクさせて「南無南無南無」と言うばかり。今にも気絶しそうな腰構えである。その股倉から覗くように最前の老婆が手を合わせたまま石甃の上にひれ伏していた。

「南無大慈大悲観世音菩薩。種々重罪五逆消滅。自他平等即身成仏……南無南無南無……」

そうした念仏の中に一人の若い衆じみた頬冠《ほおかむ》りの男が、恐れ気もなく死骸の傍に蹲《しゃが》んで、燃え立つような湯もじ（女性の腰巻）の裾をまくってみたり、女の髪の元結いの結び目を覗《のぞ》きまわったり、有り合う木切れを拾い上げて、女の口をコジあけて、黒血の一パイに溜まっている奥の方を覗いてみたりしていた。

「アレが目明《めあかし》の良助《りょうすけ》さんばい」

「ウン。あの人《しと》が御座りゃあ下手人《げしにん》は一刻《とき》の間にわかる」

「いったい何処の娘かいナ」

「今和尚さんが言い御座ったろうが。福岡一の分限者《ぶげんしゃ》（金持ち）の娘たい」

「福岡一の分限者？……」

「蔵元屋の一人娘たい」

「ゲッ。あの……蔵元屋の……アノ博多小町……」

そんなヒソヒソ話が急に途切れて皆、一時にバラバラと逃出しそうな身構えになった。

目明の良助が、死骸の顔を上向けて、切れ目の長い瞼《まぶた》に両手をかけながら一パイに引き開いたからであった。

「キャ――ッ……」

「おそろしいッ……」

と言う震え声の中に女どもが二、三人バタバタと遠退いた。

「ええ。静かにせんか……」

目明の良助は罵《ののし》りながら、死骸の袖口で両手の指先を拭いて立上った。静かに背後の和尚をかえりみた。

「和尚様。済みませんが莚《むしろ》を二つばかり貸いて下さらんか……」

「ヘイヘイ。それはモウ。南無南無……」

「アッ。蔵元屋の御寮《ごりよん》さんが見えた。旦那《だんなん》どんも一緒に……」

口々にそう言う人垣を押しわけて四十恰好の婀娜《あだ》っぽい女房が入って来た。眉の痕の青い櫛巻髪《くしまきがみ》に黒繻子《くろじゆす》の腹合わせ帯。小紋まがいの裾を引擦った突かけ草履《ぞうり》の脛《はぎ》も露わに、和尚と良助を突飛ばすようにして死骸の傍に走り寄ると……ワッ……と ばかりに取縋《とりすが》って泣出した。

「まあ、お熊……お前はまあ何と言う……ダダ……誰が斯様《こげ》なこと、したかいなあ……」

そのアトから人を分けて入って来た半白髪の恰幅のいい老人は、女房の肩ごしに娘の死骸を一眼見るや否や、両手をシッカリと握り合わせたまま石甃の上にドスンと尻餅を突いてしまった。両眼を閉じて唇をワナワナと震わしたが、一言も物を言い得ないまま「ハアア――ッ……」と骨身に泌みるようなタメ息を一つして、涙をハラハラと流した。

その肩に取縋った女房は、息も絶え絶えに泣きじゃくって身を震わした。

「ええッ。このような残酷《むご》い事をば誰がした……誰がした……タ……タッタ一人の大切な娘をば……祝言の日を前にして……ええッ。誰がした。誰がした。誰がした事かいなあッ……」

その声は、さながらに腸《はらわた》を絞る悲痛な声に変って、涙と一緒に迸《ほとばし》るのであったが、しかし蔵元屋の主人は、やはり眼も口も開かなかった。両手をシッカリと拝み合わせて尻餅を突いたまま肩を戦かしてタメ息をするばかりであった。

死骸から遠退《とおの》いて腕を組んだまま突立っていた目明の良助は、そうした二人の態度から眼を離さなかった。そこから何かしら事件の秘密を見て取ろうとしているらしく瞬き一つしなかった。

そのうちに蔵元屋の番頭や若い者らしく、身軽に扮装《いでた》った男が四、五人、息堰《いきせ》き切って駈付けて来た。ソレ莚《むしろ》よ、棺桶よ、荷《にな》い棒よと騒ぎ始めた。

「ああ。コレコレ。蔵元屋の若い衆。ちょっと待った。只今、御目付の松倉十内《まつくらじゅうない》様が御検屍として御出役になる迄は、その死骸に指一本指すことは相成らんぞ。それよりも誰か、この辺の名主を呼んで来て受持たせなさい。それまで古い莚をかけるか何かして確《しか》と番をしておんなさい。わしは目明の良助じゃ」

蔵元屋の夫婦と若い衆は、そうした言葉を聞くと今更ビックリしたように死骸の周囲から飛退いた。目明良助の名を知っているらしく、揃ってペコペコとお辞儀をし始めた。

その夫婦の顔をジロリと見まわした良助は、頰冠りのまま和尚の袖を引いて、二人で墓原を分けながら方丈の方へ引返して行った。その途中の群集から遠ざかった古井戸の傍で立止まって、暫く考えていた良助はフト思い出したように跟《つ》いて来た和尚に問うた。力を籠めた低い声で……。

「ナア……和尚さん……」

「ヒエッ……」

和尚はビックリして飛上った拍子に、線香を取落したまま立竦《たちすく》んだ。その線香を拾い上げて遣りながら良助はニヤニヤと笑った。

「フフフ。其様《そげ》にビックリせんでもええ。ほかでもないがなあ和尚さん……」

「ヒエッ。早や……下手人が……お……おわかりになりましたので……」

そう言ううちに和尚はモウ眼を白くして膝頭を戦かせ始めた。その法衣の袖を引っぱりながら良助は歩き出した。

「ハハハ。まあさ。そう狼狽《うろた》えなさんな。下手人どころか……まだ斬られた女の身の上さえ、わかっちゃおらん」

「ゲエッ。御存じない」

和尚は又、眼を丸くして立止まった。

「イヤサ。蔵元屋の娘に相違ない事だけは、あの両親のソブリだけでもわかっとるが、それにしても腑に落ち兼ねることがアンマリ多過ぎるので、実は思案に余っておりますてや」

「ヘエ。腑に落ちぬにも何も、あの美しい娘御《シャンシャン》が……コ……こげな恐ろしい事になろうとは……事もあろうに胴切りの真二つなぞと……」

和尚の眼に初めて涙らしいものが湧いて来た。死骸から遠ざかるに連れて、やっと人間らしい気持になって来たのであろう。

「さあ。その胴切りの真二つが、テッペンからわかりませんテヤ。なあ和尚さん。イクラ据物《すえもの》斬りでもあれだけに腕の冴えた町人が、福岡博多におる筈はない……」

良助が独言のように言った言葉を聞咎《ききとが》めた和尚はギックリとして又立止まった。その魘《おび》えた眼色を見返した良助も一緒に立止まってニッコリ笑った。

「……ところで和尚さん。元来あの蔵元屋は昔からこの万延寺でも一番上等の檀家《だんか》で御座いましつろうがなあ和尚さん」

「ヘエヘエ。それはモウ良助さん。御本堂の改築から何から、いつでも一番の施主で御座いましてなあ」

「ウン。そんなら、お尋ねしますが、あの斬られた娘の両親の中でも、あの父親は腹からの町人で御座いまっしょう」

「ヘエヘエ。それは拙僧《あたくし》が一番良う存じております。あの蔵元屋の御主人の伊兵衛《いへえ》どんと申しまするは元来、蔵元屋の子飼いの丁稚《でっち》上りで、モトは伊之吉《いのきち》と申しました者……」

「ウムウム。それでのうては辻褄が合わぬような気がする。とにかくこれは余程コミ入った容易ならぬ事件《こと》じゃ。ところであの母親の方はドウヤラ継母と私は睨みましたが……」

和尚は良助の明察にギョッとしたらしくよろめいた。

「……ど……どうして御存じ……」

「タッタ今、臭いと思いましたがな……」

「ソ……それではあの母様《かかさん》が下手人……」

和尚は一層、青くなって唇を舐《な》めた。

「ハハハハ。まさかあの女房が据物斬りの名人では通りますまい」

「な……な……なるほど……」

「ハハハ。ソコにはソコがありまっしょうがなあ。とにかく継母には相違御座いますまい」

「……ま……まったくその通りで。お前様は見透しじゃ」

「その前の母様……今の斬られた娘の実の母親と言うのは……」

「ハハイ。あの娘御の実の母様の名は、たしかお民《たみ》とか申しましたが、それはそれは賢いお方で、元来あの蔵元屋の家付のお嬢さんで御座いました。つまり今の伊兵衛どのは御養子で御座いますが、何を申すにも黒田様《おとのさま》の御封印付のお金預りという大層もない結構な御身分……」

「へえへえ。それは存じておりまするが、それならば今の御寮《ごりょん》さんは……今の斬られた娘の継母どんの元の素性は……」

「……ヘイ。あれはソノ……何で……」

「構わずに聞かせて下されませ」

「ヘイ。何でも相生町の芸妓衆《げいこさん》とかで、素性もアンマリ良うないと言う世間の噂で御座いましたが……南無南無南無……」

「ふうむ。名前は……」

「たしかオツヤとかオツルとか……イヤイヤ、オツヤさんと申します筈……」

「ふうむ。おツヤどん……年も二十くらい違いますのう……御主人と……」

「さようで……あの斬られたお熊さんと十五違いぐらいで御座いましょうか……いつもお二人で仲よく当寺《こちら》へお参りになりましたもので、他目《よそめ》には実の親娘《おやこ》としか見えませぬくらい仲が宜しゅう御座いましたが……南無南無南無……」

「ふうむ。不思議不思議……ほかにあの蔵元屋の家付の者はおりまっせんかナア。たとえば番頭ドンとか、御乳母《おんば》さんとか」

「ホイ。それそれ。そのお乳母さんが一人おりますわい。あの娘御《シャンシャン》の小さい時からのお乳母どんで、たしかお島《しま》どんという四十四、五の……」

「ふうむ。そのお島どんと、今の後妻《あといり》のおつやどんとの仲はドゲナ模様か、御存じありますまいなあ」

「さようさナア。三人一緒にお寺参りさっしゃる事もないでは御座いませぬが、それよりお島どんがタッタ一人で、よく前の奥さんのお墓を拝みに見えました」

「前の奥さんのお墓を拝みに……なるほどなあ。そげな事じゃないかと思うた。イヤ良《え》え事を聞きました。話の筋が通って来ます」

「そうしてなあ良助さん。そのお島どんがなあ……御存じかも知れんが、当寺《うち》の本堂の……ホラ……あすこの裏手に住んでおりまする非人の処へイツモ立寄って行きましたそうで……これは寺男の話で御座いまするが……」

「ハハア。あの非人の歌詠《よ》みの赤猪口《あかちょこ》兵衛《べえ》の処へ……」

「ホオ。良助さん。あの非人を御存じで……」

「知っておるにも何も、私とは極く心安い仲で……ヘヘエ。あの赤猪口爺の処へ、そのお島どんが来おるとは知らなんだ」

「ヘエ。滅多に見えませんがなあ、お島どんは……それでも御座るとアノ非人を相手に長い事話し込んで御座ったという話で……」

「イヤ。重ね重ねよい事を聞きました。ところでその赤猪口爺は今おりますかなあ」

「さあ。今朝は珍しゅう早よう何処かへ出て行きおったと寺男が申しておりましたが……」

「ナニ。今朝早よう……ふうむ……」

本堂に近い柴垣の処で立止まった良助は、又もや腕を組んで、今出て来た墓所の奥の暗がりを振返った。その頰冠りの蔭の物凄い眼付を見ると和尚が又もやガタガタ震え出した。

「……も……もしやあの……非人が下手人では……」

良助は返事をしなかった。暫く考え込んでいたが、やがて思い出したように頭を振った。

「わからんわからん。何が何やらサッパリわからん。……とにかくあの赤猪口爺を探し出いて、口を割らせて見んことには、見当の付けようがない」

博多瓦町はずれ。筑紫野《つくしの》を見晴らす大根畠と墓原の間の小径《こみち》の行止まりに、万延寺の本堂と背中合わせにして一軒の非人小舎《ごや》がある。もっとも非人小舎とは言うものの、その小径の左右に、何処かの火事の焼跡から拾って来たらしい大きな焼木杭《やけぼっくい》が二本、洒落た門構えの恰好に立っているのが、その奥のガラクタ小舎とは不釣合いな奇抜なものに見える。しかもその二本の焼木杭の左右の目通りの高さに、錆びた五寸釘を一本ずつ打込んで、これも程近い那珂川縁《なかがわべり》あたりから拾って来たらしい、鼻緒も何もないノッペラボーの古下駄を二つ掛け並べて、右の方には狂歌師、坂元《さかもと》寓と達筆な二川様《ふたがわよう》、左の方には、定家様《ていかよう》くずれの行書面白く取交ぜて、

坂元の家は明智《あけち》のざまの助
　落着く先は瓦町のさき　赤猪口兵衛

と彫って朱が入れて在る。大方、石塔に入れる朱漆の残りを貰ったものであろう。そうした門構えを入ると、本堂の阿弥陀様と背中合わせの板敷土間に破れ畳の二

畳敷、竹瓦葺《たけかわらふき》の板廂《いたびさし》、ガタガタ雨戸に破れ障子の三方仕切は、さながらに村芝居の道具立をそのまま。軒先には底抜け燗瓶の中心に「く」の字型の古釘を一本ブラ下げた風鈴一個。短冊代りに結び付けた蒲鉾板《かまぼこいた》の裏表には、これも定家様で彫込んだ狂歌に朱が入れてある。

すたれ釘世をすぢかいになり下《さが》る
　底抜け徳利《とくり》のチリンカラカラ
古釘と底抜け徳利の風鈴は
　阿弥陀も知らぬ極楽の音

その蒲鉾板の裏表を手に取って引っくり返して見ながらニッコリと笑った良助は、その前の雨戸をガタガタと叩いた。大きな声で呼んだ。

「猪口兵衛どん、猪口兵衛どん。良助じゃ、良助じゃ」

雨戸の内側はシインとして人の気はいもない。

「モシモシ。坂元の孫兵衛《まごべえ》どん。孫兵衛どん。御座るか御座らんか。まあだ寝ておんなさるとナ……。オイオイ」

と言うて耳を澄ますうちに、今たたいた雨戸が外側へバッタリと外れかかるのを、良助は慌《あわ》てて両手で受止めながら小舎の中を覗き込んだ。思わずつぶやいた。

「おらん。このサ中に何処へ行たもんじゃろか……あの朝寝坊が……」

それから毎日のように晴れ続いた福岡博多の狭い町々に、蔵元屋の騒動の噂が隈もなく行き渡ってしまった三日目……三月十三日の正午《ひる》下り。春も闌《たけなわ》の遅桜、早桃が見渡す限りの筑紫野の村々に咲き乱れて、吾れ勝ちに揚る揚雲雀も長閑な博多東中洲の野菜畑の間を縫うて行く異様な二人連れがあった。

先に立って行くのは二十四、五のスラリとした若い男。色の黒い、眉の濃い、眼の鋭い、それでいて何処となくイナセな体構えが、箱崎縞《はこざきじま》に小倉帯、素足に角雪駄、尻端折《しりはしより》に新しい手拭で頬冠りをしている。当時、福岡の種子屋《たねや》六兵衛《ろくべえ》老人と並んで、博多随一と呼ばれている捕物上手の目明、良助。

あとから跟《つ》いて行くのは乞食体《てい》の不快《いや》な臭気《におい》のする老爺《じい》。大酒飲みと見えて顔色が赤ぼったく垂《た》る弛んで、両眼の下瞼がベッカンコーをしたように赤く涙ぐんでいる上に、鼻の頭がテラテラと赤熟れになっている処は、何がかなしに人を馬鹿にした面《つら》構えである。月代《さかやき》と鬚《ひげ》は近頃剃ったものらしいが、何を使ってどうして剃ったものか、アチコチに切《き》り込疵《きず》だらけで、ところマンダラに毛が残っているのが、ホコリだらけの町人髪《あたま》。まだ夏にもならぬのに裾縫《すそぬい》の切れた浴衣一枚を荒縄の帯で纏うた、真黒い素跣足《すはだし》。何にするのか腰に赤い、新しい渋団扇《うちわ》を二、三本差したまま、目明の良助の後からヨチヨチと那珂川に架かった水車橋《みずぐるまばし》を渡って行くうちに、二人とも揃って前後を見まわした。あたりに人通りの絶えた処を見澄ますと、互いにうなずき合いながら仲よさそうに話し始めた。

「一体全体、猪口兵衛どん。アンタはこの二日二夜、何処に消え失せて御座ったもんかいナ」

「アハハハ。この頃は忙がしゅうてなあ。花の咲く頃は毎年の事じゃ。あっちの花見酒で酔い潰れ、こっちのお祝い酒で奢り潰されてなあ」

「太平楽《あんき》なにも程がある。わしゃこの二、三日、寿命を縮める思いをしながらアンタの行方を探いておったがなア」

「アハハ。さすがの目明良助どんもこの私の行方ばっかりは、わかり難《にく》かったろうなあ。……ところでその用と言うのは何事かいな……」

「……ほかでもないがなあ猪口兵衛どん。あの博多一番の分限者の一人娘で、蔵元屋のお熊さんチュウテなあ。十八か九の別嬪《べっぴん》が、一昨日《おとつい》の朝早よう、万延寺の菩提《ぼだい》所《しょ》で、胴中から真二つに斬られとった騒動なあ……最早、聞いておんなさるじゃろう」

「聞いとる処か。私の穴倉からツイ鼻の先の出来事じゃもの。あの朝早よう、イの一番に見て置いたが、残酷《むご》い事をしたもんじゃなあ。胴中から右と左の二段にタッタ一討ちの腕の冴えようは、当節の黒田様の御家中でも珍しかろう。それぱっかりじゃない。口の中に真黒い血が一と塊《かたまり》泌み出いておる処を見ると、これは尋常事《ただごと》じゃないと気が付いた故《けに》、今日がきょうまで世間の噂を探りおったものじゃがなあ」

良助は頰冠りの上から頭に手を遣った。


「ウワア。さすがは猪口兵衛どん。もうアンタに先手を打たれたか」

「先手なら商売柄アンタの方じゃろう。モウ当りが付いたかいな」

「そ……それが、まあだカイモク付いとらんたい」

「付かん筈がないがなあ。あの黒い血は毒殺した証拠じゃろう」

「そこじゃ、そこじゃ。あの口の中の硫黄臭いところは擬《まが》いもない岩見銀山の鼠取り……」

「ふん。その岩見銀山の鼠取りなら昔から大抵女の仕事ときまっとらせんかなあ」

「エライ。さすがは猪口兵衛どん……わしもそこを睨《にら》んどる」

「つまり殺《ころ》いたのは女で、斬ったのは男という事になりまっしょう」

「そこじゃ、そこじゃ。そこであの死骸を蔵元屋から担い出いた大風呂敷か何かが、そこいらに棄てて在りはせんかと一所懸命に探しまわったが、怪しい縄一筋、細引一本見当らんじゃった。これは大方手がかりになると思うて何処かへ隠いてしもうた物と睨んどるが、しかし又、万一そうとすればこの一条は、よっぽど深う、巧みに巧んだ仕事で、もちろん尋常の試し斬りや何かじゃない。事によるとこれは福岡中の目明を盲目《めくら》扱いにした大胆者の所業《しわざ》ではないかと気が付いたわい」

「エライ、エライ。そこまで気が付けば今一足で下手人に手がかかる。さすがは博多一の目明の良助さん」

「おだてなさんな、面目ない。アンタの見込みはドウかいな」

「アンタの事なら隠す事はない。洗い泄《ざら》い話してみるけに、まあ聞いてみなさい。あの朝は酔い醒《ざ》めで、暗いうちから眼が醒めておったものじゃが、あの辺は知っての通り森閑と静まり返っておるのに、足音一つ、人声半分聞かんじゃった。それにあの森の奥の方角で、何とも知れぬ気合いの声がタッタ一声「エイッ」と聞こえただけで、アトは又森閑《しんかん》としてしもうたけに、不思議な事と思うてソロソロ起上って、あの墓所まで来てみると、思いもかけぬ無残《むご》い姿の仏様じゃ。しかも死に胴を斬った証拠に血が出ておらん。アンタもそこに気が付いて口の中を覗いてみなさったものじゃろうが……感心感心……一度、痕跡《あとかた》も残さずに拭い上げた口の中の黒血の残りが、斬られて投棄てられる拍子に、仏様の咽喉からセグリ上げて来ようなぞとは閻魔様でも気が付かん事じゃろう。悪い事は出来んという天道様のお示しじゃ。そこでドウかいな。アンタ程の人がそこまで睨んでおんなさるなら、今一足で下手人の肩に手が届くと思うがなあ」

「それが、まだ届いとらん」

「ハアテ……なあ……」

「イヤ。これはイクラ猪口兵衛どんでも知らっしゃれん事じゃが、私がこの事件《こと》に限って匙《さじ》を投げかけておるについては、深い仔細があることじゃ。実を言うとなあ。ほかの家の中の出来事なら、その日のうちに洗い上げるくらい何でもない事じゃが、あの蔵元屋に限って歯が立たん……」

「アッ。成る程。これは尤《もっと》もじゃわい」

「なあ。そうじゃろう。何を言うにもあの蔵元屋と言うのは博多切っての大金持の為替問屋。御封印付のお納戸《なんど》金を扱うておるほどの店じゃけに、万に一つも家柄に疵《きず》が付いてはならぬ。御用姿で踏込んで店の信用を落いてはならぬ。まかり間違うて大公儀の耳にでもそげな事が入ったなら、直ぐさま、黒田五十五万石のお納戸の信用に差響いて来るやら知れぬ話じゃけに、成る限り大切《だいじ》を取って極々の内密《ないない》に、しかも出来るだけ速《は》よう下手人を探し出せと言う大目付からの御内達で、お係りのお目付、松倉十内様も往生《どん》、垂れ冠って御座る。もちろん毒殺とあれば、何か知らん蔵元屋の内輪の紛糾《もめごと》から起った話に間違いないが、その肝腎の蔵元屋の内輪の様子がちっともわからん。指一本指《さ》されんと来とる」

「成る程なあ。無理もないわい」

「何を言うにもあの蔵元屋と言うのは、黒田五十五万石の御用金を扱うておる信用第一の店じゃけに、よほど秘密《くち》を口禁《しば》っとると見えて、イクラ上手に探りを入れても丁稚、飯炊女に到るまで、眼の球《たま》を白うするばっかりで、内輪の事と言うたら一口も喋舌《しゃべ》り腐らん」

「それはその筈じゃ。喋舌らせようとする方が無理じゃ」

「そこで今度は方角を変えて、近所隣家《となり》や出入りの者の噂から探りを入れてみると、あの斬られた娘のお熊と言うのは、実を言うと先妻の子で、今の母親とは継《まま》しい間柄じゃげな。ところでその今の母親と言うのは前身《もと》は芸妓《げいしゃ》上りと言う事で、まだ色も香も相当残っとる年増盛りじゃが、そのような女にも似合わず、生《な》さぬ仲のお熊を可愛がる事と言うものは実の母親も及ばぬくらいで、トテモ世間並を外れとる。

お熊が五歳か六歳の頃から、奥座敷で二人ぎりの遊び相手になり始めたなら、日の暮れるのも忘れるくらい。何から何まで人手にかけずに育て上げて、ようよう妙齢《としごろ》になって来ると、裁縫《ぬいはり》だけは別として、茶の湯、生花、双六《すごろく》、歌留多、琴、三味線、手踊りの類《たぐい》を自分の手一つで仕込んだ上に、姿が悪うなると言うて、お粥と豆腐ばっかり喰わせおる。とんと芸妓の仕込みをそのままの躾《しつ》けよう……」

「フフフ。その通り、その通り。なかなか良う調べが届いとる」

「その骨折りの甲斐があってか、去年の十二月に御城下でも蔵元屋に次ぐ金満家、福岡本町の呉服屋、襟半《えりはん》の若主人で、堅蔵《かたぞう》で悧発者という評判の半三郎《はんざぶろう》という男の嫁にという話が纏まって、結納まで立派に済んどる。本人同士もナカナカの乗気で、この三月の末には祝言という処まで進んでおったという話……」

「ホンニなあ。まことに申分のない結構な縁談じゃったがなあ……しかし又、ようそこまで探り出さっしゃったなあ」

「アンタに賞められると話す張合いがある。……ところがなあ。吉《よ》い事には魔が翳《さ》すちゅうてなあ。アンタも知っておんなさるか知らんが、この縁談に一つの大きな故障が入ったらしい」

「ほオ。これは初耳じゃ」

「ふうむ。アンタも初耳かいなあ」

「ハハハ。初耳どころか。この縁談ばっかりは大丈夫、間違いのない鉄《かね》の脇差と思うて、結納の済んだ話を聞いて以来、安心し切っておったがなあ。一体その故障と言うのは何かいなあ」

「それは、ほかでもない。この二月の初め頃から日田のお金奉行の下役で野西春行《のにしはるつら》という若侍が、蔵元屋へチョイチョイ出入りするようになった」

「エライッ……」

と赤猪口兵衛が両手を打合わせて立佇《たちど》まった。口をアングリと開いて良助の顔を見守った。

「さすがは良助どんじゃ。あの若侍に目が付いたか」

「眼が付かいで何としょう。縦から見ても横から見ても土地侍《じざむらい》とは見えぬ人体《にんてい》じゃもん」

「うんうん。上方風の細折結《ほそおりい》に羽二重《はぶたえ》の紋服、天鵞絨《びろうど》裾の野袴、二方革のブッサキ羽織に、螺鈿鞘《らでんざや》、白柄の大小、二枚重ねの麻裏まで五分も隙のない体構え。あれで算盤弾《そろばんはじ》くかと思われる筋骨逞《たくま》しい立派な若侍じゃ。何処とのう苦味走ったアクの利く眼の配りは大阪役者なら先ずもって嵐珊吾楼《あらしさんごろう》どころ……と言うあの侍じゃろう」

「ウン。それそれ。あの侍が蔵元屋へ出入りするようになってから、今まで口八釜《やかま》しゅう娘の婚礼仕度の指図をしておった継母が、何とのう気の抜けたようになった。晴れ晴れしゅう進んでおった蔵元屋の祝言の支度《したく》が、いつからとものうダラダラになって来た。鼈甲屋《べっこうや》や、衣裳屋、指物屋《さしものや》なぞの出入りが間遠になって来たのは、どうも怪訝《おか》しいと言う近所界隈の取沙汰じゃ……吾々《こっち》もドウモそこいらが臭いような……事件《こと》の起りはその辺ではないかと言いたいような気持がするが、それから奥の深い事情が一つも判然《わか》らんけに困っとる。何を言うにも外から聞いた噂ばっかりが便りじゃけになあ……」

「アハハ。大きにもっともな話……」

「……又、大目付様からの御内達で、どのような場合でも蔵元屋の内幕《ないまく》に立入って、蔵元屋の信用に拘わるような事を探り立ててしてはならぬ。しかも罪人は一刻《とき》も早よう引っ捕えいと言う注文じゃゃから先ず、これ位、困難《むずか》しい探偵事件《しごと》はなかろうわい。のみならず万一、この一件が片付き兼ねる……下手人がわからぬとなると吾々《こっち》は元よりの事、御主人の松倉様まで、十手捕縄を返上せにゃならぬかも知れぬと言うので、松倉十内様は今のところ青息吐息、青菜に塩の弱りよう……」

「ちょっと良助さん。お話の途中かも知れんが、その日田のお金奉行というものは初めて聞くが一体、何様なお役人かいなあ。又その下役の野西ナニツラと言う若侍が、蔵元屋へ入り込んで来た由来《わけ》は……」

「そこたい、そこたい。そこが私達の気を揉ます急所たい。実は私も委曲《くわ》しい事は知らんがなあ。お目付の松倉さんから聞いた話を受売りするとなあ……豊後《ぶんご》の日田という処は元来天領で、徳川様の直轄《じか》の御領分じゃ。何にせい筑紫次郎という筑後川の水上《みなかみ》に在る山奥の町じゃけに、四方の山々から切出いて川へ流す材木というものは夥《おびただ》しいものじゃ。そこでその材木を引当てに大公儀から毎年お金が貸下げられる」

「ハハア。噂に聞いた『日田金《ひたがね》』と言うのはその金の事じゃないかいな」

「ソレソレ。その日田金がドウヤラ今度の振袖娘胴切の事件《こと》の発端《おこり》らしいケニ、世の中はどう持ってまわったものかわからん」

「ハアテなあ。私の思惑がチット外れたかナ」

「外れたか外れぬか、わからんがまあ聞いてみなさい。その日田金を日田の材木屋が下請けのようにして、日田の月隈《つきぐま》の奉行所に御座る大公儀の御金奉行の監督《みかじめ》を受けながら、九州の諸大名の城下城下におる御用金預り……博多で言えば蔵元屋のような主立った商人《あきんど》にソレゾレ貸付ける。その金で七州の諸大名の懐合いの遣繰《やりく》りが付くという順序になっとる。そうすると日田の御金奉行は、その日田金を手蔓《てづる》にして諸大名のお納戸金の遣繰りを初めとして、知行高《こくだか》の裏表、兵糧の貯蔵高《たくわえだか》まで立入ってコト明細に探り出す。謀反《むほん》の兆《きざし》でもあれば、何よりも先に日田のお金奉行にわかる。不審な処でもあれば直ぐに江戸へお飛脚が飛ぶ。大公儀から直接のお尋ねが突込んで来ると言う。言わば大公儀から出た諸大名の懐合いの見かじめ役が、日田の御金奉行じゃけに、その威光というものは飛ぶ鳥も落す勢いじゃ」

「ハハア。成る程……われわれ非人風情《ふぜい》には寄っても付けぬ初耳の話じゃ。しかしお蔭で話の筋道がダイブわかって来た」

「……それじゃけにその手先の若侍と言うても大した者ばい。現在《いま》、蔵元屋に入り込みおる野西とか言う侍でも、黒田五十五万石を物の数とも思わぬ海千山千の隠密育ちに違いない。博多随一の鶴巻屋《つるまき》を定宿にして、蔵元屋の帳面をドダイにした黒田藩の財政《うちまく》を調べに来よるに違いないがなあ」

「フン。そいつが一人娘のお熊の綺倆《きりよう》を見て、俺にくれいとか何とか言うて一睨み睨んだという筋になるかナ」

「うむ。先ずそこいらかも知れんがなあ。当て推量はこの際禁物じゃ。相手が相手じゃけに滅多な事は考えられぬ」

「それはそうじゃ。ハハン」

「何にしても蔵元屋では徒《あだ》や疎《おろそ》かには出来ぬお客じゃけにのう。そこへ起った今度の騒動じゃけに、そこには何かヨッポド切羽詰まった内輪の事情が在っての事……とまでは察しられるが、その事情を察する手がかりが一つもないので難儀しよるたい。大体大目付の注文が無理と思うが」

「ハハハ。封印したビイドロ瓶の中味をば外から舐《ねぶ》って、塩か砂糖か当てよという注文じゃけになあ。臭いさえわからぬものを……」

「それぱっかりじゃない。事件《こと》の起りが三月の十一日じゃろう。それから十二、十三と三日も経《た》っとるのに下手人がわからんとは余りにも手緩《ぬる》いちゅうて、大目付から矢の催促じゃ」

「ふうん。それは法外じゃ。上役と言うものは下役の苦労を知らんのが通例じゃが……」

「……と言うのが……何でもその日田の御金奉行の野西春行《はるつら》という若侍が、あの騒動の起って以来、毎日、御城内の大目付、川村様《かわむらどん》のお役宅に押しかけて来て、この騒動がいつまでも片付かねば蔵元屋の信用にかかわる。蔵元屋の信用がグラ付けば、黒田藩の財政《おなんど》の信用がグラ付いて来て、蔵元屋に入れた日田金の価値《ねうち》が下がって来る。黒田五十五万石の勝手元に火の付くような事になろうやら知れぬ。さようなれば吾々も役目柄、その通りに大公儀へ申上げねばならぬが……サア、サア、サアとか何とか難癖をつけて催促をしおるらしい。さすが明智の川村様《どん》も弱り切って御座るという話……」

「アハハ。大方それは袖の下の催促じゃろう」

「もちろんじゃ。トテモこの下手人には吾々の手が及ばんと見て取っての無理難題の悪脅喝《わるゆすり》。やけに腹が立つわい」

「腹が立つのう。今に眼に物を見せてくれようで……」

「その上に、これも松倉どんから聞いた話じゃが、あの蔵元屋の後妻《あといり》が野西の尻に付いて、場所もあろうに大目付の役宅へシャシャバリ出て『可愛い娘を祝言前に殺されて妾《あたし》ゃ行く末が暗闇になりました。この下手人がわからねば妾ゃ死んでも浮ばれまっせん。そう思うております故《けに》、あれから毎晩、腰から下、血だらけになった娘のお熊が枕上《まくらがみ》に立ってサメザメと泣きまする』とか何とか言うて高声を立てて泣き崩れたとか言う話じゃが……」

「ふうむ。そこいらの話がダイブ臭いのう。芝居も大概にせんと筋書が割れるが……」

「さればと言うて臭いという証拠は何処にも在りゃせん」

「アハハ。五十五万石の大目付、丸潰れと来たなあ」

「それでももしや、お熊の縁談から起った意趣、遺恨じゃないかと思うて、襟半の方へ探りを入れてみると、花婿の半三郎も、今は隠居しとる父親の半左衛門《はんざえもん》夫婦も、神信心の律義者という評判に間違いないらしい」

「それは毛頭間違いない。質素《ひっそり》とした暮し向きでもわかる」

「のみならず、結納まで済んだ話が、寝返りを打たれそうになっている事なぞはツイこの頃まで気付かずにおったらしく、騒動の起ったその日までコツコツと祝言の準備《したく》をしておった様子。よしんば知って知らぬ振りをしておったにしても、屍体を胴切りにするような大胆者が、襟半に出入りする模様なぞはミジンもない。理不尽に引っ括って痛め吟味にでも掛ければ、直ぐにも冤罪《むじつ》を引受けそうな気の弱い連中ばっかりじゃ。それじゃけにお目付の松倉さんはどっちかと言うと襟半をタタキ上げて事を片付けたい口ぶりらしいが、しかし襟半から手を廻《ま》わいて蔵元屋の娘を毒殺するというような筋合いは、どう考えてもないと言うて、私が一人で突張っとるがなあ」

「それは当り前の話じゃ。襟半の内輪を知り抜いとる私が証人に立っても宜《え》え。昔から腕《うで》前のない、手柄望みの役人は、すぐに弱い正直者を罪に落そうとするものじゃてや」

「とは言うものの、蔵元屋の方も、家内の模様さえまだわかっておらぬけに、松倉どんもバッタリ行詰まって御座るが、さればとてほかには何の手も足もない。この良助を捕まえては、まだかまだかと言う日増しの催促じゃが、今度の事件《こと》ばっかりはイカナ俺も手に立たぬ。これ位、理屈《すじめ》のわからぬ不思議な人斬り沙汰は聞いた事もないけになあ」

「そうたいなあ。理屈《すじめ》のわかる時節が来たなら二度ビックリするような話が、底の方に隠れておろうやら知れん」

「そこでトウトウ思案に詰まった揚句《あげく》がアンタの事じゃ。いつも何かと言うと私の知恵袋にしておったアンタを、直接《じか》に松倉様《どん》に引合わせて、私とも膝をば突合わせたなら、三人寄れば何とやら、よい知恵が出まいとも限らぬ……と言う私の一生涯の知恵を絞ったドンドコドンのドン詰めの思い付きじゃが、ドウかいな。都合のよい御返事を中上げて貰うたなら一杯奢《おご》るが……」

「成る程なあ。それはドウモ……聞込み見込みなら在る処じゃない。今更言うまでもない事じゃが、あのお熊さん胴切の一件についてこの赤猪口兵衛に目を付けなさった処は、さすがに良助さんじゃ」

「チッ。又おだてる……実は私《わし》が直接《じか》にアンタの話を聞いて、それを私の聞込みにして、お目付に申上げても済む事じゃが、それではイツモの通りお前の手柄を横取りするような恰好になるけに気持《きしょく》が悪い……のみならず今度の一件は、模様によると日田のお金奉行を相手に取るような事になろうやら知れぬ。黒田五十五万石の浮き沈みに拘わる一か八かの勝負に落ちるかも知れぬと思うたけに、特別に念を入れた極く内々の手配りで取りかかりたい私の考えじゃ。そこでこうして御迷惑じゃが、春吉三番町《はるよしさんばんちょう》の松倉様のお屋敷まで、同道して貰うた訳じゃが……」

「何の何の。滅相な。アンタのように物堅う話をさっしゃると身体《からだ》が縮まります。非人同然の私が、お目付様のような大層な御身分の御方にお眼にかかる事が出来れば、それだけでも肩身が広うなりまする。勿体ない話じゃ」

「断るまでもないがその代りに、お取調の模様は言う迄もない、今日お目付へお眼にかかった事までも、事件《こと》が片付かぬうちに他所《ほか》へ洩らいたなら、アンタの首がないけになあ。その積りで承知して置いて貰わんと……」

「それにはモウ万事心得の承知の助。アトで一杯飲ませて貰いさえすれば、首の一つや二つ何のソノじゃ……」

「冗談言いなさんな。アンタの首なら構うまいが、私の首となるとチットばかり惜しいわい」

「アハハハ。そこで一首浮かんだがな」

「ホホオ。何と……」

「これは私の心意気じゃ……

　この首を熱燗十本で売りませう
　　　損得無しの一升一生……」

「アハハ。馬鹿らしい。イヤ。何かと言ううちに向うに見えるが松倉様のお邸じゃ。あの珍竹垣《ちんちくかべ》から夾竹桃の覗いとる門構えじゃ。わしは役目柄ズッと入るけに、アンタはすこし遅れて、いつもの通りの物貰いの風で、人にわからん様《ごと》、入んなさいや」

「おっとアラマシ承知の助。そのために挿《さ》いて来た腰の渋団扇じゃ。アハハハ……」

「何もかも知って御座る限りタネを打割って中上げて下されや」

「オッと待ったり。そのタネの明かし工合は松倉さんに会うてみてから考えましょうわい。何にせいお初のお目見得じゃけに松倉どんがドレ位の御人物やらコッチもさっぱり見当が付かぬ。六分は他人、四分《しぶ》内輪《うちわ》の貧乏神と行きまっしょうかい。向う恵比寿の出た処《とこ》勝負じゃ。ハハハ。鬼が出るか、蛇が出るか……」

目明の良助に誘われた乞食体《てい》の狂歌師、赤猪口兵衛は二、三本の渋団扇を縄の帯に挿したまま、春吉三番町のお目付役、松倉十内国重《くにしげ》の玄関脇の切戸から、狭いジメジメした横露地を裏庭の方へ案内された。平たい庭石の上に用意して在った炭俵の上にガサガサと土下座をすると、頬冠《ほおかむり》を取った目明の良助は、その側《かたわら》から少し離れて、型の如く爪先立ちに蹲《うずく》まった。

この家の主人、黒田藩のお目付役、当時蔵元屋の娘胴切り事件のお係りとなっている松倉十内国重は、縁側に座布団と煙草盆を置いて、小倉袖、着流しのまま威儀を正した。青黒く逞しい四十恰好の堂々たる武士《さむらい》である。

「……良助。御苦労であったぞ……その方が赤猪口兵衛か」

「ヘエ。坂元孫兵衛と申しまするが本名で……ヘエ。以前は博多竪町《たてちょう》の荒物屋（雑貨屋）渡世……当年五十六歳で……ヘエ……」

と淀みなく言ううちに涙ぐんだ赤んべえ面を上げて水洟《みずばな》を一つコスリ上げた。それだけでもチョッと人を舐《な》めているらしく見える。松倉十内国重は、今更のように肩を怒らして銀煙管《ぎせる》を膝に取った。

「ウム。これは役柄をもって相尋ねるが、その方は只今も申す通りズット以前は博多の荒物屋渡世。大酒《たいしゅ》のために一家分散して昨今は博多瓦町の町外れ、万延寺境内に逼塞《ひっそく》し、福岡博多の町々を徘徊して物を貰い、又は掃溜《はきだめ》を漁《あさ》りながら行く先々の妙齢の娘の名前、年齢、容色、行状、嗜みなんどを事細《こま》やかに探り知り、縁辺の仲介を致し、又は双方の相談相手になるのを仕事のように致しおる……という趣《おもむき》じゃが、それに相違ないか」

「ヘエヘエ。相違ないどころでは御座いません。それが本職で……まだほかに歌も詠みます。その歌を書きました渋団扇を一枚五文で買うても貰います。よんどころない時は非人も致します。掃溜も毎日のように漁りますが、何と申しましても縁談の取持が一番、収入《みいり》が多う御座います。どのような御大家でも縁辺のお話となりますと、一度はキット私の存じ寄りを聞きに御出でになりまっするで、私が、あれなら大丈夫と請合いまするると、それからお話が進みまするような事で……ヘエ……」

と自慢そうにモウ一度、鼻の頭をコスリ上げた。しかも非人同様の姿ながら恐れ気もないその態度と、プンプンする熟柿臭い異臭《におい》が、いかにも不快な感じを与えたらしい。松倉十内は一層威儀を正しながら睨み付けた。

「ウム。それならば相尋ねるが、その方は博多蔵元町、蔵元屋の一人娘、お熊というものを存じておるか。この間万延寺境内で斬られたと申す。存じておるであろうな。あの一件を……」

「ヘエ。あの娘の事ならば、実の親が知らぬ事までも存じておりまするが……」

「ウムウム。それは重畳じゃ。実はあの娘の事に就いて少々相尋ねたいために今日、良助に同道致させた次第じゃが……万一、その方《ほう》の申立てによってあの胴切りの下手人が相わかれば、褒美を取らするぞ」

「ヘエヘエ。それはモウ。申上る段では御座りません。もはや御承知か存じませんが、あのお熊と申しまする娘は取って十八の一人娘、七赤の金星で、お江戸なら一枚絵とかに出る綺倆で御座いましょうな。五体中玉のような娘で御座いましたが、それでも存るべき処にはチャント在るものが……」

　松倉十内は失笑《ふきだ》しながら片手をあげた。

「これこれ。要らざる事は聞かんでもええ。縁談の前調べではないぞ。しかしさすがは評判の赤猪口兵衛。事細やかに存じておるのう」

「へへ。そこが商売で……へへ。襟半の若亭主、半三郎の嫁にというお話で一杯頂戴して、腕に縒《より》をかけて調べ上げましたので、両親は勿論のこと、本人さえ知らぬ尻の割目の黒子《ほくろ》までも存じておりまする」

「はははは。それは何よりの話じゃが」

松倉十内は猪口兵衛の話ぶりに興味を引かれたらしかった。

「しかし、どうしてそのような事まで相わかるのじゃ。湯殿の口ばし覗いてみるか」

「へへへ。そげな苦労は致しません。これ位の事ならお茶子サイサイで。へへ。物を貰いに参りました序《ついで》に、あの娘《こ》の背中を流す女中衆《おなごしゅ》さんから聞き出したことで……私は、いつも其家此家《そこここ》の女《おなご》たちの文使いをして遣りまするで、蔵元屋の女中さんも、詳しゅう話いて聞かせました上に、どうぞ御嬢様《シャンシャン》をば良い処へ世話して下さいと言うていつもオヒネリを十文ぐらいくれます。何処の女中でも、自分の付添うておる者には贔負《ひいき》が勝ちますもので……」

「成る程のう。そちのような下賤の者でなければ出来ぬ芸当じゃのう」

「まったくで御座いますお殿様……人間は上から下を見ると何もわかりませぬもので、その代りに下から上を見上げますると、何でも見透しに見えまする。へへへ。私はお蔭様で人間の中でも一番下におりまする仕合わせに……」

松倉十内は苦り切って首肯《うなず》いた。非人同然の人間から遠廻しに役目柄を皮肉ったような事を言われながら、それでも道理には相違ないので文句が言えなかった。猪口兵衛はその仏頂面を見上げながらイヨイヨ得意然となった。

「へへへ。博多中の妙齢《としごろ》の娘の乳房の黒い、赤いを間違いなく存じておりまする者は、この赤猪口兵衛タッタ一人で。へへへ……」

松倉十内は何かしら思い直したらしく、仏頂面を和《やわ》らげてうなずいた。

「ウムウム。さすがは猪口兵衛じゃ。そこで今一つ尋ねるが、あの娘……蔵元屋の娘お熊には別に疵はなかったか」

「ヘエ。疵と申しますると……」

「ウム。たとえば何か他人に怨まれるような悪い癖はなかったかと申すのじゃ」

「ヘエヘエ。成る程。お眼が高う御座いますなあ。その疵なら大在りで御座います。ちょっとそこいらに類のないドエライ疵が……」

「ふうむ。それは耳寄りな……どげな疵じゃ」

「バクチで御座います」

「ナニ……博奕《ばくち》……」

松倉十内は自分の耳を疑うように膝を乗出した。赤猪口兵衛はいよいよ得意然と、すこし反身《そりみ》になって土下座し直した。

「さようで……蔵元屋のお熊は天下御法度の袁彦道《えんげんどう》（バクチ）の名人で御座いました。

花札、骰子《サイコロ》、穴一、銭占、豆握り、ヤットコドッコイのお椀冠せまで、何でも御座れの神憑《がか》りで……」

「ううむ。これは意外千万な事を聞くものじゃ。あれ程の大家《たいけ》の娘が、あられもない賭博なんどとは……ちと受取り悪《にく》いが……」

「ところが間違い御座いませんので……元来あの蔵元屋と申しまするは、蔵元町と申しまして町の名前にもなっておりまする位で、土蔵の数も七戸前。表向きは立派な為替問屋と質屋になっておりまするが、裏向きは筑前切っての大きな博奕宿で御座います。チトお話が荒う御座いますが、何にせい博多中の恵比寿講の帳面を預っておりますので、帳面合わせとか、金勘定とか申しまして、時々奥庭の別土蔵《ぐら》の二階でチャランチャラン遣っているのが、真夜中になると微かに聞こえます。その小判や二分金の音に混って、あのお熊の笑い声や『丁ソラ』『半ソラ』という黄色い掛声などがチラチラと聞こえて参りますので……」

「ふうむ。容易ならぬ話じゃのう」

「へエ。まだ御存じなかったので……」

「ウムウム。あの蔵元屋は存じてもおろうが当藩の御用金を扱うておる者じゃけに、何事も大目に見ておったのでな。店の信用に拘わってはならぬとあって、役人体の者なぞは滅多に近寄らせんように取計ろうておったものじゃが……言語道断……」

「ヘエヘエ。御尤も千万なお話で……それならば申上ますが御殿様……これは私一存の考えで御座りまするが、あの蔵元屋は最早、長い身代では御座いませんので……ヘエ……」

「フウム。いよいよ以て言語道断じゃ。どうして相わかる……」

「毎日毎日、同じ掃溜を覗いておりまするると大抵《あらかた》その家の身代の成行きが判然《わか》って参りまする」

「ふうむ。掃溜を覗いて……ハテ。どのような処に眼を付けるか」

と松倉十内は物珍しげに眼を光らして耳を傾けた。傍に跼まった目明の良助も同様に、炭俵の上の酒脹《さけぶく》れになった非人の横顔を凝視《みつ》めた。赤猪口兵衛は首を縮めて頭を掻いた。

「エへへ。そう改まってお尋ねになりまするると、実はお答えに詰まりますようで……へへ。まあ私が持って生まれましたカンで御座いましょうナ」

「ふうむ。カンと申すと……」

「たとえば名人のお医者が、小便の色を見て病人の寿命を言い当てるようなもので、私どもは掃溜の色をタッタ一目見まするると、その家の奥の奥の暮し向きまで包み隠しのないところが、ハッキリとわかりまする」

「うむ。なかなかに口広い事を申すのう」

「まったくで御座います。論より証拠、私はあの蔵元屋の台所ならモウ二十年以来《このかた》の古馴染《なじみ》で御座いますが……毎日お余りを貰いに参りますので……卑《さも》しい事を申上るようで御座いますが、蔵元屋の前の御寮《ごりよん》さんの時は、それはそれは私どもに親切にして下さいました。祝儀、不祝儀の時の赤の御飯や、蒲鉾や半ペン、お煮付、油揚のようなものを、わざわざ取って置いて下さる。御酒なんぞも、お余りをタンマリと頂戴しましたもので……」

「成る程……」

「ところがそのアトで勝手口の塵埃箱《ごみばこ》を覗いてみますと、お野菜の切端のような物ばっかりしか御座いません。白い紙の切端、纏まった糸屑、長い元結の端くれさえも見当りませんくらい質素なもので、つまるところ蔵元屋の家内中がキリキリと引締まっておりまする。平生《ふだん》から粗末な物ばかりを喰べる習慣で、割当てようのない奢った副食物《ごさい》は故意《わざ》と子供にも遣らずに非人の私に下さる。家内中の口を奢らせぬようにする……と言うのが前の御寮さんの心掛けで、さすが大家の御寮さんは違うたもの……これならば蔵元屋の身代は万劫《まんご》末代、大磐石と中心《しん》から感心しておりました」

「いかにもいかにも。尤も千万……」

「ところが又その前の御寮さんが今のお熊さんを難産したアトの長患《ながわずらい》で死にまして、今度の後妻《あといり》……お艶《つや》さんと申します……相生町の芸妓《げいしゃ》上りで……それになりますと女中衆《おなごしゅ》の素振りまでが、見る間にガラリと違うて来ましたなあ。私どもが参りましても、飯炊どもが何もない何もないと言うて寄付けません。ホオラこれを遣ろうなどと言うて仕舞桶の汚れ水を引っ冠せたりする事も御座います。そこで後から掃溜を覗いてみますと、玉子焼や重ね蒲鉾の喰い残しのような立派なものが山を築《つ》くほど棄てて御座います。そんなにして棄てる位なら、塵埃箱へ入ずに取って置いてくれたなら……と思います位で……それであの蔵元屋の身代がどうなって行きよるか、おわかりなりまっしょう。町人の身代と言うものは脆《もろ》いもので、聊かでも奢ったならー たまりも御座いませんもので……へエ……」

松倉十内は苦笑いをした。非人風情の賢明《さかしら》ぶりを感心すると同時に、冷笑してみたくなったらしい。

「アハハハハ。成る程、成る程。良う相わかった。その方のような人間でなければ見えぬ事じゃ。しかしそれ程に道理がわかるその方ならば今少々《まちょっと》、金持になっておる筈ではないかのう。ハッハッハッ……」

　赤猪口兵衛はニッタリと笑い返した。赤い鼻の頭を今一度、念入りにコスリ上げると、炭俵の上からガサガサと一膝進み出た。

「へへ……旦那様……横道《わきみち》へ入って恐れ入りまするが、私は元来、金持が嫌いで御座いまして……」

「フーム。返す返すも珍しい事を申す。世の中に金ほど大切《だいじ》な物はないという事を、その方はよく存じておる筈じゃが……」

「……そ……それがで御座います。旦那方の前では御座いますが、私どもは一口に非人と言われておりまするだけに、普通《あたりまえ》の人間とはチットばかり了簡《りょうけん》が違いまする」

「フウム。ドウ違うかの」

「普通《あたりまえ》の人間がお金を欲しがるのは楽をしたいためで御座りまする。つまり、恥を掻きとうないため、義理が欠きとうないため、人情を外しとうないためで御座いまする。それが叶《かな》いませぬために貧乏神を怨んで、首を釣る者がおりまする位で……」

「うむうむ。その通りじゃ」

「ところが貧乏神でも神様は神様……怨んだり、軽蔑したり、粗略にしたり致しまするといういうものが当りまする。その証拠に今申しましたような訳で、貧乏神様を糞味噌のように言うて、ヤットの思いで逐《お》い出《だ》いた人間がサテ、いくらかお金を溜めるようになりまするると直ぐに、昔、粗略にした渋団扇の神様に取憑かれて、自分自身が家内中の貧乏神、不景気の親方になりまする。可愛い妻子に美味いものも喰わせず、楽しみもさせずに、恥は掻き放し、義理も欠き捨て、人情も踏付け通しで、そのたんびに首を縮めて盗賊《ぬすびと》と、詐欺と、非人の気持を繰返し繰返し、アチラで一文コッチで三文とクスネ込み溜め込むようになります。そこで世間の金持は一生涯、気の済まぬ事ばっかり。大きな顔をしてヌケヌケと人通りを行きながら、腹の中は言うに言われぬ地獄のようなタネ仕掛とカラクリばっかり。もしや他人に看破られはせぬか、知っている者に会いはせぬかとビックリ、シャックリ息を詰めて行きよります。ちょうどアノ日の目を恐れて流し先を潜りまわる溝鼠《すいどうねずみ》のような息苦しい一生を送る憐れさ。何のために金を溜めるやらわからぬお話で……つまり貧乏神を怨み憎んで、粗末にしてタタキ出いた罰で御座いますなあ。前に貧乏神を悪く言うた奴ほどこの罰が非道《ひど》う当りまするようで……」

「ハハハ。ナカナカの理屈じゃ」

「それに引換えまして私共の一生は、まことに貧乏神様々で御座います。貧乏神様の御蔭なりゃあこそこげに気楽な一生が送れますので、福の神様が舞込んで来かかりますと、どうぞ他所様《よそさま》へ他所様へとお断り申上げますような事で、貧乏神から兄貴とも親分とも頼まれる心安さ。大切《だいじ》なものは貧乏徳利と渋団扇一枚。気にかかるものは一つも御座いません。仕事と言うては元手要らずの掃溜漁り。他所様のお余りで明日の生命に事を欠かぬ気楽さ。出放題の和歌《うた》を詠んでは人を笑わせ、縁を取持っては人間の種をアチコチに蒔いてまわるのが何よりの道楽で……棄てた水仙、粋《すい》ゆえ身故《ゆえ》、水に濡れ濡れ花が咲く……とか申しますなあ。天道様の広大な御恵みの下で伸び伸びと暮いておりまする。千両箱の山を積んでもこの楽しみばっかりは、お譲りする訳に参りませんので……へエ……」

松倉十内は又しても余計な事を言ったために、非人風情に吹き巻くられた形になったので、スッカリ苦り切ってしまった。不承不承にうなずきながら話を変えた。

「ウムウム。相わかった、相わかった……しかし話はモトへ戻るが、その蔵元屋の別土蔵の二階の金勘定が真実の金勘定でない、賭博に相違ないという事は何処で見分けたか」

「やっぱり塵箱《ごみばこ》が物を申しますので……」

「ふうむ。掃溜が物を言う……」

「ヘイ。何処のお邸でも掃溜掃溜と軽蔑して、気安う物を棄てさっしゃりまするが、掃溜ぐらい家の中の秘密《ないしょごと》を喋舌《しゃべ》るものは御座いません。蔵元屋の家でもそげな理由《わけ》で、前の晩の暮方に覗いた塵箱を翌る朝、今一度覗いてみますると、晦日《みそか》の晩なぞに蟹の塩茹の喰残《うで》しが真白う山盛りになっておる事が間々《まま》御座いまする。それが賭博を打った証拠で……」

「フ――ム。賭博を打つと蟹の塩茹を喰《しょく》するのが習慣にでもなっておるのか……」

「エヘヘヘヘ。そのような訳では御座いませんが考えても御覧《ろう》じませ。何にせよ恵比寿講の帳合いと言うたなら、一文二文の間違いにも青筋を立てて算盤を弾き合うような吝垂《しみた》れた金持連中の寄合の事で御座いますけに仮令《たとい》、仕事が夜通しがかりになったにしても、出て来るものは漬物にお茶か、せいぜい握飯ぐらいで、それでもペコペコと頭を下げてお礼を言うて帰るのが普通で御座います。それに引きかえて値段の高い晦日蟹の塩茹となりゃあ、どうしても三杯酢で一パイと言う処で、誰が聞いても恵比寿講の何厘何毛という利前勘定《はじき》とは思われませぬ奢りの沙汰で御座います。それやこれやを考え合わせますると真実《まったく》の処、蔵元屋は、今申しましたような身代の左前を取戻すために、賭博の胴親をしているものと存じますので……ヘイ……」

「フウ――ム。成る程のう」

　さすがの松倉十内も非人の明察振りに舌を巻いたらしい。吾にもあらず腕を組んで、太い溜息を一つした。

「しかしその娘のお熊が博奕を打つという事は、どのような筋合いから相わかったか」

「ヘエ。これは筋合いとか何とか申上げる程の事でも御座いません。ちょっと旦那方にはお気が付き難《にく》いかと存じますが、あの斬られましたお熊の髪の毛を御覧になれば、一目でおわかりになります事で……」

「ナニ……何と申す。博奕を打つ者は髪形が違うと申すか」

「エヘヘヘ。博奕を打つ髪形と言うものがあっては大変で。恐れ入りまするがあの娘の死骸は御覧になりましつろうなあ」

「うむ。見た事はたしかに見たが、在来《ありきたり》の高島田ではなかったかのう。崩れてはおったが……」

「ところがあれが普通《ただ》の島田では御座いませなんだので……私はズット以前からあの娘の外出姿《よそゆきすがた》に気を付けておりましたが、あの娘は普通よりもズット髪毛が長くて多い方で、どのようにでも大きく結《ゆ》われるものを、惜し気もなくグイグイと引詰めて結うておったもので御座います。そこで出入りの女髪結の口を捲って見ますると、これは継母とお熊さん自身の注文で、見かけの通り出来るだけ引詰めて在る上に、元結いも二本掛の処は四本掛、五本掛の処は麻紐で引締めておりますので、まことに結いにくいそうで御座いますが、何でも自宅《うち》で踊の稽古をするので崩れんようにと言う注文で御座いましたそうで……」

「ううむ。それが又、何として博奕を打った証拠に相成るのじゃ」

「ヘエ。それが、それればかりなら宜しゅう御座いますが、その外出頭の鬢《びん》から髱《つと》のあたりに気を付けてみまするると、一度、毛がピッシャリと地肌に押付けられたものを、又掻き起いて恰好を付けた痕《あと》跡が、そのまま髪毛の癖になって、両鬢から髱を一まわり致しておりまする。これは疑いもない向う鉢巻を致しました証跡《しるし》で……つまり丁半や花札を引きまする場合には、男でも鬢の乱れを止めるために幅広う鉢巻を致しまする者が多いので、博奕打の朝髪と申しまするのはこげな髪の乱れを隠すために、綺麗に手を入れるからで御座りまする。ましてあの娘は重たい島田を振立てて壺を振りまする以上、鉢巻を致しておりませぬ事には、第一、盆茣蓙《ぼんござ》の景気が立ちませぬ」

「何と……あの娘が壺を振ったと申すか」

「振りますとも、振りますとも。これは或る居酒屋で、わたくしの心安い本職の博奕打から聞いた話で御座いますが、あの別土蔵の二階で毎晩のように壺を振りまするのが、美しい振袖に緋縮緬の襷《たすき》をかけた博多小町のお熊さんと言うので、博奕打仲間では知らぬ者もないという評判……」

「驚き入った話じゃのう」

「……へへ……まだまだビックリなさるお話が御座りまする。その振袖娘の振る骰子が、内部《なか》に錘玉《おもり》の付いたマヤカシ骰子《ざい》と言う事実を存じておりまするのは今の処、広い博多に私一人かと存じますので……」

「コレコレ。言語道断。話にも程がある。御法度《ごはっと》も御法度の逆磔刑《さかはりつけ》ではないか。どうしてそげな事が……」

「へへへ。やっぱり掃溜から出たお話で……」

「……やはり掃溜から……イカナ事……」

松倉十内は唖然となった。傍の目明良助も感嘆の余り溜息を吐《つ》いた。

赤猪口兵衛はソレ見たことかという風に、汚れた膝小僧を二つ並べて乗出した。

「何でもない事で……ヘエ。そげな理由《わけ》でお熊さんがアラレもない賭博を打つ……壺を振るらしいと言う見当がアラカタ付きますると、私も実のところ胆を潰しました。これは本職の嫁取婿取の仲立商売から申しましても容易ならぬ闇込みと存じましたので、なおも念を入れて蔵元屋の塵埃箱を掻き廻いておりますと、去年のちょうど今頃の事で御座いましたか、或る日思いがけなく人間の歯の痕《あと》跡の付いた象牙の骰子《さい》の半分割れが出て参りました」

「歯型の付いた骰子の片割れ……ふうむ」

「さようで……それを見ますと私は他所事ながらドキドキ致しました。これは然るべき本職の博奕打が、お熊さんの振る骰子に疑いをかけて、あとでコッソリ嚙み割ってみたものに相違ない。これは捨てて置かれぬ。お熊さんの生命《いのち》は元よりのこと、蔵元屋の身代がガラ潰れのキッカケになろうやら知れぬ……と心付きましたけに、前にも申しましたお熊さんの乳母でモウ四十を越いたお島と言う中婆さんで御座いますが、それを露地の奥の暗がりへ呼出しまして突込んでみますると、気絶する程の魂《たま》消げようでガタガタ震い出しまして、どうぞこればっかりは……と手を合わせての頼みで御座います。お嬢様の生命に拘わっても言われぬと言う固い口ぶりで……ヘイ」

「ふうむ。してみるとやはり今の話は実正《じっしょう》と見えるのう」

「さようで……その時は私も仕方なしに万延寺裏の住居へ引上げましたが……とこ

ろがそのお島と申しまする中婆《ちゅうばあ》さんが、翌る朝早く、急に里帰りの暇《いとま》を貰うて来たと申しまして、万延寺裏の私の宅《ところ》へ参りまして……猪口兵衛さんにあのような深い処まで探り出されておっては隠し立てをしても役に立つまい。どうぞこの事ばっかりは秘密にして、一刻《とき》も早よう御嬢様《シャンシャン》を蔵元屋の外へ出いて下さい。とても恐ろしゅうて恐ろしゅうて、気が揉めて気が揉めて……という涙ながらの物語で、蔵元屋の内幕を洗い泄《ざら》い喋舌って帰りましたが、イヤモウ肝の潰れるお話ばっかりで……」

松倉十内はここが大事と思ったらしく、眼を丸くしたまま点頭《うなず》いた。目明良助は反対に眼を閉じて耳を傾けた。

「ほほオ。どのような」

赤猪口兵衛は舌なめずりをして二人の顔を等分に見比べた。

「さあ。どのように申上げたら宜しゅう御座いましょうか旦那様……これと申すも全くお熊の両親どもの不心得から起りました事で……」

「それはその筈じゃ」

「元来あの蔵元屋の主人、伊兵衛と申しまするは養子で御座いましたが、御存じの通り家付の先妻が亡くなりますると、相券芸妓の照代《てるよ》こと、ゲレンのお艶と言うシタタカ女《もの》に迷い込みまして、かなりの金を注ぎ込んだあげく後妻に迎えました。処がこのお艶と申します後妻は、先年大浜《おおはま》で斬首《うちくび》になりました詐欺《いかさま》賭博の名人、カラクリ嘉平《かへい》の娘だけありまして、仕掛博奕の手練者《てだれもの》で、諸国の商人《あきんど》を手玉に取って絞り上げておったと言う話で御座いますが、それにしても同じ危い橋を渡るならば、いっその事、御封印のお金を扱うておる蔵元屋に乗込んで、一か八かの大仕掛の盆茣蓙に坐って一生涯の運命を張ってみたいというのが、骨の髄から賭事好《ばくちず》きのお艶の本心であったらしく、あらん限りの手管で伊兵衛を綾なして首尾よく蔵元屋の後《あと》妻《いり》に坐ると間もなく、当時まだ六つか七歳《ななつ》で御座いました継子《ままこ》のお熊を手に入れて揉むほど可愛がり始めた処は、まことに見上げたものと言う評判で御座いました」

「成る程のう」

「……ところが今から考えますると、これが毒蛇よりも恐ろしい継母お艶の手練手管で、実情《せいかく》を申しますと何の可愛がる処か、自分の手に付けて遊ばせる振りをしては花札の手配りや、賽の目の数え方を仕込んだのがソモソモで、さような事には何の気もない、あどけないお熊が、物心付く頃には、もはや立派なカラクリ博奕の名人、壺振りの見透しと言う恐ろしい腕前に仕上げたもので御座います。そこで継母のお艶は何喰わぬ顔で亭主にすすめて、恵比寿講の名前で別土蔵の二階へ賭場を開きましたが、そこへ姿がよくなるように豆腐とお粥ばっかり喰べさせられている花恥かしい娘に京都《かみがた》下りの友禅の振袖を着せて壺を振らせますので、誰も疑う者はおりませぬばかりか、それはそれは大した繁昌で、宗像《むなかた》、早良《さわら》の大地主、箱崎、姪《めい》の浜《はま》の網元なんどを初め福岡博多の大旦那衆、上方下りの荷主なんども、一度はお熊の壺振りを見に来るという勢いで御座いましたそうで、何を申すにも御封印のお金の御威光が光っております故《けに》、心配な事は御座いません。そこへ又そのお熊どんの愛嬌と腕前が両親も驚く自由自在で、本職の者に両手を押えられても瞬き一つせぬ手練の早業。息も吐《つ》かぬ間に骰子を掏《す》り換えて、何の事もない愛嬌笑いにして見せると言う……おかげで蔵元屋の毎晩の上り高は大したものであろうが……これと申すもモトを質《ただ》せばお熊さんの両親の不心得から起ったことで、お熊さんには何の罪も科《とが》もないこと。ことに最早、年頃のことじゃけに、早よう何処かへ嫁に遣って一刻も早くお嬢様の足を洗わせねば、わたしゃ心配で心配で夜の目も寝られませぬという、乳母のお島どんの涙ながらの物語……」

「う——むむ」

松倉十内は腕を組んで今一度太い、深い溜息を吐《つ》いた。顔色がいつの間にか青ざめて両眼をシッカリと閉じていた。

「う——む。返す返すも驚き入った話じゃのう。とても真実とは思われぬわい」

「旦那様……」

「何じゃ……」

松倉十内は白々と眼を見開いた。赤猪口兵衛は勢い込んで言った。

「このお話が真実で御座いませねば、その娘のお熊が斬られた話も真実では御座いますまい」

「ううむ。しかし娘の死骸は身共がこの眼で見て来たのじゃから間違いはないが。ううむ」

今度は赤猪口兵衛が唖然となった。あまりの自烈度《じれつた》さに顔色を青くして唇を震わした。

「旦那様……」

「何じゃ……」

「早ようお手当なさりませぬと、蔵元屋は夜逃げ致し兼ねますまいて……肝腎要《かんじんかなめ》の金の蔓《つる》の娘が殺されたので御座いますから……」

「うう――むむ……」

松倉十内は恨めしそうな白い眼で赤猪口兵衛を白眼《にら》み付けた。下役の良助がおる手前、非人風情の差出口に追い詰められた見っともなさにジリジリして来たらしい。

「うう——む。さような事はその方どもの存じた事ではないわい。蔵元屋に手を入れるとなると容易な事ではないのじゃ。御家老様、大目付殿、お納戸頭などと十分に御打合わせを願うた上で、お指図を受けねばならぬが……しかし……」

と十内は無念そうに唾液《つばき》を嚥み込んで、眼をギョロリと光らした。

「……しかしその方は何か……その下手人について心当りでもあるかの……」

「ヘエ。それは在るどころでは御座いませんが」

「申して見い……」

「それが私の口からは申上げ兼ねまする名前で御座いまして……」

「余が役目柄を以て相尋ねる事じゃ。遠慮する事はない。申してみい」

「そ……それにつきましては只今、商売の歌を一つ詠みました。何卒お硯《すずり》を拝借お許し下されませい」

「何、歌を詠んだ……」

松倉十内は不審の面もちで背後の矢立（筆記具）を取って与えた。

「これは……お手ずから恐れ入りまする」

赤猪口兵衛は腰に挿した渋団扇を一枚取ってサラサラと筆を揮って差出した。

「歌にはなっておりませんが、お心当りにはなりましょうと存じまして……」

受取った松倉十内は音読した。

「ふうむ。……まま母のままにしたさに粥《かゆ》殺し……とうふて近きは男女なりける……ふうむ。これは何の歌じゃ」

「この騒動の原因《もと》はと申しまするると、意外な男と女との関係《ちちくり》ごとから起ったに違いないと思いました私の見込みを申しましたので……」

「わからんのう。今些《まつ》と平とう言うてみい」

「その歌の中の謎が二字ばかり足りません。それがお気付きになれば下手人はわかります。それ以上平たくは申上げ兼ねますので……」

「ううむ。いよいよわからぬ」

「それならば今一つ詠みました。今度はおわかりになりましょう。一枚五文なら安いもので……へへへ」

赤猪口兵衛はモウ一まい渋団扇に筆を走らせて差出した。

「ふうむ。……蔵元の娘胴切りそれかぎり熊なき詮議お先まっくら……赤猪口兵衛……」

「へへへ。一枚五文なら安いもので……」

松倉十内の顔色が颯《さっ》と変った。傍の脇差取るより早く、縁側を飛降りかけて来たのを、目明の良助が大手を拡げて遮り止めた。その間に赤猪口兵衛は四ツン匐いに匐いながらコソコソと木戸口から逃げ出して行った。

縁側に戻った松倉十内は青筋を立てて良助を睨み付けた。

「……ナ……何で止めた。たわけ奴《め》がっ……お上を恐れぬ不埒な非人風情。蔵元屋の秘密《うちまく》が洩れてはならぬと存じて斬り棄ててくれようと存じたに……」

良助はその足下の庭石に両手を突いてヒレ伏した。

「何も申しませぬ。今日の処は何卒……」

「ならぬ。非人風情に大それた奴じゃ。ことにお先まっくらなぞと嘲弄されては役目柄が相立たぬわ。今一度引立ててまいれッ」

「……ど……どうぞ御容赦を……良助めが今日までの御奉公に代えましてあの猪口兵衛の生命を手前共にお預け下されますれば有難き仕合わせ……あの猪口兵衛めは、まだ使い道が御座いますれば……このたびの蔵元屋騒動の下手人もどうやら存じておるらしく存じますれば、只今お斬り棄てになりましては如何《いかが》かと存じまする。その代りにこの両三日のうちにはキット下手人を探り出いてお眼にかけまする私の所存……何卒……何卒御容赦を……」

松倉十内は、何か思い直したように切柄《きりづか》をかけた白鞘の脇差から手を離した。

「……か……勝手にせい」

と言い棄てると額に青筋を立てたまま座敷に入って障子をハタと閉めた。

表の往来で耳を澄ましていた赤猪口兵衛が、赤い舌をペロリと出した。懐中《ふところ》から浅黄《あさぎ》地に白の唐草模様の大きな風呂敷を一枚引っぱり出して、両手で高々と吊し拡げた。それは処々に灰色の薄汚れの付いた、夜具か何かを包む風呂敷らしかったが、その中央の折目に近い処に付いている真黒い血の塊の痕跡と、一目でわかる片隅の刃の血糊を拭いた痕跡と、処々に粘り付いている長い髪毛を見まわすと、今一度赤い舌をペロリと出して、大切そうに折り畳んで、懐中《ふところ》の奥に仕舞い込んだ。中風《ちゅうき》(後天的な半身不随)付きみたような足取りでヨチヨチと元来た道へ歩き出しながらブツブツと口の中でつぶやいた。

「ヘヘン。人を盲目《めくら》と思うとる。最初から試し斬りの切柄《きりづか》かけた白鞘の新身《あらみ》の脇差を引付けて、物を訊く法があるものか。聞くだけ聞いてからアトは斬り棄てる了簡と悟ったけに、わざっとカンジンカナメの下手人の名は言わずに置いた。ヘヘン。非人風情でも生命は惜しいわい。下手人は喋舌ったわ、代りに首は斬られるわ……なら、喋舌らん方がええ位の事は知っとるわい。イクラ不浄役人でもチットは和歌の稽古でもして置け。あの狂歌《うた》の謎がわからんと来たナ。ハハン」

赤猪口兵衛はここで立佇《たちど》まってチンと手洟《てばな》をかんだ。そうして又ヨチヨチと歩き出した。

「ヘヘン。お役目柄がよう出来た。聞込み、見込はコッチのもの。捕まえる腕前はソッチのもの。一緒にされてたまるかえ。自分の商売ダネを聞いた上に斬ろうなぞとは押しが太過ぎる。人間外れたお役目柄が天道様《てんとうさま》の下で通用するかえ。良助どんには気の毒ながら、黒田五十五万石の絶体絶命を非人の俺が知った事かえ。あんまり威張り腐るけにこの風呂敷は故意《わざ》と渡さずに置いた。この大風呂敷が何を包んだものか、何処の穴から出て来たものかがわからぬうちは、お気の毒ながらお役目柄がお先まっくらじゃろう。今に俺の処へ頭を下げて来にゃなるまいて……アッハッハッハッハッハッ……」

と来かかった三番町の四辻の中央《まんなか》に立佇《たちど》まって高笑いした。

通りがかりの者がビックリして避《よ》けて通った。

博多の町の南の出外れ、万延寺の本堂と背中合わせの竹瓦に板庇《いたびさし》、板敷土間に破れ畳二枚、ガタガタ雨戸の嵌《は》め外《はず》しがやはり二枚という、乞食小舎の豪華版から、墓原越しに見晴らす筑紫野は、これも晩春の豪華版であろう。菜種と蓮華草《れんげそう》のモザイクに数限りない雲雀《ひばり》の声と蝶の羽根が浮き上っている。鼻の先の境内の青葉嫩葉《わかば》は、ツイ二、三日前の恐ろしい殺人事件を夢にしたかのように、花よりも美しい若緑を盛り上げて、冷やかな朝東風《あさごち》を薫らせて来る。名物男の狂歌師、赤猪口兵衛の独住居はすべて二、三日前の通りに閑寂である。

但、軒先の底抜燗瓶と古釘の風鈴にブラ下った蒲鉾板が、新しいのと取換えられて違った狂歌が墨黒々と書いて在る。

わが酒の相手は軒《のき》の梅桜
　風に浮かれてチリテットシャン

世の中は三分五厘風鈴の
　ふところ合ひがチリンカラカラ

その風鈴に近い破れ畳の上に、調子悪そうにキチンと坐っているのは相当の商家の若旦那様と見える、二十歳前後のオットリした優男。水鬢の細髷《ほそまげ》つつましやかに女のように白い襟足のういういしさ。上下揃いの黒っぽい木綿縞は仕立卸しであろう。前に差し置いた大鉢には血の滴《したた》る大鯛が一匹反りかえって、側《かたわら》に御酒代、襟屋半三郎と書いた紙包一封。その前に白い両手の指を律義に並べて半三郎は、さしうつむいている様子……。

その正面に、これも慣れぬ腰付で正坐しているのはベカンコー面の赤猪口兵衛。切込みだらけの鬚と月代《さかやき》を撫でまわしながら相手と同じくらいに痛み入っている様子……。

「イヤハヤもう。今度の御縁談ばっかりは、この赤猪口兵衛が一生涯の遣り損いで御座いました。面目次第も御座いません。肝腎要の御嫁御さんがあのように非業の最後をなさる間もなく、その御両親の蔵元屋の御一家が賭博宿の御疑いで、昨夜《ゆうべ》のうちに一人残らずお召捕になって、表口と勝手口に青竹の十文字が打付けられようなぞ言う事を、御結納前に見透し得なかったのは一生の大シクジリで御座いました」

「どう仕りまして。決してそのような……」

と口籠りながら半三郎は一層深く頭を下げた。赤猪口兵衛は手を振った。

「イヤイヤ。たしかに私の見込違いで御座いました。黒田藩には、これほどに思い切った荒療治をなさる知恵者がお出でにならぬものと見限っておりましたのが私の不覚……お蔭で襟半と蔵元屋の御両家、千秋万楽と祈り上げておりました私の楽しみも、茶々苦茶羅《ちゃつちゃくちゃら》になってしまいました。御両親の半左エ門様が、お驚きになりますのも御尤も千万。又、貴方様が途方に暮れて、私のような賤しい者に御相談に御出でになりまするのも勿体ない事ながら御道理至極。この御縁談ばっかりは大丈夫、鉄《かね》の脇差と御請合い申しました私も、胸に釘を打たるる思いが致しまする。何はともあれトックにも御見舞い伺わねばならぬ処へ、こげな御念の入りました御挨拶を受けましては、床の下へ這い込みたいくらいで……生憎、床の下が御座いませんが……」

半三郎は静かに顔を上げた。思い込んだ涼しい瞳《め》で赤猪口兵衛の恐縮顔を見上げると、又も破れ畳にピッタリと額をスリ付けた。

「いえいえ決してそのような……両親が申しまするには一旦、蔵元屋とお約束が出来て、結納までも取交いた上は、斬られたお熊さんは我家《うち》の娘も同様。それにつれて蔵元屋の御両親は、お前の義理の親様に当る道理。御縁の綱が切れても何とのう心残りがする。お熊さんの下手人を探し出いて貰わねばこっちも気が休まらぬと申しまして、様子を聞きに見えた目明の良助さんにもくれぐれも頼んでおりましたが、掻《か》い暮《く》れ手掛りが御座いません様子。そこへ又、昨晩の蔵元屋のお召捕騒動で、様子は丸きりわからず、気も顛倒しております処へ、今朝ほど良助さんがヒョッコリ見えましたので、蔵元屋の内幕を残らず承りました。その話によりますと昨日のこと、御城内で御家老様はじめお歴々がお寄合いになりまして、お目付の松倉様のお話をお聴取の上、大公儀からのお咎《とが》めのかからぬうちにと言うて至急に蔵元屋をお取潰しの御評議が決定《きま》りましたとの事で、最早どうにもならぬと言う良助さんのお話……」

「ソレ見た事か。言わぬ事じゃない。お先まっくらの奴……ヒトの手柄を横取りし腐って……」

「……エ。何と仰言います」

「イエ、ナニ。こっちの事で……いや誠に結構な御評定で御座います。それが当然《あたりまえ》の道筋で、まだまだ手遅れでは御座いますまい。しかしビックリなされましたろうなあ」

「イヤモウ……只今貴方様から承りましたお話とは寸分違わぬ蔵元屋の内幕で、驚きに驚きを重ねますばっかり……その上に又一つの驚きと申しまするのは、御城内から私の父の半左エ門へ御差紙《おさしがみ》が参りました。相尋ねたいことがある故、至急出頭せいとの……」

「エッ御差紙が……至急出頭せい……貴方のお父様へ……そ……それは実正……」

赤猪口兵衛は余りに唐突な話に肝を潰したらしい。赤い鼻の頭が白くなる程、顔色を変えた。膝小僧を剝き出しにして破れ畳の上を乗出した。それに釣込まれるように半三郎も、両手を突いたまま真青になった。

「……実正……実正どころでは御座いません。今朝ほど、今すこし前のまだ暗いうちに、御城内から大至急の赤札付きの御差紙が参りまして、年老《と》っておりまする父、半左エ門へ即刻、出頭せいとの御沙汰で御座います。てっきり蔵元屋騒動のかかり合いと察しました私ども一家の驚きと悲歎のほど御察し下さいませ。取付く島もないままに来合わせました良助さんの分別を問うてみますと、イヤイヤ。これはお咎めの筋ではあるまい。別段、心配する程のことではあるまいが、これはとも角、一応、赤猪口兵衛様の御知恵を借りてその通りに分別する方が、間違いがのうて宜しかろうとの事で……」

「へエ。良助さんがさよう申しましたか。私のことを……」

「さようで……只今お縋《すが》り申すのは貴方様ばっかり。もしや父は下手人の疑いで引かれたのではないかと……」

「ははあ……良助どんはそのお差紙を見ましたか」

「いいえ。誰にも見せませぬ。正直者の父は一目見るなり、ただもう震え上ってしまいまして……」

半三郎は無類の親思いらしく、父親と同じ程度に震え上がっているらしかった。

空しく唇をわななかせながら赤猪口兵衛の当惑顔を見上げるばかりであった。

赤猪口兵衛も思案に余ったらしく腕を組んだ。

「ふうむ。わからぬなあ。いくら大目付様がウロタエさっしゃっても、手がかりも足がかりもない立派な人間に疑いをかけさっしゃる筈はないが……扨《さて》は松倉十内がうろたえたかな……」

「ええッ。何と仰せられます」

「まあさようせき込まずとユックリお話を聞きましょう。とりあえず御差紙は大目付様からの御状箱に入っておりましたか……」

「さあ。大目付様にも何にも生まれて初めて見る御状箱で御座いましたけに、よくわかりませせなんだが、お先方《さき》様のお名前は渋川《しぶかわ》様と御座いましたが……渋川ナニ吾《ご》様とか……」

「エッ。渋川ナニ吾……それは御納戸頭の渋川円吾《えんご》様では御座りませせぬか」

「おお。ソレソレ。その円吾様より私の父へ下されました御差紙……」

「アッハッハッハッ。何の事じゃい。貴方の方がうろたえて御座る。アッハッハッハッ。芽出度《めでた》めでたの若松様アアよオ……」

赤猪口兵衛が不意に大声を揚げて燥ぎ出したので、半三郎は面喰らったらしい。

両手を膝の上に置いたまま赤くなり、又青くなった。

「ああ。目出た目出たの櫛田《くしだ》の銀杏《ぎなん》、枝も栄ゆれあ葉も茂る……と……。ああ。これで何もかも取戻いた。ああ清々した」

中腰になって浮かれ立つ赤猪口兵衛の顔を茫然と見上げている半三郎の顔を、あべこべに見下しながらヤット腰を卸した赤猪口兵衛は、汚ない膝小僧を一層大きく剝き出しながら詰寄った。

「半三郎様……」

「ハイ……」

「しっかりなされませ」

「しっかり致して居ります る」

「気の弱いことではなりませぬぞ」

「ハイ。私一生の浮沈みに拘わる事と存じまして如何様《いかよう》な事でも厭わぬ覚悟を致して参いりましたが……」

「どうしてどうして。貴方お一人の浮沈みぐらいの騒動では御座いませぬ。貴方のお家が万々事《ばんばんじ》。黒田五十五万石の鶴《つる》と亀が、貴方のお座敷で舞い遊ぶお余……」

半三郎は眼をパチパチさせた。あんまり話が

〔以下二〇〇字詰原稿用紙三枚分欠〕

青くなったまま両手を突いて聞いていた半三郎は、そう言ううちにポタリと一雫、涙を両手の間に落した。猪口兵衛はちょっと張合いの抜けた顔になったが、すぐに額を撫でて高笑いをした。

「アハハハハ。お熊さんに気の毒と仰言りまするか。アハハハハ。御尤も御尤も」

頭を下げたままの半三郎の眼から又も涙がハラハラと落ちた。猪口兵衛はいよいよ高笑いをした。

「アハハハ。これは又お義理の固いこと……有体《ありてい》な事を申しまするど、この御心配ばかりは御無用になさいませ。義理も張りも相手によりまする。蔵元屋に限って御尽しになる義理張りは盗人《ぬすつと》に追銭も同様……」

「何と仰せられまする。蔵元屋が盗人とは……」

「さようさよう。盗人に相違御座いません。最早お察しかも知れませんが蔵元屋は自分の運の尽くる処とは知らず、一人娘を貴方様に差上げて、それを因縁にお宅の金を引出いて、自分の家の不始末を拭おうと巧謀《たくら》んだもの……」

「えっ。そ……それではお熊さんも同じ腹……」

半三郎の驚きはイヨイヨ倍加した。両手を膝に上げたまま夢に夢見る呆れ顔になった。

赤猪口兵衛は赤い鼻の先で手を振った。

「そこじゃ、そこじゃ。そこが今度の蔵元屋騒動の大切《だいじ》なカン処じゃ……お熊さんばっかりは、タッタ一目で貴方様のお気に入りました通り、清浄無垢の身体と心……」

「ええッ。それでは貴方のお話の、盆莫蓙の壺とやらを、お熊さんが振らっしゃったのは……」

「……親孝行の一心からで御座いまする」

「ヘエッ……そのような親孝行が……」

「……御座いますから世間は広い。お前の壺の振りよう一つで蔵元屋の身代が立直るか、直らぬかの境い目と、両親に言い聞かせられたお熊さんの、一心から身を斬らるるような思いをしながら毎夜毎夜のカラクリ丁半……早よう死にたい死にたいと花の盛りのお熊さんが、神仏《かみほとけ》を祈って御座ったいじらしさ。さればお付の乳母のお島どんも、一刻《とき》も早ようお嬢さまを、何処かにお嫁に遣って下さい。その日暮しの日傭《ひやとい》稼ぎ、土方人足、駕籠舁《か》きの女房でも不足はない……というて、私に泣きながらの頼みで御座いましたが……」

赤猪口兵衛はそう言ううちに声を呑んだ。自分の話につまされたらしく、ベカンコー面の涙を継剝《つぎは》ぎだらけの袖口で拭いまわした。

破れ畳に両手を突いた半三郎も、男泣きにシャクリ上げ上げしているようす。

「ごもっとも……御尤もで御座いまする。まことにお痛わしいはお熊さん。親御様次第では蝶よ花よと、お乳母日傘《んば》の蔭になって、世間を知らぬ筈の御大家のお嬢さんが、浮川竹《うきかわたけ》や地獄の苛責《せめ》にも勝る毎夜毎夜の憂き苦労……世の中に、これほど親孝行の娘御が又と二人あろうかと思い込みました私が、何も言わずに貴方様の親御様へ、上々吉の花嫁御と、太鼓判を捺《つ》いておすすめ致したにつきましては私にも深い覚悟が御座いました。一旦、お輿入《こしいれ》が済みました暁には、私から何もかも貴方の御両親に打明けまして、蔵元屋の蹄係《わな》にかからぬよう、襟半様の暖簾《のれん》に傷の付かぬよう、又は黒田五十五万石の御納戸に障らぬよう、忠告《いれこと》を申上る覚悟でおりました。……また……これ程の親孝行な娘御の行末がお幸福《しあわせ》にならねば、この猪口兵衛が天道様に対して相済まぬ。お宅様のようなお固い処へ縁付いて万事、円《ま》満《る》く行かぬ筈はない……と見込みを付けましたのが猪口兵衛の一生の出来損い。親の因果が子に報いるとはこの事。因果の力ばっかりは、何処からどうめぐって参りますやら……」

「……そ……それならば、お熊さんが斬られたのも御両親のため……」

「斬られたのでは御座いません。継母のために毒殺されなさったので御座ります る」

「…………」

半三郎は無言のまま顔を上げた。キッパリと言い切った赤猪口兵衛の顔を凝視《みつ》めて屹《きっ》となった。どうやら不審が晴れかかったらしい。涙も何も乾いてしまって、男らしい、若々しい理知を眼の内に輝かしながら唇を噛んだ。

「お熊さんの振るカラクリ骰子《ざい》が、どうやら本職の博奕打の眼に掛かって来たと思うと、一身一家の破滅を恐れた継母が惜し気もなく毒薬を粥に交ぜて殺《ころ》いたもので、大事な御縁談、金の蔓の一人娘も、背に腹は代えられぬとは申せ、最初からその覚悟でお熊さんを育てたもので御座いましょうか。あのお熊さんの屍骸《なきがら》の口の中に在った黒い血の塊の中に、青紫色のお粥の粒が混じっておりましたのが何よりの証拠……」

半三郎は腹の底から長い長いため息を吐《つ》いた。

「それならば、その死骸を、あの墓原に持ち出いて斬りましたのは……」

「日田のお金奉行の手先、野西春行と申しまする美男の若侍。最初、蔵元屋の帳面調べに参りまするうちに、お熊さんの容色《きりよう》に眼を付けて嫁にくれいと申し出たものらしゅう存じますが、そのうちに横着者の継母のお艶が、欲と色との二筋道から、この人間を手に入れて置けば帳面のボロを睨まれる気づかいなしという考えで、腕に縒《より》をかけて自分の方へ丸め込み、娘のお熊を邪魔にしたものと思われまする。一生を一か八かで張って行く、お艶婆の本性が、そこいらにも見え透いておりますようで……そこで姥桜《うばざくら》の、古狸のお艶のスゴ腕に丸め込まれた野西は、お熊さんの変死を隠すため、又はお上の眼を晦まそうという考えから、蔵元屋の夜具を包んだ風呂敷にお熊さんの屍骸《なきがら》を包んで、この墓原へ持って来て、一刀両断に斬り棄てました。御覧なされませ。この風呂敷で御座います。あとでこの風呂敷の捨て処に困りました野西は、自分の定宿の博多大横町、鶴巻屋へ持って帰って、炊き付けるばかりにしておる風呂場の釜の奥の方へコッソリと押込んで、モトの通りに鉋屑《かんなくず》を詰めて置きましたものと思われまする……ところが悪いことは出来ませぬもので、翌る朝、暗いうちに風呂番の若い衆が鉋屑に火を付けますと、どうしても燃えが通りませんので、掻き出いてみまするとこの風呂敷。御覧なされませ。こうして拡げてみまするとところどころに煤《すす》の汚れが付いておりますして上に燃えさしの鉋屑の臭気が一パイで、奥の方まで火が通らぬ釜の仕掛けに気づかなんだのが運の尽きの野西の無調法……このままソックリ風呂敷を横露地の掃溜箱に投込んで置いたのを、野西の様子を探りに行きました私が見付け出いて、その風呂番から残らず話を聞いてしまいました。その若い衆が炊付けを釜へ詰めたのがあの晩の九ツ半、風呂敷をゴミ箱に捨てた時に、御本丸の明け六つの太鼓が聞こえたと申しますから話がピッタリと似合います。……その野西という美男の若侍は、今日《こんにち》までも蔵元屋の騒動を他目《よそめ》に見た白々しい顔で、鶴巻屋に泊っておりまする筈。多分、蔵元屋の行末に見限りを付けたお艶婆と申合わせて、お金奉行の御威光で、蔵元屋の残り金を欲しいだけ奪《たく》り上げて、役目柄案内知った長崎あたりから、日本国の外へでも出る了簡で御座いましっろうか。それとも江戸、大阪へ紛れ込む積りで御座いましっろうか……その当てがガラリと外れた昨晩《ゆうべ》の蔵元屋のお召捕騒動。黒田藩の大目付様に先手を打たれて、今頃はボンヤリしておる事と存じまするが……この後始末はいずれ貴方様へかかって来る事と存じまするが……」

半三郎はもう腰が抜けたように呆然となっていた。自分のかかり合った縁談の底に渦巻いていた極悪地獄のドンデン返しが、余りにも無残な恐ろしいものであった事が、初めて身に泌みてわかったらしく、眼を白くして唇をわななかしているばかりであったが、やがて、やっと心付いたように一心こめて両手をシッカリと拝み合わせた。涙をハラハラと流しながら猪口兵衛の前にニジリ出した。

「それならば……私は……どう致したら、よろしいので……」

赤猪口兵衛はコックリと一つうなずいた。

「その事で御座います。これから先、大目付様が、日田のお金奉行の手先とは言え歴《れっき》とした公方様の御家来の野西春行を、どのような風に処置さっしゃるか、お納戸頭が、蔵元屋の帳面の大穴をどう誤魔化さっしゃるかが、日本一の面白い見物で御座いましょうが、それは取りあえず貴方様の御決心には拘わりのないこと……悪い事は申しません。今までの事は今までの事として、綺麗サッパリと忘れておしまいなされませ。この御縁談のない昔と諦《あきら》めて、どこまでも知らぬ顔をなされば何もかも無事に済みます。それが亡くなられたお熊さんの菩提のため……」

「お熊さんの菩提のため……それが……」

「さようさよう。まあお聞きなされませ。そうして万事落着しますれば、私が今度の遣り損いのお詫びの印に、今一人そのような曰《いわ》くのミジンも付かぬ清浄潔白。日本一のお嫁御さんをお世話致します」

「ヘエ。あの私に……」

「へへへ。今から申上げて置いてもよろしい。お向家の焼芋屋の娘、お福《ふく》さんで……」

「ゲッ。あのお福さん……あの焼芋屋の……」

「へへへ。御存じで御座いましょうが。あのように煤け返って見る影もない娘さんでは御座いますが、御大家の井戸の水で磨きをかけて御覧《ごろう》じませ。江戸土産の錦絵にも負けぬ位の眼鼻立ち……しかもその眼鼻立ちをよう御覧じませ。今までの貴方様のお許嫁、蔵元屋のお熊さんと生写しで御座いましょうが」

半三郎の真青な顔が、見る見る火のように赤くなった。

「……ど……どうして御存じ……」

「ハハハ。とっくからさよう思うて御覧じておりましつろう」

「ハイ……まことに不思議な事と存じてはおりましたが……どうして又そのような事まで……」

「ハハハ。知らいでありましょうかい。不思議な筈で御座います。あの娘は年齢《とし》から眼鼻立ち、背丈《せい》恰好、物腰、声音《こわね》まで、死んだお熊さんに瓜二つ……と申す仔細は、ほかでも御座んせん。あれは蔵元屋の前の御寮さんが、辰の年に生んだ双生児《ふたご》の片割れ……」

「ヘエッ。そんならお熊さんと……」

「血を分けた姉妹《きょうだい》と申上げたいが、おんなし人間……辰の年の双生児は一緒に育てるものでない。出世を競《せ》り合うて呪咀《のろ》い合うものと聞いた、蔵元屋の前の御寮さんが、コッソリ里子に遣ったままにして置いた芋屋の娘……正しく蔵元屋の血統《ちすじ》を引いた、お熊さん同様の一点の疵もない卵の剝き身、生《な》さぬ仲の芋屋の老人夫婦を真実の親と思い込んでの孝行振りまで、お熊さんと瓜二つの生き写し。嫁は流しの先から貰えという諺も御座います。元を洗えば御両親も、お家柄に御不足は御座いますまい。この猪口兵衛が請合いまする」

「はい。私どもの両親は失礼ながら貴方様を、どこどこまでも御信用申上げておりまする。申し忘れておりましたが、きょうもお団扇を一本土産に頂戴して参れとの事で……」

「アハアハ。いやもう有難いことで……それでは……

　どなた様も六分は他人四分うちは

　　猪口兵衛猪口兵衛ごひゐきになる

この団扇を一本差上げましょう。あとで今一本あなた様の御運開きの歌を詠んで上げとう存じまするが、まだ上の句が整いません。しかし、いずれにせいこのお福さんのお話は大至急にお進めなされませ。早いほど宜しゅう御座います。そうしてお固めが済みましたならば、お福さんに何もかも打ち明けて、一緒にお熊さんのお墓参りをなさいませ。蔵元屋の菩提所は祭り人《て》がのうなろうやら知れませぬ折柄ゆえ、それが何よりの御功徳様かと存じまするが……」

「ハイ。ハイ。ありがとう存じます。……おかげ様で私も、やっと人心地が付きました。それならば両親によっく相談致しまして……」

「お引合いにならば及ばずながら私が、お召し次第に伺いまする」

「どうぞいつでもお構いなくお出で下さいませ。お茶なりと一つ……」

「アハハハ。存じかけもない。お宅様へ上り込んでお茶を頂戴するような人間では御座いません。お台所口からこの方が……へへへ」

猪口兵衛はソワソワと立上る半三郎を見送りながら左手で飲む真似をして見せた。

半三郎は赤面しいしい一礼して、急ぎ足に大根畠を踏み分けて行った。あと見送った猪口兵衛は何思うたか片膝をポンと打ちながら口吟《くちずさ》んだ。

仲人は御縁の下の力持ち
　　腰を押いたり尻を押いたり

それから四、五日経って後のこと、目明の良助が、例の通りの尻端折に頰冠り姿でノッソリと猪口兵衛の縁端に腰をかけた。猪口兵衛は古い丸瓦の中へ泥墨を磨り流して、忙しそうに渋団扇へ揮毫《きごう》しながら、三畳一パイに並べていた。

「この渋団扇は何かいな」

良助は並んでいる渋団扇の一枚を取上げた。

「ふうむ。どうやら俺《わし》にも読める。

　はしけやししのぶもじずりかかりかかるすのかみがみいともかしこし

ほう。どの団扇もどの団扇もみんな同じ文句ばっかり……何の事かいな。これは

……」

「ふうん。この四、五日福岡博多で大流行《おおはやり》のこの歌を知んなさらんか」

「……知らん。こげな歌……」

「知らんかなあ。知らんなら言うて聞かそう。この歌の心ばっかりは山上憶良《やまのうえのおくら》様でもわかるまい。御禁制の袁許《おげ》御祈禱のインチキ歌じゃ」

「困るなあ。そげな仕事の下請けしよんなさるとアンタの首へ私《わたし》が縄かけにゃなら

ん」

「インチキにかかる相手が疫病神《やくびょうがみ》なら仔細なかろうモン」

「ナニ。疫病神……?……」

「カンの悪い人じゃなあ。それで御用聞きがよう勤まる」

「又、悪口が始まった。何かいなあ。その疫病神と言うのは……」

「これはなあ。近頃麻疹《はしか》が流行りよるけに何かよい禁厭《まじない》はないかちゅう話から、わしが気休めに書いて遣った、意味も何もない出放題じゃ。句切れ句切れの頭の字を拾い集めると『はしかるい』となっておるだけの袁許《おこ》禁厭じゃ。ところが不思議なものでなあ。この歌を書いた渋団扇で麻疹の子供を煽いで遣るとなあ。如何《どげ》な重い麻疹でも内攻《おいこみ》も何もせずに、スウと熱が除《と》れるちゅうて一枚五文で飛ぶような売れ行きじゃ。昨日頼まれただけも百軒ばかり在る。世の中は何が当るやらわからん。麻疹の神様様じゃ」

「ワハハハハ。成る程なあ。麻疹の神様とかけて大目付と解く。心は、インチキがお嫌い……と言う訳かな」

「ワハハハハ。謎々の名人が出て来た。昨日の儲けは帰りがけに皆飲んでしもうたが、明日は又これで飲めようぞ……ところで良助さん。この四、五日何処へ行て御座っ

「ほう。わしの遠方行きをどうして知って御座るかいな。誰にもわからんように行て来たつもりじゃが」

「何でもない事。タッタ今わかった」

「どうしてかいな」

「どうしてと言うて知れた事……この四、五日が間、福岡博多の何処の家にも下がっとるこの渋団扇の由来を知らんと言うからには、遠方行きにきまっとる」

「成る程なあ」

「ところで今日の用向きは何かいな。又、松倉さんの処へ来いじゃなかろうな」

と口では言いながら猪口兵衛は、見向きもせずに揮毫《あげ》し続けた。

「アハハハ。よっぽど恐ろしかったばいなあ。もう彼様な目にゃ会わせん。きょうはちょっと礼言いに来た」

「何の礼に……生命助けて貰うたお礼ならこっちから言う処じゃが……」

「それ処じゃない。アンタのお蔭で俺《わし》や、野西春行を落《おと》いて来た」

「ふふん。あの松倉さんに遣った歌の句切れ句切れの一字一字拾い集めるとのにしい、はるとなっとる。誰が読めたばいな」

「ほう。それは初めて聞いたが、それよりも五、六日前のこと。襟半の半三郎にアンタが話しよった経緯《ことわけ》なあ」

「あっ。立聞きしておんなさったか。そんなら詳しゅう喋舌《しゃべ》らん処じゃったが……」

「人の悪い猪口兵衛さん」

「イヤサ……お目付の松倉さんが、どうぞと言うて私の門の口に立って、頭を下げて御座るまでは金輪際口を割らん積りじゃったが」

「……人の悪い……そげな事じゃろうと思うたけに、襟半の若主人に入れ知恵してアンタの処へ遣って、アトから跟《つ》けて来て何もかも立聞きしてしもうた。そのアトでアンタが酒買いに行きなさった留守に、動かぬ証拠の風呂敷も貰うて置いた」

「負けた負けた。一杯計られた。犬が啣《くわ》えて行ったか、惜しい事したと思うておったが、アンタの方がよっぽど人が悪い……それからどうしなさった……」

「アハハ。それから先がちょっとお話されんたい。野西を落すことは、たしかに落いたが……」

「聞かんでもアラカタわかっとる。野西を跟けて国境《くにざか》いまで送んなさったろう」

「図星図星。そこまで察していんなさるなら言おうっ。実は直ぐにも野西の宿の鶴巻屋に踏ん込もうかと思うたが、身分は軽うても野西は大公儀の役人。筑前領で手をかけては面倒になるし、又、油断もしおるまいと思うたけに、思い切って豊後《ぶんご》と筑前境いの夜明の峠道で待ち受けたわい」

「成る程なあ。あそこは追剥《おいはぎ》強盗が名物じゃけに仕事には持って来いじゃろう。しかし都合よう遣って来たかな野西が……」

「ちょうど真昼のような月夜じゃったけに、こっちは処の猟師の姿に化けて錆びた火縄砲《てつぽう》を一梃荷いでおったが、向うから覆面の野西がタッタ一人でスタスタと小急ぎに近付いて来たけに、こっちも身構えをして行くと『コレコレ、百姓百姓』と用あり気に向うから呼び止めながら近寄って来るなり、スレ違いざまに抜討ちに斬り付けおった」

「ホオ。斬り付けた」

「冴えた腕じゃったなあ。身構えをしておらにゃ今頃は蔵元屋のお熊さんに追付いとるかも知れん」

「ハハア。あんたと言う事を感付いとったな」

「うん。さようと見える。あれでも相当の悪党じゃったかも知れん。蔵元屋の騒動の筋書を書いた奴はコヤツじゃないかとその時に思うたなあ」

「怪我はなかったかいな」

「うん。右胴へ来た奴をチャリンと鉄砲の砲口で弾いたが、その切尖の欠けた刀を持ち直さぬうちに、十手を鍔元に引っかけて巻き落いた。真正面から組み伏せて、この頭で胸先を一当て当てながらようよう縄をかけた」

「ほおお。それはお手柄じゃった。そこで何処の牢屋へ入れなさったか」

「馬鹿な。牢へ入れたら事の破れじゃ。早縄をかけたまま横の山道へ担ぎ込んで、懐中物を取上げてみると案の定、蔵元屋の身上調べと、黒田藩のお納戸の乱脈を細かに調べ書きにしたものが、貸付証文と一緒に在ったわい」

「あっ。なる程なあ。そこまでは気付かなんだ」

「それさえ手に入れれば、ほかに用事は一つもない。日田奉行をヒケラかして、俺達《ヒト》の前で勝手な事をし腐ったのが癪《しゃく》に障るばっかりじゃ。そこで彼奴《あやつ》から巻き落いた刀を彼奴の鼻の先に突付けたるや、大公儀の役人を何とすると、縄付まま威丈高になりおったけに、その顎骨《あごたん》を蹴散らかいてくれた。大公儀の役人というものは間男をして、盗人《ぬすっと》をして、カラクリ賭博を打って、罪もない娘を斬り棄てるのが役目かと、詰めてくれた」

「ハハハ。聞いただけでも清々する。見たかったなあ。彼奴の顔が……」

「月の光で見ると彼の生優しい顔《つら》が、鬼の様《ごと》、釣り上ったがなあ。おのれ証拠が何処に在ると吐かしおったけに、何処にもない。ここに在る。この風呂敷の汚れを見い。この黒い血の痕跡と、女の髪の毛と、刀を拭いた汚れの痕跡と、風呂場の煤の跡が物を言う」

「アハハハ。よう出来《でけ》た、よう出来た……」

「それでも得心せねばこの刀身《かたな》の油曇《くもり》に聞いて見いと言うたれば、眼の玉をデングリ返して言い詰りおった処を、真正面から唐竹割りにタッタ一討ち……」

「やや。斬んなさったか」

「斬らいで何としょう。生かいて置いては何処まで面倒になる奴かわからぬ。そこでガックリとなった奴を蹴返《けか》やいて、縄の端を解いてそこいらに在った道標《みちしるべ》の角石《かくいし》を結び付けた。それから懐中《ふところ》と言わず、袂と言わず小石を一パイに詰め込んで、刀と一緒に筑後川の深たまりへ蹴込んでくれた。アトの血溜りは枯草を積んで燃やいて置いたが……」

「浮き上りはせんかな」

「その心配は無用無用。それと言うのはかの野西がなかなか奢《おご》いた奴でなあ。羽二重の襦袢に博多織を締めとったけに、その中へ石を詰めとけば心配はない。羽二重や博多織は墓の中でも一番しまいまで腐り残るけになあ。今頃は鯉《こい》か鯰《なまず》の餌食になりよろう。これで胸がスウッとしたわい」

　赤猪口兵衛は眉一つ動かさずに揮毫を続けていた。

「アハハ。役柄にも意地があるばいのう」

「イーヤ。意地ではない。これが目明根性と言うものか、話の筋がつづまらぬと、腹の虫が承知せんわい」

「うむうむ。そこがアンタの他人《ひと》と違う処ばい。お役目仕事じゃない証拠じゃ」

「何でもよい。そこでその野西から取上げた調書《しらべがき》と、証拠の風呂敷を松倉様の手から差出いたら、大目付では大層なお喜びで、松倉さんは直ぐに御加増の沙汰と聞いた」

「ヘエ。そうしてアンタは……」

「まだわからん。松倉さんが黙りコクッて御座る処を見ると、一文にもならぬかも知れぬ」

「呆れたなあ。犬骨折って鷹に取らるるか……腕も知恵もないザマで立身出世ばっかりしたがる上役の下に付いとっちゃあ堪らんのう。人間外れたシコ溜め屋の奉公人とおなじ事じゃ」

「しかし、ほかに気の向く仕事もないけにのう」

「あんたはホンニ目明に生まれ付いた人じゃろう。欲も得もない」

「それでも清々したわい。五十五万石に疵付ける虫を一匹タタキ潰いたで……お熊さんも成仏しつろう」

「それはお互いじゃ」

「これもアンタのお蔭と思うて今日は礼言いに来た。ちょっと一杯と言う処じゃが、今の懐合いではどうにもならぬけに、いずれ又……なあ……」

「チョチョチョチョチョチョッと待ちない。その一杯で思い出いた。この一杯の上等のタネがここに一つ在るてや。済まんが襟半の半三郎さんの処へ、この団扇を一枚持って行て遣んなさらんか。そうすれば、きっと幾何《いくら》か包まっしゃるけに……非人の分際で、お役人を追い使うて済まんばってん……」

「何の何の。済むも済まぬもあるものか。一杯になる話なら……ハハハ……」

「序《ついで》の事に帰りに酒を買われるだけ買うてなあ。蒲鉾と醬油はお寺の井戸に釣って在るけに、ヒネ生姜《しょうが》と鯣《するめ》を一枚忘れんようにな。アンタと差しで祝い酒を飲もうてや」

「そりゃあ済まん。逆様の話じゃが……ははあ。ソンナラこれを持って行くのかえ。ふうん。

色も香も何と芋屋のお福さん
　　抱いて寝たならホッコリホッコリ
ふうむ。これをば襟半に届けたなら何の禁厭《まじない》になるかいな」
「あははははは。それが解らんかいな。ツイこの間の話じゃが……」
「アッハ。そうかそうか。成る程これなら一杯がものある。万事心得たり。ホッコリホッコリ」
「あはははははは」
「わははははははは」

編者解説

新保博久

夢野久作が時代小説を書いていたというのは、意外に感じられるかもしれない。だが戦前の探偵小説家はけっこう時代小説も書いていた。江戸川乱歩が大正末期、日本に創作探偵小説の可能性を拓《ひら》く以前、大衆文学といえばまず時代小説にほかならなかった。黎明期の探偵作家たちも一般読者であったころ、それら時代小説を滋養として育ってきたに違いない。

のち百万雑誌といわれた講談社の大衆娯楽誌『キング』が一九二五年一月創刊（前年創刊の予定が関東大震災のため一年延引した）に際して募集した小説に、まだ投稿作家だった横溝正史は時代物の「三年睡った鈴之助」で応じたという。二等に入選したとはいえ掲載はされていないが、一九四二年〈人形佐七捕物帳〉の一篇に仕立てられた「睡り鈴之助」に結実したとすれば二十年近く温められていたわけだ。「睡り鈴之助」は記憶喪失に陥った武士が別人になって市井で三年暮らすうちに、またも頭を撲られて記憶を取り戻したものの逆に過去三年の記憶を失ってしまうという、どちらも一九四一年の、ジェームズ・ヒルトンの小説『心の旅路』（あるいはその映画化作品）やウイリアム・アイリッシュのサスペンス長篇『黒いカーテン』を思わせる設定だ。

同じ懸賞募集時、電気試験所に就職したばかりの海野十三も江戸時代にロボットが登場する「くろがね天狗」を投じたらしいが、あえなく落選した。作家デビュー後に発表されて、児童物の小品を除いて作者唯一の時代小説と認められている。そのデビュー時の雑誌編集長が横溝正史だったのは奇縁というべきだろう。

『キング』に入選作として掲載されたのは探偵小説「罠の罠」だが、作者の奥田野《おくだの》月《つき》は角田喜久雄《つのだきくお》が本名をアナグラムにした匿名だった。その前から探偵小説を書いていた角田喜久雄だが、『妖棋伝』『風雲将棋谷』などで時代伝奇小説の寵児《ちようじ》となり、戦後の進駐軍による封建的作品への逆風下、日本の長篇ミステリ時代を牽引して横溝正史ともども評価が高い。

江戸川乱歩は戦後、リレー連作「大江戸怪物団」の第一回「箱根山中の妖怪」を担当したのがほとんど唯一の時代物だ。続きは城昌幸・角田喜久雄・土師清二・陣出達朗の順に引き継がれたが、同じ顔触れに村上元三が土師清二に代わって五人合作という触れ込みで松竹映画原作用長篇『修羅桜』も刊行された。乱歩の手許にあった雑誌連載の切り抜きには、実際は「陣出君ひとりで書いた」旨の書き込みがあり、のちには陣出単独名義で『わんぱく東海道』と改題文庫化されているから、乱歩ら四人は話題作りのため名前を貸しただけらしい。城昌幸は星新一の先駆をなすショート・ショートを多数書くいっぽう、長篇を含む〈若さま侍捕物手帖〉シリーズを量産しているが、陣出達朗、土師清二、村上元三は時代小説の専門作家である。

その他の探偵作家では、ヴァン・ダイン的世界を日本に移植した浜尾四郎は「殺された天一坊」が唯一の時代小説だが、江戸川乱歩に「初期の菊池寛氏の作風に似た文学的な短篇」（『探偵小説四十年』）と評されたように、異色作でも代表作となっている。半ば以上、時代小説家といっていい角田喜久雄や、牧逸馬・谷譲次とそれぞれの筆名で一家を成して林不忘としては時代小説専門の長谷川海太郎、日本版ドラキュラ『髑髏検校《どくろけんぎよう》』などがある横溝正史らを除いて、捕物帳以外では甲賀三郎が長篇『怪奇連判状』を物しているのが目につく程度で、戦前探偵作家の時代小説はあんがい実作が少ない。小栗虫太郎には大衆文芸戦時版15輯『探偵・時代小説集』があり、時代小説は「開花日棉《にちめん》物語」「岳太《がくた》郎《ろう》出陣」「月と日と暗い星」が収められているが（作品名表記は同書目次による）、これらに先だって書かれた「源内焼六術和尚」を加えても全四作。夢野久作の全五作が少ないとはいちがいに言えない。

それなのに、雑誌特集号を含めて夢野久作読本的な商業出版物は十冊以上に及んでも、「久作の時代小説」といった論考一つ見出せない。全作品案内という場合に言及があるだけ。全集以外の文庫版傑作選にも時代小説は採られたことがない。文庫版全集が刊行されたのも三十年前で、品切になって久しく、時代小説作品があることすら知られていないわけだ。そんなものも書いた、という程度に認識されてきたのだが、余技として済ませてしまってよいものだろうか。

これら五篇の発表は、うち一篇が依頼主に拒否されたが、作者晩年に集中している（といっても、そもそも職業作家としての活動が昭和の最初の十年ほどしかないのだが）。うち三篇までもが一九三四年（昭和九年）の初出だが、あいにく一九三一年から三四年までの久作の日記が戦災で焼失しており、ここから執筆の経緯を窺うことは出来ない。一九三七年に日中戦争が始まったことから軍部独裁が強まり、非国民文学とされた探偵小説が書きにくくなって一部の探偵作家は時代小説に転向したが、これはその以前、自発的に書かれたようだ（焼失を免れた十年分の日記は子息の杉山龍丸編で『夢野久作の日記』として一九七六年に葦書房から刊行されたものが現在、国立国会図書館デジタルコレクションで閲覧可能、また福岡県立図書館デジタルライブラリで画像が公開されている)。

一九三五年(昭和十年)から翌年にかけて、夢野久作の運命は劇的に変転した。「昨年の十二月の初めの事です。私は道楽半分に書いて居りました千枚ばかりの長篇を或る処へ送り付けましたあと、アタマが暫く馬鹿みたいになつて居りました」と、「スランプ」(『ぷろふいる』一九三五年三月号)と題した随筆に書いている。その長篇とはほかならぬ『ドグラ・マグラ』であり、一月に日比谷の大阪ビルヂングのレインボーグリルで開かれた出版記念会には江戸川乱歩、大下宇陀児、小栗虫太郎、甲賀三郎ら五十八人が集った。七月には、久作の生涯を支配し、庇護し、深い影響を与えた父・杉山茂丸が死去し、翌一九三六年には二・二六事件直後の三月十一日には本人が四十七歳で急逝してしまった。

時代小説に手を染めた、おそらく一九三三年末にはまだスランプは始まっていないが、デビュー以前から構想二十年のライフワーク『ドグラ・マグラ』の完成に目途が立って達成感、そして虚脱感に襲われていたとしても不思議はない。探偵小説・怪奇小説では、やるべきことは尽くした、これから書くものを探して時代小説を試みたのだとは考えられないだろうか。一九三五年十一月二十四日の日記に、東京四谷にあった喜多能楽堂で十四世喜多六平太の舞う「乱《みだれ》」を観て「胸が一パイになり立上るのがイヤになる。一生涯かゝつても六平太先生の乱ほどの探偵小説は書けず」と慨嘆しているが、いよいよ現代探偵小説を書く限界を感じていたようでもある。

「斬られたさに」(『大衆倶楽部』一九三四年一月号)が掲載された正月号は実際には前年の終わりに発売されていたはずだから、「名君忠之」(福岡日日新聞、同年一月一・三・四・五・六日)より早く読者に届いた最初の時代小説になる。冒頭、腕に覚えのある主人公が旅の空で、無用のかかわりは避けたいスタンスながら、難渋している他人を見て見ぬふり出来ず面倒な事態に巻き込まれてゆくのは時代劇の黄金パターンにほかならない。久作がどこでこの手法を会得したか考えてみるに、それは映画ではないか。「チャンバラ」(『探偵・映画』二号、一九二七年十一月)と題する随筆があり、ここでは広い意味での活劇ではなく、時代劇を指しているだろう。

「山の中に居りますので映画なぞにはチャンバラばかり……(中略)それでも我慢して見ていると遺憾ながらダン〳〵面白くなるのです。つまりその映画としてのノンセンスですネ……スバラシ過ぎる英雄の出現……手のつけられぬ離れ業の夕、カイ……（中略）なぞ……そこへ又ブッカルと手もなく感激昂奮する観衆……と云ったようなところに何とも云えない映画らしい……映画でなければあらわし得ない嬉しいあるものがあるので……名優や名監督の手に成った所謂芸術味とか、又は、写実味なぞで充実させられた高級なヤツにはどうもこうした有り難味が些《すく》ないようです」（原文は旧かな。以下久作からの引用は同じ）

と、芸術映画・文芸映画より娯楽映画への愛を語ったあと、自身がシナリオを書くとすればと話柄を移して探偵映画のシノプシスを綴りはじめるのだが、その仮題が「手帳地獄」。久作の代表作に「瓶詰地獄」「少女地獄」などがあるように、「＊＊＊地獄」は夢野ワールドのキーワードの一つなのである。

時代小説集である本書の表題に、収録作品から一篇選ぶよりも久作らしいタイトルをと版元より請われて、「名君忠之」や「白くれない」（『ぷろふいる』一九三四年十一月号）のモチーフの一部を借りて『妖刀地獄』と題してみた。物語の豊饒《ほうじょう》さに照らせば、羊頭狗肉《ようとうくにく》と誹《そし》られることはないだろう。

ところで「斬られたさに」だが、主人公が助けた若侍と同道の旅をするのが定跡的なところ、物語は意外な方向に展開する。報恩のため主人公を饗応するなら、小田原での若侍姿のままでよいものを、箱根を越えて見付の宿では挟箱《はさみばこ》持ちと供の侍を具した奥方に扮したのはなぜなのか。若侍の敵討ちの相手が主人公の師匠であっても、そのために主人公を斃《たお》さねばならないというのも筋が通らず、いろいろ辻褄が合わない。にも拘らず、悲劇の結末までテンポ良く読まされてしまう。作者の確かな話術は、初の時代小説であっても淀みがない。

本文庫版の装画をお願いしたYOUCHAN説によれば、「家や血統を守る自己犠牲を描いている物語が多いのですが、久作はこういった自己犠牲的な表現を盾に、斬ったり斬られたりする快楽を描きたいのではないでしょうか」との解釈のもと、斬られて嬉しいのか苦しいのかアンビバレンツな心情を表紙絵には表現したという。十代から久作作品に傾倒してきて到達したヴィジュアルを前に、解説者は賢しらに操る言葉を失うのである。

愛する者を斬るというテーマは「名君忠之」でより鮮明になっている。結びの「えのう」という言葉が福岡の他府県人には分かりにくいが、これは「愛のう《え》」＝「愛《いと》しや」ということなのだろう。なお本篇は第三章の終わりの二段落は初出紙面でのレイアウト上、飛び地のようになっていて見落とされた結果（あるいは作者自身が切り抜くのに誤ったものか）、三一書房版、ちくま文庫版のそれぞれ全集では欠落している。

「白くれない」の大部分を占める作中作「片面鬼三郎自伝」は今日的にはノワールと分類できるだろう。ここは旧かなのままにせざるを得なかったが、少し読み進むうちに慣れれば難しくはない。ノワールだけに当然ハッピーエンドとはならないが、次の「名娼満月」(『富士』一九三六年四月増刊号)は、花魁《おいらん》に入れ揚げて落魄《らくはく》した二人の男の再生物語、どん底からのサクセスストーリーともいえるものながら、普通そこへ行き着くはずのハッピーエンドに終わらせないところに作者の面目が躍如としている(そもそも久作作品にハッピーエンドを期待すべきでない)。掲載月号では久作の死後ということになるが、実際には生前ほぼ最後の発表作品というのが正しい。

「狂歌師 赤猪口兵衛」は、前々年の「名君忠之」の好評に応えたように一九三六年正月の新聞小説を依頼されて書かれたものの不採用となり、三一書房版〈夢野久作全集〉第六巻(一九六九年十二月)に収録されて初めて陽の目を見た(ただし、そのとき半ペラ原稿用紙二百十四枚のうち四枚が紛失していた。さらに三十余年を経て欠落分のうち一枚、一六五枚目が発見されたことが二〇〇一年一月四日付西日本新聞で報じられたものだ。二〇二二年十一月刊の国書刊行会版〈定本夢野久作全集〉第八巻ではこの部分が補綴され、本文庫版もこれを踏襲しているが、残り三枚はなお未発見で、今後の発掘に期待したい)。

ところでこの作品は、なぜ掲載されなかったのだろうか。『夢野久作の日記』によると一九三五年十一月六日に着手され、十二月二日に脱稿を見ている。それから日記が書かれない日が多くなり、十二月十四日を最後に途絶えている。年内に掲載の可否をめぐって応酬が当然あったはずだが、日記には何も記されていない。〈定本夢野久作全集〉第八巻の解題(西原和海)によれば、「福岡県立図書館『杉山文庫』所蔵の、久作宛て黒田静男(新保註、福岡日日新聞記者)からの書簡」を参照したところ、「(1)作中の陰惨な描写が読者の正月気分をそこなう、(2)原稿枚数が長すぎる」ため掲載が見送られたという。確かに「名君忠之」の二倍の分量があるが、依頼枚数がもっと短かったなら圧縮を求めてもいいし、人気作家夢野久作の新作なれば連載期間の延長は許容されそうだ。死者の首が切られている残虐な発端とはいえ、「名君忠之」でも与一が祖父の愛妾である八代七代の首を討つ場面があったのを想起すべきだろう。

掲載拒否の理由は実は方便で、原稿の表紙の題名脇に「博多名物非人探偵」と書かれていたのを掲載紙が忌避したのではないだろうか。実際、久作が前年『オール読物』一九三四年十二月号に発表した「骸骨の黒穂」（塩見鮮一郎編『被差別小説傑作集』、河出文庫品切、にも収録）の内容が差別的であるとして、一九三五年に入って水平新聞に「一般大衆に対して民族的偏見を煽動」するものだという激烈な批判記事が掲載されたらしい（ちくま文庫版『夢野久作全集4』の西原和海の解題による）。一月十七日の日記で久作は「格別心配せず」と余裕を見せているが、まだ存命だった父の伝手を頼って翌日に警視総監に面談し対処を依頼するという安直な解決を図っている。こうした事態が再発して巻き込まれることに新聞社が用心したことはありうるだろう。

西原氏は〈定本夢野久作全集〉第八巻の「狂歌師 赤猪口兵衛」の解題で、「サブタイトルにおいて主人公の赤猪口兵衛は『非人』とされているが、ここで言われている『非人』とは、近世の身分制のもとで被差別民とされた『穢多・非人』に属する階層を指しているわけではない。（中略）彼（赤猪口兵衛）の言う（自称）『非人』とは、『乞食』といったほどの意味あいで用いられている。作者の久作は、主人公を身分制や階級制から逸脱した人物として造形し、その融通無碍な生き方に自身の思いを託したのだった」と述べている。

これは正論だが、「博多名物非人探偵」というのは本篇の副題というより、シリーズ名を意図したものではあるまいか。久作は戦前の探偵作家としては例外的に、シリーズ・キャラクターを創造しなかったが、「狂歌師 赤猪口兵衛」がもし没書にならず、さらに余命に恵まれていれば、赤猪口兵衛捕物帳が書き継がれたような気がする。

乱歩の「屋根裏の散歩者」について、「殺人行為までの前半の興味は、私をかなり夢中にし」たのに対して、「おしまいにあのキザな、あらずもがなの素人探偵が出て来て、下らなく威張り散らしたために、スッカリ打ち壊されたように思」(「江戸川乱歩氏に対する私の感想」)ったというがごとく、天才的な名探偵への嫌悪感をもってはいた。とはいうものの、晩年のエッセイ「創作人物の名前について」で、作中人物にどんな名前をつけるかは重要な問題だと語った際、「特にこの感が深いのは主人公の名前で、特に探偵小説の場合に於て、そうではないかと思われる。明智小五郎、手塚竜太、帆村荘六、俵巌《たわらいわお》、シャアロック・ホルムズ、アルセーヌ・ルパン、ルコック、ソーンダイク、エラリー・クイーン等々の名前は、単にその名前が紙面に顔を出しただけでも読者の血を湧かす」と、名探偵の効用を認めている。手塚竜太以降の日本人名は甲賀三郎、海野十三、大下宇陀児のそれぞれシリーズ・キャラクターだが、以前明智小五郎をこき下ろしたのより六年経って、探偵小説壇に忖度したようでもあるのだが。

赤猪口兵衛の真相喝破は、論理的推理というより、日ごろの見聞により蓄積した情報を生かしたもので、読者が知恵比べを挑めるようなものではない。だがその肖像は、都筑道夫の〈なめくじ長屋捕物さわぎ〉の砂絵師のセンセーを連想させる。こちらのシリーズ開始は一九六八年十二月なので、「狂歌師　赤猪口兵衛」が初めて活字化された三一書房版よりちょうど一年前、相似は偶然の暗合にすぎない。だがもし久作作品のほうが先に公刊されていたなら、〈なめくじ長屋〉が構想されることはなかったかもしれない。赤猪口兵衛は砂絵師のセンセーのように論理的な探偵役ではないが、作品は久作なりに本格推理を目指したようだ。一九三五年の日記に窺われるように、風邪で臥床中の十月二十八日「色々の探偵小説を読みテーマをノートに止《とど》む」、十月二十九日「新旧探偵小説を色々読む」、十一月二日「此頃読書する気持出来《いできた》り」と探偵小説読書に励んでいるのは、「狂歌師　赤猪口兵衛」構想中の参考に供するためではなかっただろうか。

「狂歌師　赤猪口兵衛」は、ちくま文庫版〈夢野久作全集〉にも収録されるはずが、「著作権者の許諾を得ることができず、これは見送らざるを得なかった」（第四巻解題）という。一九九二年当時、久作の著作権はすでに消滅していたから許諾は必須ではなかったはずだが、「狂歌師　赤猪口兵衛」だけは公刊後二十余年しか経っていなかったので一応仁義をきったのかもしれない。現在に続く夢野久作再評価の確立が三一書房版に発していることは疑いなく、文庫版全集によって三一版がまったく顧みられなくならないよう配慮されたとも考えられるが、三一版に比べて内容的に充実していたちくま文庫版がこの点だけは三一版より退行することになった。この河出文庫版が文庫初収録になる。

久作の時代小説が一堂に会するのもこれが初めてだが、「斬られたさに」「名君忠之」の斬る斬られることにまつわる愛憎、「白くれない」のノワール、「名娼満月」のサクセスストーリー、「狂歌師　赤猪口兵衛」の本格推理と、その態様が一つでないのが読み取れよう。これら五篇が時代小説家としての出発点だったとして、『ドグラ・マグラ』のような到達点が見えないだけに、これまでまとめて論じられなかったのだとも思われる。普通に読んで飽かせない面白さは充分あるものの、久作ならではの凄みには乏しいせいかもしれない。

だが逆に、夢野久作は気になる作家で読んでみたいのだけれど、何だか気持ち悪くて怖そう（三一書房版の中村宏や角川文庫版の米倉斉加年の装画がいけない）と敬遠してきた読者にも、抵抗なく読める久作入門にうってつけの作品群ともいえるのだ。あるいは時代小説が大好物で、司馬遼太郎・池波正太郎・藤沢周平といったビッグネームはもとより、文庫書き下ろし新作などにも目がないファンに、新たな読書への扉を開いてくれるかもしれない。それとは反対に、久作作品をはじめ探偵・怪奇小説を偏愛してきた読者に、時代小説の楽しみへいざなう一巻でもあるという、可能性に満ちた本にもなったと思う。一般読者に裨益するばかりでなく、本書を手がかりに時代小説に造詣の深い評者が現れて、久作研究に新たな視座をもたらしてくれたら、企画者（編者となっているが、そもそも分母が五篇しかなく、誰が選んでも同じなのだから、企画者というべきだろう）の喜びこれに過ぎるものはない。

（しんぽ・ひろひさ／ミステリ評論家）

出典一覧

「斬られたさに」　『夢野久作全集10』ちくま文庫　一九九二年

「名君忠之」　『夢野久作全集4』ちくま文庫　一九九二年
（「福岡日日新聞」一九三四年一月三日を参照して修正）

「白くれない」　『夢野久作全集10』ちくま文庫　一九九二年

「名娼満月」　『夢野久作全集10』ちくま文庫　一九九二年

「狂歌師　赤猪口兵衛――博多名物非人探偵」　『夢野久作全集6』三一書房　一九六九年
（『定本　夢野久作全集8』国書刊行会　二〇二二年を参照して修正）

（凡例）本書で追記した註との区別のため、底本からの註は並字とした。

本書は河出文庫オリジナルです。

本文中、今日では差別的と目されかねない表現がありますが、執筆当時の時代背景と作品の価値を鑑み、原文のままとしました。

妖刀《ようとう》地獄《じごく》

二〇二五年 一 月一〇日 初版印刷
二〇二五年 一 月二〇日 初版発行

著　者　夢野《ゆめの》久作《きゆうさく》
編　者　新保《しんぽ》博久《ひろひさ》
発行者　小野寺優
発行所　株式会社河出書房新社
〒一六二-八五四四
東京都新宿区東五軒町二-一三
電話〇三-三四〇四-八六一一（編集）
〇三-三四〇四-一二〇一（営業）
https://www.kawade.co.jp/

ロゴ・表紙デザイン　粟津潔
本文フォーマット　佐々木暁
本文組版　株式会社創都
印刷・製本　TOPPANクロレ株式会社

Printed in Japan　ISBN978-4-309-42160-5

パノラマニア十蘭

久生十蘭　41103-3

文庫で読む十蘭傑作選、好評第三弾。ジャンルは、パリ物、都会物、戦地物、風俗小説、時代小説、漂流記の十篇。全篇、お見事。

盲獣・陰獣

江戸川乱歩　41642-7

乱歩の変態度がもっとも炸裂する貴重作「盲獣」、耽美にして本格推理長篇、代表作とも言える「陰獣」。一冊で大乱歩の究極の世界に耽溺。

ヰタ・マキニカリス

稲垣足穂　41500-0

足穂が放浪生活でも原稿を手放さなかった奇跡の書物が文庫として初めて一冊になった！　「ヰタとは生命、マキニカリスはマシーン（足穂）」。恩田陸、長野まゆみ、星野智幸各氏絶賛の、シリーズ第一弾。

少年愛の美学　A感覚とV感覚

稲垣足穂　41514-7

永遠に美少年なるもの、A感覚、ヒップへの憧憬……タルホ的ノスタルジーの源泉ともいうべき記念碑的集大成。入門編も併録。恩田陸、長野まゆみ、星野智幸各氏絶賛の、シリーズ第２弾！

天体嗜好症

稲垣足穂　41529-1

「一千一秒物語」と「天体嗜好症」の綺羅星ファンタジーに加え、宇宙論、ヒコーキへの憧憬などタルホ・コスモロジーのエッセンスを一冊に。恩田陸、長野まゆみ、星野智幸各氏絶賛シリーズ第三弾！

日影丈吉傑作館

日影丈吉　41411-9

幻想、ミステリ、都市小説、台湾植民地もの…と、類い稀なユニークな作風で異彩を放った独自な作家の傑作決定版。「吉備津の釜」「東天紅」「ひこばえ」「泥汽車」など全13篇。

第七官界彷徨

尾崎翠　40971-9

「人間の第七官にひびくような詩」を書きたいと願う少女・町子。分裂心理や蘚の恋愛を研究する一風変わった兄弟と従兄、そして町子が陥る恋の行方は？　忘れられた作家・尾崎翠再発見の契機となった傑作。

琉璃玉の耳輪

津原泰水　尾崎翠〔原案〕　41229-0

３人の娘を探して下さい。手掛かりは、琉璃玉の耳輪を嵌めています——女探偵・岡田明子のもとへ迷い込んだ、奇妙な依頼。原案・尾崎翠、小説・津原泰水。幻の探偵小説がついに刊行！

絶対惨酷博覧会

都筑道夫　日下三蔵〔編〕　41819-3

律儀な殺し屋、凄腕の諜報員、歩く死体、不法監禁からの脱出劇、ゆすりの肩がわり屋……小粋で洒落た犯罪小説の数々。入手困難な文庫初収録作品を中心におくる、都筑道夫短篇傑作選。

十三角関係

山田風太郎　41902-2

娼館のマダムがバラバラ死体で発見された。夫、従業員、謎のマスクの男ら十二人の誰が彼女を十字架にかけたのか？　酔いどれ医者の名探偵・荊木歓喜が衝撃の真相に迫る、圧巻の長篇ミステリ！

黒衣の聖母

山田風太郎　日下三蔵〔編〕　41857-5

「戦禍の凄惨、人間の悲喜劇　山風ミステリはこんなに凄い！」——阿津川辰海氏、脱帽。戦艦で、孤島で、焼け跡で、聖と俗が交錯する。2022年生誕100年、鬼才の原点！

赤い蠟人形

山田風太郎　日下三蔵〔編〕　41865-0

電車火災事故と人気作家の妹の焼身自殺。二つの事件を繋ぐ驚愕の秘密とは。表題作の他「30人の３時間」「新かぐや姫」等、人間の魂の闇が引き起こす地獄を描く傑作短篇集。

帰去来殺人事件

山田風太郎　日下三蔵〔編〕　41937-4

驚嘆のトリックでミステリ史上に輝く「帰去来殺人事件」をはじめ、「チンプン館の殺人」「西条家の通り魔」「怪盗七面相」など名探偵・荊木歓喜が活躍する傑作短篇８篇を収録。

法水麟太郎全短篇

小栗虫太郎　日下三蔵〔編〕　41672-4

日本探偵小説界の鬼才・小栗虫太郎が生んだ、あの『黒死館殺人事件』で活躍する名探偵・法水麟太郎。老住職の奇怪な死の謎を鮮やかに解決する初登場作「後光殺人事件」より全短篇を収録。

二十世紀鉄仮面

小栗虫太郎　41547-5

九州某所に幽閉された「鉄仮面」とは何者か、私立探偵法水麟太郎は、死の商人・瀬高十八郎から、彼を救い出せるのか。帝都に大流行したペストの陰の大陰謀が絡む、ペダンチック冒険ミステリ。

人外魔境

小栗虫太郎　41586-4

暗黒大陸の「悪魔の尿溜」とは？　国際スパイ折竹孫七が活躍する、戦時下の秘境冒険ＳＦファンタジー。『黒死館殺人事件』の小栗虫太郎、もう一方の代表作。

黒死館殺人事件

小栗虫太郎　40905-4

黒死館を襲った血腥い連続殺人事件の謎に、刑事弁護士法水麟太郎がエンサイクロペディックな学識を駆使して挑む。本邦三大ミステリの一つ、悪魔学と神秘科学の一大ペダントリー。

紅殻駱駝の秘密

小栗虫太郎　41634-2

著者の記念すべき第一長篇ミステリ。首都圏を舞台に事件は展開する。紅駱駝氏とは一体何者なのか。あの傑作『黒死館殺人事件』の原型とも言える秀作の初文庫化、驚愕のラスト！